いじわるな義兄に
いびられると思ったら
溺愛されました⁉

Sakura Omi
臣桜

Honey Novel

Illustration

炎かりよ

CONTENTS

序章 不埒な男 ―― 5

第一章 赤毛の悪魔と小さなエルシー ―― 10

第二章 青天の霹靂 ―― 23

第三章 嵐が過ぎ去り嵐が来る ―― 49

第四章 越えてしまった一線 ―― 94

第五章 好意を持った人の素顔 ―― 138

第六章 嵐の記憶 ―― 164

第七章 騒動 ―― 216

第八章 八歳年上の彼の執着 ―― 245

終章 プリンセスの夫は意地悪な義兄 ―― 280

あとがき ―― 318

序章　不埒《ふらち》な男

バーネット伯爵家令嬢エリザベスは混乱していた。

遠くから舞踏会の音楽が聞こえるこの場所は、王宮にある部屋の一室だ。優美な曲線を描いた長椅子《シェーズロング》に自分は押し倒され、ある男に荒々しく唇を貪られている。

「待って」と言い抵抗したくても、華奢《きやしや》な両手首は男の片手でまとめられ敵《かな》わない。

男は余裕のない表情でエリザベスを見下ろし、片手で曝《さら》け出《だ》された胸をまさぐり、また口づけてきた。

「ン……っ、ん、……ぅ、……っは、……はぁっ」

口腔《こうこう》を肉厚な舌でかき回され、グチュグチュと淫らな音がする。口内に溜《た》まった唾を嚥下《えんか》すると、細い喉がごくんと音を立てた。

「っひぅ！」

胸の先端はとうに尖《とが》らされ、そこを爪でカリカリと引っかかれて悲鳴が漏れる。

下肢に甘い疼《うず》きが留《とど》まり、初心《うぶ》なエリザベスはそれをどう解放していいか分からない。無意識に腰を揺らしていると、男が喉の奥で低く笑いエリザベスの太腿《ふともも》を割った。

「待って……。待って！　こ、こんなこといけません」

やっと解放された唇が紡いだのは、男を拒絶する言葉だ。

だがエリザベスにのしかかっている男は青い目を細め、唇を酷薄に歪《ゆが》めて笑い飛ばす。

「気持ちは伝えたはずだ。お前だって俺を好きだという目をしている。小さなエルシー」

昔ながらの愛称で呼ばれ、突然言いようのない羞恥に襲われた。

自分を押し倒して不埒なことをしている彼は、ずっと自分を知っている人だと急に思い出したのだ。まるで本物の兄妹《きょうだい》のように接していたというのに、この人は何を考えてこんなことをしているのだろう――？

「や……っ、で、ですからっ、ふざけるのも大概に……っ」

エリザベスが体を揺すって逃げようとする度、たわわな乳房がフルフルと揺れて男の目を引く。

零《こぼ》れ落《お》ちそうに大きな目や、まだ少女のようにふっくらとした頬。小柄な上にあどけない雰囲気がまだどこか残っているというのに、エリザベスの胸は実りに実っている。唇の横には小さなほくろがあり、それがまた彼女にアンバランスな妖艶さを与えていた。

「ふざけてなどいない。俺は真剣にお前が好きだと言っている」

射貫くような強い目で告白した後、男はフ……と笑みを深めた。

「ふざけているのだとしたら、お前のこの顔に似合わない胸の大きさなんじゃないのか？　こんなものを出して舞踏会に出れば、そりゃあ男の目を引くに決まっている」

「い、意地悪……っ」

カアァッと顔を赤くし、エリザベスは手で胸を隠そうとした。だが相変わらず手は男によって押さえられており、やはり思ったようにいかない。

体を揺すったりくねらせる度に、大きな乳房がまろまろと動く。自分の行動が体を隠すと真逆の結果を出していることに、焦りきった彼女は気づけないでいた。

「なぁ、誘ってるのか？　誘ってるだろう」

眼下で魅惑的に動く双丘を見下ろし、男が唇を舐《な》める。

真っ白な肌は雪のようで、その先端にポツンと色づいた乳首はバラの蕾《つぼみ》のようだ。その僅か隣に、男が先ほど強く吸いついてつけた赤い鬱血跡がある。

「さ、誘ってなんかいません……っ！　も、許して……っ」

普段の自分たちの仲を考えれば、こんな関係になるなどあり得ない。

確かに再会した彼を格好いいと思っていたが、まさか彼に女として求められるなど思いもしなかった。

おまけに彼は――。

そこまで思いを巡らせた時、男の手がエリザベスの太腿を撫《な》で上《あ》げ、ストッキングの端をパチンと弾《はじ》いた。今まで誰にもそんなことをされたことのなかったエリザベスは、あまりに不埒で背徳的な感情に背筋を震わせる。

「な……っ、そ、そんな場所……っ」

「ここは俺を受け入れて、俺の子を産む場所だ」

男の手がドロワーズの切れ目から、エリザベスの秘唇に触れた。くちゅ……と小さな音で啼《な》いたそこを、指が何度も往復する。

「や……っ、やめて……っ、だめっ、いけません！」

全身をくねらせ懸命に抗うが、エリザベスは圧倒的な力の差に体の自由を得られない。

「エルシー、愛していると言っているんだ」

青い瞳に熱を孕《はら》ませ、男が顔を近づけてくる。赤毛がサラリと彼の秀麗な顔に影をつけ、いつの間に二人の吐息が交じり合っていた。

「ん……っ、ん、……ふ」

柔らかな唇によって呼吸が止められ、ヌルリと滑らかな舌が口腔に入り込む。怯《おび》えるエリザベスの舌はすぐに囚《とら》われ、好きなように弄《もてあそ》ばれる。

口元からクチュクチュと音がし、エリザベスの下肢からも水音が聞こえていた。

潤んだ花びらを指先が撫で、徐々に指が大胆になってゆく。秘唇をぐるりとなぞり、蜜口を揉《も》んだかと思うと浅く指先を入れられた。

「ん……っ、んーっ、んぅ……っ」

腰を揺すり立て、エリザベスは身をよじらせた。

何とか――、何とかしてこの状況から逃れないと！

そう思うものの、男の指がちゅぷりと蜜口に侵入して奥へ奥へと進む感触に、彼の舌に思いきり吸いつき声にならない悲鳴を上げた。

「んーっ！　んぅ！　んーっ！」

男の指はエリザベスの膣内《ちつない》を探り、柔らかな粘膜をかき回す。

チュプチュプと濡《ぬ》れた音が耳を打ち、エリザベスは感じたことのない感覚に身を震わせた。

体の奥からゾワゾワと何かが沸き起こり、胸が高鳴り体温が上がってゆく。

(何……これ。知らない。私、こんなの知らない……っ)

それだけが頼りと言わんばかりに、エリザベスは男の舌に吸いつき続ける。

暴かれた花園からは今やジュプジュプと耳を塞ぎたくなる淫音がし、室内に響き渡っていた。二人の口の間から息継ぎの音と、舌を求め合う音が絶え間なく聞こえる。

男の指の動きにヒクヒクッと処女肉をわななかせ、エリザベスは意識のすべてを奪われていた。抵抗しようとか「いけない」と思うより前に、自身の体に与えられる感覚すべてが悩ましく思考が動かない。

遂《つい》には頭の芯がボウッとし、エリザベスは飲み込みきれなかった唾液を口端から零していた。

朦朧《もうろう》とした頭で考える。

果たして何がどうなって、〝彼〟とこんな関係になってしまったのか――。

彼は――、リドリアは幼馴染《おさななじ》みで、義兄《あに》になった人なのに。

第一章　赤毛の悪魔と小さなエルシー

バーネット伯爵家とカルヴァート侯爵家は、互いの父親が親友同士なこともあり、子供たちも含めて幼い頃から懇意にしていた。

ただバーネット伯爵家の子供がエリザベス一人だけで、カルヴァート侯爵家の子供がリドリアとカイルという兄弟であることから、全員屈託なく仲良く……とはいかなかった。

エリザベスが六歳の時、リドリアは十四歳でカイルは十二歳だった。

反抗期真っただ中のリドリアは、エリザベスに悪戯《いたずら》をしたり、懐いてくる彼女をわざと泣かせたりした。はっきり言って大人気ない。八歳年下の女の子に「ブス」や「短足」などレベルの低い悪口を言うので、周囲も呆《あき》れていた。

互いのことも愛称でリドリアをリドル、エリザベスのことはエルシーと呼ぶ仲であるが、年齢と性別からくる意識の差はどうにもならない。

当時からエリザベスは、将来誰もが振り向く美女になる素質を秘めていた。ふんわりとしたプラチナブロンドは天使のようだと評判で、そのエメラルドグリーンの瞳も宝石のようだと謳《うた》われていた。

大人たちからすればまるで小さな女神のようだ。

それがちょこちょこと兄弟の後をついて回るので、見ていて微笑《ほほえ》ましい。

赤毛の兄弟もさすがにエリザベスを突き飛ばしたり叩《たた》くような真似《まね》はしないし、一応相手をして遊んでやっている。

だがリドリアの口の悪さときたら歯止めが利かず、エリザベスはいつも泣きべそをかいていた。しかし彼女も彼女で、めげずにリドリアについて歩いている。

大人たちは「エルシーは根性があるね」と微笑ましく見守っているのだった。


一方エリザベス目線からすると、十四歳にして既に背が高く顔の整っているリドリアは、憧れの対象でありながら恐怖の大魔王であった。

一緒に本を読んでいて分からない単語があると、リドリアに尋ねることになっている。だが「これは何て言うの？」と尋ねると、リドリアは青い瞳でこちらを凝視し、それがとても怖い。「こんなものも分からないのか」と言われている気がして、「やっぱりいい……」と怖《お》じ気《け》づく。

だが結局最後には溜息《ためいき》をつき、リドリアは分かりやすい教え方で単語の読み方やその意味も教えてくれる。それが彼を嫌いになれない理由の一つでもあった。口は悪いが、面倒見は割といいのだ。――本当に口は悪いのだが。

弟のカイルは兄に反して天真爛漫《らんまん》な性格で、兄の真似をして「エルシーはバカだなぁ！」

と明るく言ってくる。明るく言おうが悪口は悪口だが。

結局エリザベスはこの兄弟の顔色を窺《うかが》いながら、幼少期を過ごしていた。

一番最悪なのは、大人たちがいない時にリドリアと屋内で二人きりになった時だ。

彼の機嫌を損ねないよう、なるべく大人しくした。だが出された焼き菓子などをポロッと食べ零してしまうと、リドリアは無言で睨《にら》んで圧をかけてくる。

それはお仕置きを始めるという合図だった。

リドリアの部屋に連れて行かれ、ベッドの上に寝かされる。彼はエリザベスの両足を掴《つか》み、ブーツを脱いだ足で彼女の体の一部を踏んでくるのだ。

「男の制裁って言ったら〝こう〟なるって決まっているんだよ」

そう言ってリドリアはエリザベスの股間を、スカートの上から足で小刻みに踏んでくる。

どうやら男の子はそこに弱点があり、そうされるととても痛いのだそうだ。

エリザベスは弱点がないので特に痛くもないし、リドリアも彼女が痛がるほど思いきり体重をかけない。しかし小刻みに股間を踏まれるので、それなりの圧迫感はある。おまけにドレスを着た伯爵家令嬢だというのに、素足を晒《さら》して股間を踏まれるというのは屈辱だ。

――いつか仕返しをしてやるんだから。

恨みがましく思うのだが、どう考えてもエリザベスが力でリドリアに勝てる日など来ない。

結局この悪魔のようなリドリアに支配されたまま、一生を過ごすのかと思うと気が重い。

エリザベスは少女ながら溜息の多い日々を送るのだった。

別の日もまた、エリザベスはリドリアに泣かされていた。というのも、別の家族とのお茶会でエリザベスは男の子に「可愛《かわい》い」と連呼されとてもいい気になっていた。

「私、ゲイソン子爵家のクリス様に可愛いって言われたの。将来結婚したいと言われました」

こう言えば兄弟――特にリドリアが感心し、「お前でも可愛いと言われるのだな」と見直してくれることを期待した。

だが結果は真逆で、リドリアは目に嘲《あざけ》りの色を浮かべてこう言い放ったのだ。

「そいつは余程目が悪かったんだろうな。お前が可愛いなんて天地が逆さになってもあり得ない。お前みたいなブス、一生結婚できるはずがないだろう」

その日は丁度天気の悪い日だったからか、窓の外でピカッと稲妻が光り、直後ドーンと凄《すさ》まじい音が鳴り響いた。雷が大嫌いなエリザベスはその恐怖とリドリアに言われた言葉の酷《ひど》さもあり、大泣きした。手がつけられないほど泣いて、泣きすぎて「おぇっ」と嘔吐《えず》くほどだ。あまりに激しく泣くエリザベスにカイルはドン引きして逃げ、リドリアもさすがに言いすぎたと思ったようだ。

エリザベスは優に三十分泣き続け、落ち着いた頃にリドリアがフォローする。

「…………。どうしても結婚できなかったら、俺がもらってやるから」

げっそりとしたエリザベスは、そう言われても嬉《うれ》しいなどとは思えない。

「……絶対に嫌」

本音を呟《つぶや》くと、リドリアは盛大に舌打ちをした。

一瞬また怒られるのかと肩をすくませたが、それ以上彼は何も言わなかった。

エリザベスが九歳、リドリアが十七歳の時にカルヴァート侯爵・カーティスが亡くなった。

元々カーティスは病弱であったため、医者にもそう長くない命だと言われていた。

そう言われていたからこそ、遺伝性の虚弱さをはね除けるため、二人の兄弟は好き嫌いなく食べるように躾《しつ》けられ、積極的に外で遊んで育った。

結果的に兄弟は父の遺伝があったとしても、それを凌駕《りょうが》する健康を得た。

リドリアはカルヴァート侯爵となった。最初こそ侯爵としての仕事に馴染めないでいたが、家令や親戚、知人たちの助力があって、しっかりとした当主となってゆく。

弟のカイルは相変わらず気楽な次男坊という様子だが、それでも一歩離れた所から兄を手伝っていた。カーティスを喪《うしな》って妻であるアデルも一時は気落ちしていたのだが、前を向く息子たちやバーネット一家によって励まされる。

しかし二つの家族を襲った不幸は、それだけで終わらなかった。

「……元気出せよ」

エリザベスは喪服を着て、墓石の前に立っている。

立派な墓は最近作られたばかりで、ツルリとした表面を見せていた。苔《こけ》むしてもいない、真新しい墓。だからこそ、その冷たさが一層引き立って感じられる気がする。

その墓には、ブリジットと彫られている。エリザベスの母の名前だ。

父は屋敷で弔問客の相手をしており、十歳のエリザベスは寂しさに耐えきれず母の墓石を眺めていた。側《そば》には目付役としてリドリアが立っており、いつまでも動かないエリザベスに時折声をかける。

まだ寒さの残る春のことで、吹き抜ける風が枯れ草を揺らす。新しい草木が芽吹くにはまだ早い時期で、それが一層寂寥感《せきりようかん》を与える。

もっと暖かく花が咲き乱れる時期なら、まだ母も穏やかに逝けただろうに。

そう思ってしまうのは、仕方がない。

この時期花屋が集められるだけ集めたスイセンが、風に吹かれて頼りなく花びらをそよがせていた。

「……リドル様もお父様を喪った時、こんな気持ちだったのですか？」

やっと口から出た言葉は、リドリアが自分と同じ悲しみを分かち合えるかという問いだ。

二人とも思春期に親を亡くした。

リドリアもカルヴァート侯爵となってから忙しくしているが、彼の心の底にまだ傷があるのでは……と思ってのことだ。

十歳ながらも、エリザベスは自分とリドリアの心が同じでないことを理解している。

彼は八歳も年上だし、自分は女の子で彼は男の子だ。勿論《もちろん》性としての男女の差というものは、まだ深く理解していない。だが常々「男の子って……」と兄弟相手に憤慨することも多かったので、違いがあることは察している。

それでも、たとえどんな違いがあったとしても、愛する人を喪った悲しみは同じだと信じたかった。――それが悪魔のようなリドリアだとしても。

彼は少し黙り、「……そうだな」と呟く。

「俺とお前がまったく同じ気持ちかは分からない。だが胸にポッカリ穴が開いた気分なら、そうなんだろう」

言われてエリザベスは自身の胸に手を当てた。

僅かに膨らみかけたそこは、奥の奥に虚《うつ》ろな穴が開いている気がする。そこにビョウビョウと風が吹き荒び、エリザベスの心を冷やしている。

「……そう」

言葉少なに返事をし、じんわりと自分とリドリアが〝同志〟なのだと思った。

憎たらしくて怖いリドリアでも、この空虚な気持ちを共有してくれる。そう思うと、ほんの僅かにだが心が和らいだ気がした。

母親を喪ったバーネット伯爵家と、父親を喪ったカルヴァート侯爵家は、領地が隣接していることもあり、その後も手を取り合って生きていった。

＊＊

そして月日が過ぎ、エリザベスは美しく成長していった。

エリザベスは美しいプラチナブロンドを持ち、光を浴びると白金に輝く髪は重さなどないかのようにフワフワで、〝天使の髪〟と言われていた。

エメラルドグリーンの瞳も金色の睫毛《まつげ》に縁取られ、零れ落ちそうに大きなそれは、見る者を夢見心地《ゆめみごこち》にする。ふっくらとした唇の横には蠱惑的《こわくてき》なほくろがあり、成長と共に彼女を大人びた女性に見せた。身長ばかりはそれほど伸びず、一般的な女性よりも小柄だ。だが細い手足に似つかわしくない、どん！　と存在感を放っている胸が彼女が子供ではないことを示していた。

その胸さえなければ小柄で華奢で、人形のような美少女として通用した。だが大きく実った胸はエリザベスにどうしても女としての性を思わせ、周囲からあらぬ誤解を受ける。

口元にあるほくろが色っぽいこともあり、いつしかエリザベスは「男を堕落させる魔性の美女」と認識されていた。

正直、堪《たま》ったものではない。

こちらはまったくそんな気はないのに、男性はエリザベスの手練手管とやらを期待する。女性は嫉妬して「ふしだらな女」と噂《うわさ》を立て、正直社交界にいて立つ瀬がない。

十七歳で国王に拝謁しデビューした後も、エリザベスには特定の相手はおろか、好きな人すらできない。舞踏会に出てもダンスを踊る気持ちになれず、壁の花になっていた。

女性たちからは「あら、魔性の美女じゃなかったの？」とからかわれ、男性からは「自分たちよりもっと身分の高い男を狙っているに違いない」と言われる。

何もかも馬鹿馬鹿しくなって、エリザベスの足は舞踏会から遠のいていった。

たとえ亡くなった母がエリザベスが結婚し、幸せな家庭を築くことを望んでいても、こうも居場所のない社交界で自分が生き生きとできるはずもない。自分の外見につられた愚かな男と相手の財産や身分を値踏みして結婚し、果たしてそれで両親のように想《おも》い合った夫婦になれるのだろうか？

仲睦《むつ》まじい両親に憧れていたエリザベスは、自分を取り巻く環境に絶望していた。


だがエリザベスは屋敷に引っ込み、鬱々としていた訳ではない。

屋敷にいる父は母を喪ってもなお、バーネット領を統治し民を導かなければいけない。本来ならエリザベスの母ブリジットが屋敷内のことを指示していたが、彼女が床に臥《ふ》せりがちになってから、それはエリザベスの仕事になっていった。

判断に迷った時は母に尋ね、母が亡くなった今では屋敷の女主人であるエリザベスが判断をくだす。使用人たちに的確に指示を出し、効率良く働かせることによって、使用人たちの余暇も増えた。エリザベスの采配は使用人たちにも評判が良く、エリザベス自身も使用人たちに交じって家事をこなすことだってある。

勿論普段なら「お嬢様はそのようなことをなさらないでください」と言われる。しかし父の大事な客を迎える時などは、スピード仕事が命である場合もある。そういう時にエリザベスはメイドたちに交じり働くのだ。そのような日々を過ごすのは、実に有意義だった。

無責任な噂話を聞いて憂鬱になるのはこりごりだ。エリザベスにとって社交界というものは、上辺だけ綿菓子のようにフワフワとしながら、何の実もないものだ。もしかしたら毒が仕込まれている可能性だってある。

それに引き換え、言葉と行動が伴っている使用人たちと、忌憚《きたん》なくポンポンと言い合える環境の何と健全なことか。母を亡くしてエリザベスは「自分がしっかりして父を支えなければ」と思い詰めていたが、忙しくしていく内に、死の悲しみも乗り越えつつあった。

同時に〝いいこと〟もある。

あの悪魔のような幼馴染みのリドリアとは、成長すると共に顔を合わせずに済むようになっていた。

相変わらず次男坊のカイルはお気楽な性格で、あちこち遊び回って時折バーネット伯爵領にも来る。「最近、兄さんは忙しそうだよ」というのが毎回の言葉で、侯爵にもなったなら当然だろうと思う。

それでも舞踏会には務めとして行っているようで、どこからかリドリアの噂も流れてきた。聞けば女性がうっとりするような美丈夫になっており、頼りがいがあってあちこちから縁談が来ているのだとか。

エリザベスも舞踏会に参加していた頃、リドリアとニアミスしたことはある。

令嬢たちが「カルヴァート侯爵様よ！」と浮き足立って移動するのを聞き、コソコソと真逆の方向に逃げていたのだ。

また、エリザベスが女性たちの陰口を聞きながら立ち尽くしていた時、リドリアが現れたこともあった。令嬢たちは侯爵という立場を持つ彼を前に愛想笑いをし、慌てて弁明をし出す。

だがエリザベスは仇敵《きゅうてき》と思っていたリドリアに、自分の今の情けない姿を晒すのがどうしても嫌だった。なのでリドリアの気配がすると、まともに顔を合わせることなく慌ててその場から立ち去っていた。

タイミング的にリドリアに救われたのかもしれない。

だが一人きりでダンスホールに立ち向かっていたエリザベスには、これ以上〝敵〟になるかもしれない存在を抱え込む心の余裕がなかった。

後から「リドル様はあの令嬢たちに、何を言ったのかしら？」と思うことはあった。それでもすべて想像にすぎない。甘いことを考えれば庇《かば》ってくれたかもしれないと思うが、もしかしたら彼女たちに話を合わせ自分の悪口を言ったかもしれない。

ネガティブな妄想に嵌《は》まれば嵌まるほど、どんどんリドリアと顔を合わせ辛《づら》くなる。

自分に理由をつけ、エリザベスは社交シーズンに最低限舞踏会に参加すると、後は屋敷に引っ込んで本ばかり読んでいた。

第二章　青天の霹靂《へきれき》

そしてエリザベスが十九歳になった春。とんでもない事件が起こった。

その日は来客があるようで、メイドたちは忙しく働いていた。キッチンも大忙しで、コックが客のために腕を振るっている。

だがエリザベスは使用人たちが誰を迎えようとしているのか分からない。おまけに仲のいいメイドたちに幾ら聞いても、曖昧《あいまい》に微笑んで「後でお嬢様も分かりますよ」とはぐらかされる始末だ。十一時半になるまで階下に来てはならないと父に言われ、エリザベスはやきもきしながら時間が過ぎるのを待った。

十一時半前になり家の前に横づけされた馬車は、カルヴァート侯爵家のものだ。

「まさか……」と嫌な予感にふつふつと汗が浮かび、エリザベスはまだ暑い季節ではないのにハンカチで汗を拭《ぬぐ》う。

現在カルヴァート侯爵家の馬車が横づけされているということは、カイル、そして母のアデルが来た可能性がある。

そして……よもや、よもや来ないと思うが、あの悪魔が来た……かもしれない。

エリザベスの呼吸は上がり、動悸《どうき》が激しくなる。冷や汗をかいたところを、懸命にハンカチで拭っているのだ。

「……汗臭いなんて言われたら堪ったものではないわ。癪《しゃく》だけれどリドル様が買ってくださった、王都で流行《はや》りのコロンでも着けましょう」

王宮専属の調香師、ミラー・ハリンのコロンは、王都で大人気らしい。しかし滅多に王都に寄りつかないエリザベスは、興味があっても手に入れられない。

それを知ってか知らずか、王都に滞在することが多いらしいリドリアからは、割と頻繁に贈り物が届く。ありがたいのだが、直接顔を合わせて礼を言う機会がないため、申し訳なさが先立つ。あまりにも贈り物が届くので、王都まで行こうと何度か思ったが、カイルの情報ではとても忙しいらしい。なので邪魔をしてはいけないので遠慮していたら、延び延びになってしまった。

シュッとポンプを押して空中に香りの粒子を飛ばし、エリザベスはその下をゆっくりと歩く。

ベルガモットやオレンジの清々《すがすが》しい香りが漂い、一気に気持ちがフゥッと軽くなった。ネロリとジャスミンも香って、爽やかな中にどこか健康的な色気も感じる。

リドリアが贈ってくれた香りだが、エリザベスはこのコロンを気に入っていた。

「よし。いい香りのするレディだと言わせるんだから」

ベッドに座り、腕を組んでひたすら置き時計を睨む。

昔さんざん虐《いじ》められた記憶が強く近年彼と顔を合わせていないので、エリザベスのリドリアへの印象は「いじめっ子」から変わっていない。弟のカイルは成長して気さくに接してくれたので、今はもう苦手意識を持っていなかった。

ハァ……と溜息をついた時、まだギリギリ十一時半になっていないが、侍女が部屋まで呼びに来た。

「お嬢様、旦那様がお呼びです」

「分かったわ。……お客様がいらっしゃっているのよね？」

侍女に尋ねると、彼女はスルッと視線を逸《そ》らした。

「そう……でございますね」

（なるほど、誰が来ているか言えないのね。分かったわ）

いよいよ覚悟を決めて階下に向かうと、父が機嫌良さそうに笑っている声が聞こえる。女性の声がするのは、カルヴァート兄弟の母・アデルだろう。アデルは小さい頃から懐いている〝大好きなおば様〟なので、良い感情しかない。問題はリドリアなのである。

意を決してエリザベスは階段を下りる。

若草色のデイドレスは、普段使いのドレスより少しいいものだ。ふっくらとした袖やドレスの裾に小花柄の刺繍《ししゅう》が入り、大人しい印象ながらもきちんとした職人の技が光っている。

トントンと足音を立てて一階に下り、覚悟を決めて東洋風の衝立《ついたて》の陰から姿を現した。

「お父様。お呼びで――」

視線の先にいた背の高い人物を見て、エリザベスがピシリと固まった。

見間違えようのない赤毛。青い瞳の色はそのままだが、双眸《そうぼう》の鋭さは昔より増している気がする。いや、凶悪犯のような目つきだ。犯罪者に違いない。記憶にある限り彼は背が高かったが、胸元の厚みも増して到底力で敵わない体つきになっている。非常に悔しい。

せめて成長と共に顔立ちが崩れていってくれればいいのに、と思ったが――。彼の顔は記憶にあるものより精悍《せいかん》さを増し、色気すら纏《まと》って思わず見惚《みと》れ――たら負けな美貌になっていた。――いや、見惚れそうになっている自分がいる。

負けるな自分、頑張れ自分。エリザベスは懸命に自身にエールを送りつつも、魅力的に成長したリドリアから目が離せない。舞踏会でチラッと見かけたことはあるはずだが、人垣など遮蔽物《しゃへいぶつ》のない場で一対一で相対したのは、成長してから初めてだ。

いつの間にか胸がドキドキと高鳴っており、呼吸さえも苦しいほどだ。

怖いとか、また虐められたらどうしようとか思うのに、なぜだか彼にとても強い引力を感じる。あの大きな手に触れられたらどうなるんだろう？　とか、声はどんなふうに変わっているのだろう？　など、〝今のリドリア〟を知りたいという欲求がフツフツとこみ上げる。

あろうことか今この一瞬だけ、あの大きな体にスッポリと包まれ抱き締められたいとすら思ってしまった。

そんな自分に、心の中にいる小さなエリザベスが全力で首を横に振る。「騙《だま》されては駄目よ！　エルシー！」と小さな自分が言っているのだが、十九歳のエリザベスは大人になったがゆえに、子供の頃は持たなかった感情を覚えている。

昔は男の子を見ても何も思わなかったが、結婚適齢期になった今は、きちんと男性を〝異性〟として見るようになっている。エリザベスは初恋すらまだ経験していない。だが自分が今抱えている浮ついた感情は、下手に育ててしまうと厄介なものになると直感していた。

現在のリドリアを見ると、青く固くて大嫌いだった果実が知らないうちに熟し、美味《おい》しそうな外見と芳烈さでもってエリザベスを誘っているように思える。

結果的に、成長したリドリアは昔とは違う意味でエリザベスを苦しめていた。

「おや、小さなエルシー。随分久しぶりだな」

彼――リドリアは唇の端をもたげ、意味深な笑みを浮かべる。

その艶やかな低音にまた胸の奥がドキンと甘く震え、背筋にすら知らないわななきが走った。チラリとこちらを流し見た彼の視線すら色っぽいと感じる。

「エルシー！　ちょっとぶり！」

リドリアに比べ、慣れたカイルの存在と脳天気とも言える挨拶は気楽だ。それでエリザベスは若干冷静になった。

「ごきげんよう、カイル様。アデルおば様も先日のお茶会ぶりです」

アデルとカイルに向けてエリザベスは微笑み、淑女の礼をする。リドリアに背中を向けている訳だが、背中に突き刺さるような視線を感じるのは気のせいだと思いたい。

「数年ぶりに会う優しい幼馴染みに対して、その態度はないんじゃないか？」

ぬぅっと体の前に腕が見えたかと思うと、エリザベスは背後から抱き締められていた。

「つひぃ!?」

「『ごきげんよう、素敵なリドル様』はどうした？　エルシー」

耳元で低く囁《ささや》かれ、ゾクッと震えが体を駆け抜けた。

おまけにリドリアからはほんのりとコロンの香りが漂う。エリザベスが纏っている女性用のものとは異なる、ウッディムスクの官能的な香りにフワッと包まれた。それだけで心臓が跳ね上がり、口から出てしまったかと思った。

(な、何ときめいているの？　香りがいいだけ、香りがいいだけ)

自身の心に氷水をぶちまけて冷却すると、エリザベスは何とかリドリアの腕の中で体を反転し、引《ひ》き攣《つ》った顔で微笑む。

「お久しぶりです（私はお会いしたくありませんでしたが）。お元気そうで何よりです（いっそ風邪《かぜ》でも引いてくだされば良かったのに）」

簡単な挨拶の言外に深い意味を含ませ、エリザベスは顔を引き攣らせたままニッコォ……と笑ってみせる。無理に笑ったので、目の下や口元がピクピクしているのはご愛敬だ。

リドリアを格好いいと思う気持ちと、それを認めたくない気持ちがせめぎ合う。その結果、複雑な感情による笑顔はお世辞にも可憐とは言いがたい。

昔から思っていることが顔に出やすい性質なので、仕方がないことではあるのだが……。

「……可愛い笑顔だな」

それに対しリドリアの方も目を細め、この上ない皮肉を言ってくる。

（やる気ね。表面上の対応は優しいけれど、皮肉がビシビシと伝わってくるわ）

すっかり臨戦態勢になったエリザベスは「ごめんあそばせ」とリドリアの腕から抜け、毛を逆立てた猫のようにサッと飛びすさる。

「お父様、カルヴァート家の皆様をお招きして、一体どういうことですか？　私だけ知らされていないようですが……」

エリザベスの質問に父のチェスターは悪びれるでもなく笑って説明する。

「エルシーは近年リドルを避けていたじゃないか。カルヴァート家にも近づかなかったし、このままでは大事な話があるというのに、今日リドルが来ることを知ったら逃げ出してしまうのではと思ったんだ」

そう言われては否定できず、エリザベスは黙り込む。リドリアが気を悪くしていないかチラッと窺っても、彼はあまり感情の分からない表情のままジッとこちらを見ているだけだ。

それがまた、昔に無言で見つめられた時と同様の〝圧〟を感じて居心地悪い。

チェスターは「まず座ろう」と娘の肩を押した。

応接室のソファセットに五人が座り、メイドたちがお茶を出した後、チェスターとアデルが顔を見合わせてから、ぴったりの呼吸でとんでもないことを口にした。

「エルシー。お父様はアデルと再婚しようと思うんだ」

「エルシー？　ブリジットさんのことをまだ恋しく思っているでしょうけれど、良かったら私を『お義母様《かあさま》』と呼んでくれない？」

「ええぇ……？」

心から驚いたため、エリザベスはポカンと父とアデルを見たまま口を開いている。

「あの人形みたいだな。紐《ひも》を引っ張ったら目を見開いて口が開く……。何人形だっけ」

二十五歳にもなったのにカイルはやはりどこか悪戯っ子のようなことを言い、リドリアがそれに対し「びっくりメイちゃんだろ」と冷静に答える。

「メイちゃん、そろそろ戻ってこーい」

カイルに言われ、エリザベスはノロノロと固まっていた思考を引き戻す。

「……誰がメイちゃんですか」

律儀にも突っ込んでやると、カイルが「そうだよなぁ。あんなに短足じゃないよなぁ」とフォローにもなっていないことを言う。

「そ……それはそうと、お父様とアデルおば様はいつの間に……？」

まだ驚きの余韻があるまま、エリザベスは父とアデルに尋ねる。二人は見つめ合い、ほんのりと生暖かい空気を醸し出しつつ答えた。

「いつの間に……という訳でもなく、互いに気がついたら側にいた感じなんだ」

「そうなのよ。チェスター様が奥様がいらっしゃらなくて寂しいと言えば、私が晩酌にお付き合いをしました。私が不安を感じると、チェスター様が支えてくださったの。昔からの付き合いがある上、親友の延長から恋をした……と言っていいのかしら？」

アデルは四十七歳とチェスターより一歳年上だが、美容にも気を遣っていて若々しい。髪にこそ白いものが交じっているが、しゃんと背筋を伸ばした姿は凛《りん》としている。

「どう……思う？　エルシー」

父が青い瞳でエリザベスを覗《のぞ》き込んでくる。アデルも心配そうにジッとこちらを見つめ、リドリアとカイルも状況を見守っていた。

この、すべてを決めるのは自分、という空気がいたたまれない。

「特に反対する理由は…………。あ、ありませんが……」

父の再婚は応援したい。アデルだってずっと仲良くしてくれていたので、彼女が義母になると聞いても違和感や反抗心はない。――だが。

言葉の最後を口にする寸前、エリザベスはチラッとリドリアの顔を盗み見る。

この再婚が通ってしまえば、自分とリドリアが義理の兄妹になってしまうのだ。よもや同じ屋根の下で暮らすとは思わないが、事あるごとに顔を合わせるとなると頭が痛い。

おまけに自分の中で決着がついていない、成長したリドリアへの気持ちが少々厄介でもある。

弟のカイルについては、エリザベスを虐めていたのは子供の頃のみで、今は少し遊び人気質なのが気になるが、優しくしてくれていると思う。

しかしリドリアはどうだろう？

この歳になるまでまともに顔を合わせておらず、彼が自分に対してどういう感情を持っているか分からない。カイルのようにもう虐めから卒業しているのなら、喜んで義理の兄妹になれる。だが先ほどの何か含んだ言い方からして、リドリアはまだ何らかの感情をエリザベスに持っていそうだ。

それが子供時代のものよりも、ずっと粘度を増しているようでどこか落ち着かない。

「そうかあぁ……。良かったー！　アデル！　結婚するぞ！」

「ありがとうエルシー！　おばさんちょっとドキドキしていたの！」

エリザベスの返答を聞き、父とアデルは大盛り上がりだ。カイルがメイドに「シャンパン持ってきてー」と言い、息を詰めて様子を見守っていたメイドたちも笑顔だ。

「ランチの時間だから、用意させてあるご馳走《ちそう》を食べよう」

チェスターが立ち上がり、ランチの用意がされてある庭のガゼボに向かう。ぞろぞろと五人が歩く傍ら、使用人たちも準備に大忙しだ。

まだ少しだけ気温が低いが、木々も芽吹き、気の早い花は綻《ほころ》んで可愛らしい姿を見せている。恋の季節だからか小鳥が美しい声で囀《さえず》り、アデルが「祝福されているようだわ」と少女のように喜んだ。

肉料理や、具がたっぷりのサンドウィッチ。エンドウ豆を漉《こ》した緑色のクリームスープに、ミートパイやオムレツ。温かい料理に舌鼓を打ちつつ、エリザベスは自分の隣に座っているリドリアが気になってならない。

ゆったりと座った彼は、普通に男性が座るように軽く脚を開いている。その膝が時折エリザベスの膝に触れ、どうしても右側が気になるのだ。座り直すふりをしてさりげなく離れても、やや経《た》ってからリドリアも座り直して距離を詰める。

おまけにエリザベスはとんでもない巨乳なので、少し体を前屈させると大きな胸が皿やグラスを押すことがある。今もリドリアから逃げるのに精一杯で、いつもなら注意する〝はずみ〟に気を配れなかった。

「きゃっ」

胸に押されて水が入ったグラスが倒れ、テーブルクロスの上を透明な液体が滑ってゆく。向かいには父がいて「またか」と苦笑いをした。

「お父様、ごめんなさい！　お洋服は濡れていませんか？　あぁ……せっかくの良き日なのに、私なんてことを……」

「いいから、気にするんじゃない。これから皆家族になるんだから、エリザベスの個性も理解してもらおう」

「うふふ、エルシーはブリジットさんに似て胸が大きいものね。私も気をつけるから、何か困ったことがあったらいつでも言ってね？」

優しいアデルの言葉に、エリザベスは恥ずかしさで泣きそうになりながら「はい……」と微笑む。隣にいるリドリアは相変わらず何を考えているか分からない表情のままで、カイルは「すごい威力だな」とポカンとしていた。それからまた和やかに会話が進み、エリザベスは落ち着きなくリドリアの膝から自分の膝を離す。

リドリアは特に意地悪を言うでもなく、その場の和やかな会話に参加し、エリザベス個人のことはそれほど構っていない。そこはリドリアも成長したのだろう。だがこのつかず離れず膝をつけてくる態度が、奥歯にものが挟まったようでどうにも気持ち悪い。

しかもリドリアは、自分が不覚にも胸を高鳴らせてしまった相手だ。その体温やコロンの香りなどが間近に感じられ、心臓に悪い。いっそのこと、昔のように分かりやすく足を踏むぐらいしてくれれば、こちらもいつもの対応ができるのに——。

(まぁ……それでも。リドル様は現在カルヴァート侯爵閣下だわ。義理の兄妹になったとしても、私がこちらの家にいる限り生活が重なることはないわよね)

そう思うと少しマシな気がした。

隣の領地とは言え、馬車で一時間以上かかる道のりだ。夕食を一緒にとろうとして誘うにしても、往復二時間以上かかる。

リドリアはリドリアで、毎日忙しい思いをしているのだろう。

(続柄が変わるだけで、距離感はきっと変わらないのだわ。気にしない、気にしない)

心の中で決めると、エリザベスは食事とおしゃべりに専念した。膝をつけてくるのも新しい嫌がらせだろうが、今だけ我慢すれば済む。

そのようにしてエリザベスの父は再婚し、アデルが正式にバーネット家へ越してきた。

その日、カルヴァート侯爵家へ戻ったリドリアは、ゆったりとしたガウン姿で書斎におり、デスクに向かっていた。

相変わらずデスクには膨大な量の書類が山積みになっている。仕事に関して好き嫌いという感情は持たないが、〝これ〟がある限り自分は自由時間を持てない。

直属の上司に当たるリーガン公爵は、元帥閣下でもあり、彼に随行してリドリアはエインズワース王国内をあちこち回り、きな臭い噂のある場所を見回ることもある。国王や外交官などが外国に向かう時は、現場で動く者のトップとして軍部代表として警備する。

ここ数年はずっと、王都別邸《タウンハウス》で過ごすことが多かった。それでもエリザベスのことはずっと気にしていて、弟に頼んで幼馴染みの家を見守ってもらっていた。

何かあればすぐ駆けつけられるように、側で守っていたい。

そう思うのだが、どうやら幼い頃に好きだという気持ちが空回って意地悪をしてしまったのが災いし、あろうことか今ではエリザベスに避けられているらしい。

舞踏会で彼女の陰口を叩く令嬢に腹を立て、エリザベスをしつこくダンスに誘おうとする紳士たちを平和的に遠ざけた。それなのに、いざ彼女と話そうと思ったら、エリザベスの姿はないのだ。

偶然かと思っても、何度も続けばそれは必然だ。

落ち込みつつある頃に母の再婚の話を聞き、特に強い反対もしないまま今日に至る。

ようやくまともに顔を合わせたエリザベスは――、この上なく可愛かった。

零れ落ちそうに大きな瞳は、最高級のエメラルドのようで、昔からその美しい輝きは変わっていない。少し癖のあるプラチナブロンドも、薄く儚《はかな》げな色のまま成長している。肌は真っ白で、触れればきっと掌《てのひら》に吸いつきそうなほどしっとりしているのだろう。体は華奢で女性らしいなよやかさがあるのに、胸ばかりがドンと育って正直目を疑った。覚えている限り小さい頃のエリザベスのそこは、真っ平らだった。〝少女〟はいつの間にか〝女性〟になり、リドリアも一瞬どう声をかけたらいいか迷ってしまう。

だが彼女からほんのり香る香水の匂いや、あどけないながらも立派に色香を発する魅力を前に、男として声をかけざるを得なかった。

──その結果、昔の通り少し意地悪な言い方になってしまったのは、大いに反省している。

「……エルシーも怖がってたな。ガゼボでもあからさまに俺を避けていたし」

デスクに頬杖をつき、リドリアは青い瞳を半眼にしてストレートのウィスキーを一口飲む。

「だが、可愛い」

きっぱりと言い、リドリアは目を閉じて昼間のエリザベスを思い出す。

自分を見て警戒し怯えていた姿も、リドリアの嗜虐心《しぎゃくしん》を刺激してつい昔の癖が出てしまいそうだ。今は大人なのだから、と自分に言い聞かせれば、今度は彼女の女性としての魅力にクラクラする。あの肌に触れ、フワフワした髪に顔を埋《うず》め、大きな胸に指を埋めてみたい。

「……あ」

気がつけばリドリアは、エリザベスを思い出しただけで下腹部を反応させてしまっていた。

「……抱きたい。可愛い。……素直な気持ちを伝えたい……」

少年時代こじらせにこじらせた気持ちを、大人になった今なら紳士らしく伝えられる気がする。丁寧に気持ちを説明し、もう昔のような意地悪をしないと言えば、エリザベスもきっと自分に微笑みかけ想いに応えてくれるのではないだろうか。

「……ふ、ふ……。あれは凄《すご》かった」

ふとガゼボでエリザベスが胸でグラスを倒した姿を思い出し、リドリアは酒を片手にいつまでもクックッ笑っているのだった。

チェスターはその後アデルと共に王都まで行き、国王に再婚したことを報告した。

元より結婚許可証を発行してもらったので、教会と国王など書類を扱う者たちには再婚を知られることとなる。だが父とアデルは再婚したからと言って、すぐ世間に対し広く伝えるようなことはしなかった。互いにいい歳だし、派手に祝うことを避けたかったようだ。

だが領民にはいずれ知られることだし、貴族たちの間にも噂として広がっていくだろう。それを踏まえて、今年の社交シーズンが終わる最後の舞踏会にはきちんと告げるつもりのようだ。その後は秋から冬とオフシーズンになり、それぞれの領地でどれだけ噂になっても構わない。雪が溶けて新たな社交シーズンになる頃には、皆新しい噂に持ちきりになっているだろうという読みだ。

「カーティスは出会った頃から病弱だったからな。もし自分に何かあったら、妻と子供二人を頼むと言われていたんだ」

アデルが越してきて落ち着いた頃、カイルを招いたお茶会で父・チェスターが言う。

それにアデルも頷《うなず》き、自分もエリザベスの母・ブリジットから言われていたことを告げる。

「私もブリジットさんから、『夫とエルシーを頼みます』と言われていたわ。特に両家が相談し合ってのことじゃないの。親友同士と思っていた両家がそれぞれ夫と妻を喪って……。残った者同士が『それじゃあ』とくっついたようなものよね」

香りのいい紅茶を飲み、アデルは兄弟に色濃く継いだ赤毛をそっとかき上げる。

「じゃあ、母上は以前からチェスターおじさんを想っていた、という訳じゃなかったのか。……良かったぁ。何か最初聞いた時、とても微妙な気持ちになっていたんです」

カイルが胸を撫で下ろし、エリザベスも「私もです」と微笑む。

「嫌だわ。私もチェスターさんも、それぞれの夫と妻にベタ惚《ぼ》れだったのよ。本当に亡くなってから後に始まった関係だから、安心して？」

アデルが幸せそうに微笑み、隣に座っているチェスターの腕に手を絡ませる。

（ご馳走様です……）

再婚したばかりの両親の姿を、エリザベスは生暖かい気持ちで見守っていた。

アデルが越してきてからというものの、父のだだ甘な声を毎日聞いている。こんなに蕩《とろ》けた声をしているのも、実母が元気だった頃以来だと思う。

（良かったわ、お父様。これからの人生、アデルおば様……いいえ、アデルお義母様と一緒

に仲良く暮らしていってね）

和やかなお茶会を楽しみつつ、エリザベスは誰にも気づかれないよう溜息をついた。

視線を少し下ろせば、これでもかと大きさを訴えている胸がある。

デイドレスの胸元はパツパツで、胸囲に合わせてドレスを作ると色々変な寸法になってしまうそうだ。なので大きめのドレスを着て、サッシュベルトやリボンなどで腰をキュッと絞っている。その結果、ドドンと胸が強調され、細い腰も対比されてより締まって見える。

去年の社交シーズン以来、エリザベスは王都に近づいていない。彼女の陰口を叩いていた令嬢も、欲を孕んだ目で見ていた男性も、〝今〟のエリザベスの成熟具合を知らない。

わずか半年ほどで、エリザベスの体はより女性らしさを増していた。

（ますます男性が遠のいて、女性から嫌われて、私は一生結婚できないに決まってるわ）

溜息をついた時、なぜかリドリアの姿が頭に浮かんだ。確かに外見だけ見れば格好いいだろう。自分もときめいてしまった……のを、ある程度認めざるを得ない。

だがエリザベスは、彼から受けた様々な仕打ちを忘れない。

（ナシだわ。ナシ）

いまだ、幼い日に股間を踏まれた屈辱を思い出す。今にして思えば、少年同士の喧嘩《けんか》や罰ゲームのようなことを、八歳も年下の女の子にするなどどうかしている。

当時はただ「酷いことをされている」というだけで泣いていたけれど、今ならあの時されたことの理不尽さがよく分かって一層リドリアが憎たらしくなる。

ワンワンと泣いて「嫌だ。やめて」と泣き叫んでも、リドリアはいじめっ子特有の興奮した目つきをして、いつまでもエリザベスの股間を踏んでいた。

（私の性格が歪んでしまっていたら、それはリドル様のせいだわ……）

はぁ……とアンニュイな溜息をつき、エリザベスは紅茶を一口飲んだ。

アデルがバーネット家に来てから、家がとても活気づいた気がする。

それまでエリザベスが女主人として切り盛りしていたが、やはり彼女は若いレディだ。女主人と言うに相応《ふさわ》しい年齢のアデルが来ると、使用人たちも皆ピシッとした態度になった。それまでエリザベスの良き相談相手や、頼れる姉という雰囲気を醸し出していたメイドたちも、アデルの指示のもとテキパキと動く。

エリザベスから見ても、アデルは理想の義母だった。

再婚だが新婚なので、夫であるチェスターとのラブラブっぷりは言わずもがなだ。だが義理の娘となったエリザベスにも愛情を惜しまず、本当の娘のように可愛がってくれる。

王都で引っ張りだこの衣装師を屋敷に呼び、今の流行だというドレスを新しく何着か作らせてくれた。これが父なら、エリザベスの新しいドレスのことなど考えもしなかっただろう。

アデルには、本当に感謝しかない。

だがエリザベスは活気づいた我が家を好ましく思っていたが、少し寂しくもあった。

使用人たちは何かあればアデルに指示を仰ぐようになり、自分の仕事が減ってしまったように思えたのだ。本来あるべき姿になったのだろうが、今までの生活を崩されたエリザベスは、何をしていいのか分からず暇を持て余している。

かと言って、この家に馴染もうとしているアデルの邪魔をしたくない。

エリザベスは自然と部屋に引きこもるようになり、恋愛小説や伝記小説、昔ながらの英雄《えいゆう》譚《たん》など、片っ端から読むようになった。

アデルもそんなエリザベスを気にしてくれているようだ。だがエリザベスも娘として義母の出番を減らしてはいけないと思い、なるべく大人しく過ごしていた。

そんな折、事の発端はフラッとやってきたカイルの何気ない一言だった。

「最近、リドル兄さんは大分忙しいようだ。暖かくなって花も見事に咲き誇っているというのに、屋敷に引きこもって仕事、仕事だ。恋人と庭園を回るにはうってつけの時季だって言うのに。食事は一応とっているし、必要とあらば出かけて領地内の視察や登城もしているようだが、ありゃあ……自分のための余暇はない感じかな？」

家族一緒にディナーをとっていて、四人で囲んだテーブルの上には温かなポークソテーがソースをかけられ湯気を立てている。旬のアスパラガスも茹《ゆ》でられて白いソースがかかっており、エリザベスは何本でもいけるぐらいアスパラガスが好物だ。ポーチドエッグがトロリとかかった生ハムのサラダも絶品だ。

「食事は〝一応〟ってどういうことなの？」

アデルの問いに、カイルはひょいと肩をすくめる。

「ほとんど執務室でサンドウィッチを食べてるよ。かのサンドウィッチ伯爵がカードゲームをするために作らせた食べ物だけどね。我が兄上殿は随分と勤勉なことだ」

半分ふざけた言い方にアデルは溜息をつき、チェスターも心配そうな顔だ。

「私が行って確認したいけれど……」

アデルが言いかけ、口を噤《つぐ》む。

これから社交シーズンに向けて、アデルは女主人として何かと忙しい。自分とエリザベスのドレスやアクセサリーを作らせ、エリザベスが舞踏会でダンスを踊っても差し支えのない男性を吟味しておく必要がある。エリザベスは舞踏会に参加したくないと思っていても、毎年バラの時期にある王宮主催のものには参加していた。それは貴族のレディとして最低限の義務だと思っている。アデルも「私が付き添ってあげるから、何があっても大丈夫よ」と言ってくれ、今年ばかりは少し心強い気持ちでいたのだ。

(アデルお義母様の手を煩《わずら》わせたらいけないわ)

その思いは自然に浮かび上がり、エリザベスは何の躊躇《ためら》いもなく自分から発言していた。

「もし良ければ、私がお義兄様《にいさま》の様子を見に行きましょうか？　これでも今までこの家をまとめていましたし、あちらの使用人たちに様子を聞くこともできると思います。少しカルヴアートのお屋敷に滞在して、お義兄様にきちんと食事をとらせるなど……やってみます」

「いいの!?」

エリザベスがリドリアを苦手としていたのを知っているアデルは、驚いて義娘《むすめ》の顔を見る。その表情には単純な驚きだけでなく、僅かな期待も含まれていた。

「いいも何も、義理とは言えお兄様ですもの。家族の体調を心配するのは当たり前です」

エリザベスは微笑んでみせる。今まで時間を持て余していたが、やることができたとなると気持ちがシャンとした気がした。苦手なリドリアを相手にするのだとしても、彼の生活状況を見て正すならば、義妹《いもうと》としてしっかりしなければ。

「ありがとう、エルシー。リドルが何か意地悪を言ったりしてきたら、問答無用で言い返して叩いていいわよ。その後しっかり私に告げ口なさい」

悪戯っぽく笑ってウインクをするアデルに、エリザベスは思わず快活に笑った。

「それはそうと、またお手紙が届いているわよ」

アデルがテーブルを示し、エリザベスは「あら」と目を瞬《しばたた》かせる。

近寄ってソファに座り白い封筒を手にすると、昔馴染みの字で『エリザベス・ブライズ・バーネット伯爵令嬢』と書かれてあった。

「ここに越してきてから二度目だけれど、ゲイソン……ってあのゲイソン子爵かしら?」

あまりエリザベスの交友関係に詳しくないアデルに、エリザベスはペーパーナイフで封筒に切れ目を入れ、微笑んだ。

「はい。ゲイソン子爵家のクリス様には、いつもお優しくして頂いています。子供の頃から交流があって、たまに東方へ向かう時は子爵家にも遊びに行かせて頂きました」

ずっと昔エリザベスに素直に「君は可愛いね」と言ってくれたクリスは、現在二十四歳の青年だ。サラリとした金髪に深いブルーの瞳。色白でやや儚げな印象もある。

「読書好きという共通点もあって、お互いにお勧めの本を紹介し合ったりしているんです。優しいお兄様という印象でしょうか」

「そう。そんな素敵な方がいたなんて知らなかったわ」

アデルも嬉しそうに笑う。もしかしたらアデルはチェスターや、亡くなった母からクリスのことを聞いていたかもしれない。だがエリザベスがクリスのことをどう思っているか、確かめるためにこの話題を振ってきたかもしれなかった。気の利くアデルのことだから、「もし付き纏われて困っているのなら、助けてあげるわ」と言ってくれそうな雰囲気もあるからだ。

「私、お手紙のお返事を書いてまいります」

「ええ、そうしてらっしゃい」

義母に見送られ、エリザベスはクリスの手紙を胸に自室へ足を向けた。

社交シーズンは頭が痛くなることが多いのだが、クリスと会えるのは嬉しいことでもあった。

それから数日して、カルヴァート侯爵家に滞在する荷物を纏めたりなど用意を始めた。

アデルはリドリアに手紙を書き、「義妹が向かうのでもてなすこと。あなたの生活態度も改めること」と宣告していた。カイルは状況を楽しんでいるようで、特にエリザベスに同行して味方をしてくれるようではないらしい。

一人なのを少し残念に思いつつ、それでもエリザベスは「私がやらなくちゃ」という使命感を胸に、カルヴァート侯爵家へ向かった。


馬車の窓からの景色はのどかなものだ。

エインズワース王国の南部は、どこまでも丘が続いていて山というものがない。

空は広く澄み渡り、丘陵を遮るものは何もない。所々に昔栄えた帝国が築いたという石垣があり、その間に羊が放牧されていた。

時折車輪が泥濘《ぬかるみ》に嵌まってしまうことなどはあったが、それ以外はカルヴァート侯爵家への道のりは順調であった。

やがて侯爵領にある村や町を通過し、可愛らしいレンガ造りの家々が目に入るようになる。

人々の生活をそっとカーテンの隙間から覗き見て、エリザベスは微笑んだ。

侯爵が代替わりしても、この領地の人々は相変わらず平和で幸せそうだ。どうやらリドリアも良い領主となるよう努めているらしく、評判もいいらしい。

成長してから直接リドリアと話すことはなかったが、頻繁に訪れるアデルやカイルから、彼の努力や功績は聞いていた。先代――父が病弱だったため、むしろ健康なリドリアがあちこち飛び回って仕事をこなしてから、国王や公爵からも覚えが良くなっているようだ。

あのリドリアが人々から慕われる侯爵になるだなんて……、と少々疑わしい気持ちはある。それでもお互い大人になったのだから、子供時代にはなかった紳士の顔、淑女の顔があってもおかしくない。

(せめて到着してから後も、侯爵閣下に相応しい温厚で好意的な態度をとってもらえたらいいのだけれど……)

前方にはカルヴァート侯爵家の私有地があり、立派な鉄門の向こうに中庭や巨大な屋敷が見て取れた。

「いよいよ敵地だわ……。しっかり、エリザベス」

呟いて彼女はギュッと拳を握った。

馬車を降りると使用人が揃《そろ》ってエリザベスを迎えてくれ、彼女は笑顔を浮かべて「出迎えありがとう」と対応した。背後でバーネット家の御者や従僕が荷物を下ろしている時、屋敷の玄関が開いてリドリアが姿を現した。

エリザベスは微《かす》かに喉を鳴らして緊張し、強張った笑みを浮かべる。

「お、お義兄様。あの日以来ですね。今日からしばらくご厄介になります。どうぞ宜《よろ》しくお願い致します」

スカートを摘《つ》まんでお辞儀をすると、その細腰をグイッと引き寄せられリドリアの胸板に飛び込む羽目になった。

(っひぃ!?)

内心悲鳴を上げてバッとリドリアを見上げた先、秀麗な顔が悪辣な笑みを浮かべている。

「ようこそ、エルシー。一緒に楽しい生活を送ろう」

ふあ……とリドリアのコロンが漂い、嗅覚からエリザベスを籠絡しようとする。だがそれよりもこれから自分がいびられるかもしれない予感を覚え、エリザベスは引き攣った笑顔で返事をした。

「こ……、こちらこそ……た、楽しい、生活を……」

駄目だ。どう足掻《あが》いても、リドリアの前で可憐な笑みを浮かべるなどできない。

目元と口元をピクピクッと引き攣らせたエリザベスを、リドリアは含んだ笑みのまま抱き締めているのだった。

第三章　嵐が過ぎ去り嵐が来る

カルヴァート侯爵家には、既にエリザベスが滞在する部屋が用意されてあった。

ラズベリーを思わせる色と白やアイボリーを基調とした部屋は、エリザベスが何度も泊まったことのある場所だ。案内をしてくれたメイドの話では、「前の旦那様と奥様は、いつ女の子が生まれてもいいように用意されていたのです」ということだ。

(家督を継げる男児がいればいいという話ではないのよね。勿論優先すべきは男児かもしれないけれど、女児を望む両親だっているのだわ)

だからこそ今アデルは自分を可愛がってくれているのだと思い、心から感謝する。


落ち着いてすぐエリザベスはリドリアとお茶を飲んだ。

「どうだ？　母上はそちらの家で馴染んでいるか？」

「はい。指示を的確に出すのがお上手で、使用人たちも効率良く動けて喜んでいます。空いた時間を自由に使っていても、お義母様は何も言いません。そういうところも慕われる要因の一つだと思います」

「それで……お前は？　仕事や立場を奪われて、面白くなく思っていないか？」

「え？」

胸の奥を見透かされたようで、エリザベスはドキッとした。面白くなくは思っていないし、アデルのことは心から歓迎している。だがバーネット家で手持ち無沙汰になってしまったのは確かだ。しかしそれをどうして、リドリアはその目で見たように言うのだろう。

「そ……そんなことありません。お義母様はお優しいですし、私も自分の時間に向き合えるようになりました」

「自分の時間……ね。お前ならどっぷり本の世界に浸っているのか？」

「！」

また言い当てられ、じわぁ……と頬が染まった。

「当たりか。……で、やることがなくて俺の様子を見に来た……と」

「別にやることがないから来たのではなく、お義兄様の体調を心配してです。お仕事に追われるあまり、食事もきちんとテーブルでとっていらっしゃらないとか」

「ふぅん……。カイルか」

ボソッと呟き、リドリアは手に持っていたスコーンの残りを口に入れた。

彼は何かを考えるように遠くを見ている。その横顔を、エリザベスはチラッチラッと盗み見していた。

サンルームのガラスの向こうには、カルヴァート侯爵家の見事な庭が見て取れる。

アーモンドの木には薄ピンクの花がたわわに咲き誇り、風に吹かれて今にも零れ落ちそうだ。その下に手入れをされたバラが女王の如く咲き、芍薬《しゃくやく》が清廉でありながら優美な花弁を綻ばせている。ポピーやブルーベルも地面に植えられ、低木のツツジも色鮮やかだ。

途中で見えたパーゴラからは、藤の花が紫の滝のように咲いていた。

「こんな見事な庭を、庭師《ガーデナー》が整えてくれているのに、見ないのは可哀想《かわいそう》です。それに食事はきちんとテーブルでとり、ちゃんと消化した方が体にいいと思います。何事も〝ながら〟は健康に良くありません」

「……エルシーに説教をされる日が来るとはな」

ふむ、とリドリアは頷き、ティーカップに残ったお茶を飲み干す。

「分かった。せっかくエルシーが来てくれたのなら、お前に合わせてティータイムや食事をちゃんととろう」

「ありがとうございます。できれば私がいなくなっても、その生活を続けてくださいね？」

「いなくなっても……？」

リドリアの目がスッと細められ、また何らかの感情を含めてエリザベスを見つめてくる。

「い、いつまでも私がこの屋敷に留まっている訳にもいかないでしょう。それに私だって、舞踏会でお相手を探して嫁がなければなりませんし」

「ほう？　エルシーを娶《めと》る男がいると思うのか？」

（う……っ）

今までまともに会話ができていたのに、急に意地悪の片鱗を見せられエリザベスが怯《ひる》む。

「し、失礼ですね……っ。私だって結婚できますとも」

プイッと横を向き、エリザベスは動揺した心を誤魔化すようにお茶を飲んだ。

その横顔にリドリアの視線を強く感じたが、顔を戻して彼の目を見る勇気はなかった。


エリザベスの横顔を穴が開くほど見つめながら、リドリアは内心「ふん」と盛大にせせら笑っていた。

(俺という者がありながら、他の男と結婚するつもりなのか？　いい度胸だ、エルシー)

それを口にしていればエリザベスが「ひっ」と怯えるだろうことを心の中で煮えたぎらせ、表向きは優雅に紅茶を飲む。

(それにしてもいつきちんと告白すべきか。こんな世話を焼かれた上で警戒されていては、甘いムードも作りにくいな……)

サンルーム越しの美しい庭を眺めるエリザベスは、きっとリドリアの気持ちを欠片《かけら》も分かっていないのだろう。天真爛漫な彼女らしくもあるが、ある意味残酷でもある。

(エルシーが他の男に目を向ける前に、きちんと俺を意識させなければ)

エリザベスの前では余裕たっぷりの大人の男性を演じているが、リドリアとてすべてを楽観視している訳ではない。彼女がとても魅力的なのは分かっているし、いつ縁談が舞い込んでくるか分からない。

チェスターは男手一つでエリザベスを育て、妻を喪った悲しみに耐え仕事に身を入れていたという印象が強い。多少親戚からエリザベスの縁談について相談されることもあっただろうが、エリザベス自身が強く結婚を望まなかったので、その話もあまり進まなかったそうだ。だがアデルと再婚し、「皆で幸せになろう」という雰囲気が出ている今、エリザベスにもいつ縁談が来るか分からない。

アデルも自分たち兄弟が、エリザベスを気に入っているということを理解しているだろう。だが遠く離れた場所にいるリドリアが、八歳も年下の女の子を今も想っていることは知らない。子供の頃は両家の親に必死に「エリザベスが好きだ」とアピールしたというのに、大人たちは子供の言うことだからと取り合わなかったのだ。

(エルシーがこの屋敷にいる間……だな)

戦法を立て、リドリアは心の中にあるチェスの駒を一つ進めた。

エリザベスがカルヴァート侯爵家に着いてから三日後、天気は崩れ嵐になっていた。

エインズワース王国は大陸ではなく島国なので、周囲を海に囲まれ天気が変わりやすい。初夏は比較的穏やかなのだが、一か月に数回空が荒れることもあった。

「ひぃっ！」

夜、エリザベスは布団を被《かぶ》りガタガタと震えていた。しっかりとカーテンを閉めた向こうには、カッと稲妻が光った後、この世の終わりなのではという轟音《ごうおん》がする。

神の雷《いかずち》が大地に突き刺さる様を想像し、エリザベスは心臓を縮み上がらせていた。

こんな激しい嵐を体験すると、苦々しい思い出まで脳裏に蘇る。

『そいつは余程目が悪かったんだろうな。お前が可愛いなんて天地が逆さになってもあり得ない。お前みたいなブス、一生結婚できるはずがないだろう』

呪いのような言葉を吐いて、悪辣に笑ったリドリアの顔が忘れられない。奇《く》しくも自分は、現在そのリドリアの屋敷に泊まっているのだが……。加えて、他にももっと雷《かみなり》にまつわる怖い思い出があった気がする。だがそれも恐怖に紛れて何も分からなくなる。

「うう、駄目だわ……。キッチンを借りてホットミルクを作りましょう。お酒でも入れたらきっと眠れるわ」

モソリとベッドから出ると、ガウンを羽織ってルームシューズに足を入れた。両手で耳を塞ごうとし……、そうするとランプが持てないことに気づく。

「あぁ……」

絶望の声を上げ、エリザベスは片手で耳を塞ぎ、無防備な耳は肩につけるようにして雷の音を防いだ。傍《はた》から見れば片方に首を傾《かし》げ、何とも不思議なポーズで歩いているのだが……。本人は気にしている余裕などない。

屋敷の外からはドーンだのガラガラッだの景気良く雷の音が響き渡り、いつかこの屋敷にも雷が落ちて燃えてしまうのではと恐れた。壁にかかっている絵画や花瓶の影が揺れ、そこからユラァッと何かが現れそうで、別な意味で怖い。怯えつつもエリザベスはやっとの思いでキッチンに辿《たど》り着《つ》いた。

「えぇと……。キッチンはこっち……」

本来ならキッチンはコックの領域で、貴族といえどもあまり立ち入るのは宜しくない。まして エリザベスは客人なので、明日素直に謝ろうと思っている。氷が入れられた冷蔵庫に、ミルクの瓶がある。そこから小鍋に一杯分ミルクを注ぎ、蜂蜜も入れた。

「ブランデーは……と。あ、リドル様のお部屋に行ったら、あるかもしれないわ」

勝手に人の家を歩き回るのは、レディらしからぬ行動だ。だがエリザベスは彼の幼馴染みであり、かつては互いの屋敷を我が家のように出入りして歩き回った。それを思えば、多少の行動も目を瞑《つぶ》ってくれるだろう。何せこちらは緊急事態なのだ。

一階にリドリアの書斎があり、エリザベスはランプを床に置くと小鍋を片手にノックをした。用意が良く、一緒にキッチンからマグカップも持ってきている。

「…………誰だ」

中からリドリアの声がし、彼の声を聞くとなぜだか気持ちが落ち着かない。

この嵐が怖いはずなのに、どうしてか意識がすべてリドリアに持っていかれそうだ。

「……エリザベスです」

小さな声で名乗ると、すぐにドアが開いてガウン姿のリドリアが姿を現す。

「こんな時間にどうした？　……もう深夜の二時になる」

「……眠れなくて。あの、お酒をください」

「は？」

リドリアは目を丸くし、目線をエリザベスの高さまで合わせてからもう一度尋ねた。

「なんだって？」

「ですから。……お、お酒をください」

そう言ってエリザベスは小鍋を差し出した。

「……ああ、なるほど。……驚いた」

リドリアは納得すると、ドアを大きく開いて「暖炉に当たれ」と中に招き入れる。

初夏であろうが、雨が降ると気温が低くなり、レンガや石でできた建物というのは冷える。屋敷内に幾つもある暖炉で火を焚《た》いて、それを壁にかけたタペストリーで封じ込めないと、大きな屋敷というものは温まらないのだ。

「こちらへ」

暖炉の前には毛皮が敷いてあり、ロッキングチェアーがある。

リドリアはそこにエリザベスを座らせ、自室にあった膝がけで彼女を包み込んだ。小鍋も取り上げ、燃えている薪《まき》を器用に手前に転がす。その上に鉄製の足つき網を火かき棒で移動させ、小鍋を置く。

「そうしていればその内温まるだろ。……で、酒か」

「少しでいいので、ブランデーか何かをちょっとミルクに入れられたら……と」

「だよな。晩酌にグビグビ飲むのかと思った」

「し、失礼ですね！　私を何だと思っているのですか」

やっぱり意地悪だ！　と思い、エリザベスは唇を尖らせる。

その後リドリアによる凄まじい悪口が続くのかと思ったが、彼は沈黙したままだ。不気味に思ってそろっと振り向くと、彼はこちらを見て微笑んでいる。

「……そうだよな。エルシーはもう立派なレディだ。もうからかうのは卒業、だな」

「…………!?」

あの悪魔の言葉と思えず、エリザベスは目と口を可能な限りポカンと開いた。

「……何て顔をしてるんだ。俺が優しくすると、そんなに珍しいか？」

リドリアはエリザベスの足元に座り、何とはなしに毛皮を撫でる。

「め……珍しい……と言いますか……。き、気持ち悪い……」

思わず本音が漏れ、チラリとリドリアを窺うと彼はじぃっとこちらを凝視していた。肩をすくめ、エリザベスは椅子の上で縮こまる。

「だ、だって。子供の頃あんなに虐められたんですもの。今さら急に優しくされても、裏があると思ってしまったり、素直に受け取れません」

小鍋の中でミルクは温まり、鍋の際に小さな泡ができていた。それを見てリドリアはエリザベスが持ってきた匙《さじ》でぐるりとかき混ぜ、蜂蜜を溶かしてゆく。

「そりゃあ……そうだな。俺も子供の頃の行いが悪かった。それは詫《わ》びよう」

「…………」

ここまで素直に謝られると、エリザベスとしても気持ち悪い。未確認生物を見るような目でリドリアを盗み見し、話題を変えた。

「まだお仕事をされていたのですか？」

「ああ、もうそろそろ寝るつもりだった」

「……あまり根を詰めすぎないでくださいね」

「おや、気持ち悪い相手に随分優しいな？」

「う……」

リドリアに言い返され、エリザベスは何も言えなくなる。

「と、すまん。お前を相手にしていると、つい俺も口が過ぎてしまうな。気をつけなければ」

その後気まずい沈黙が落ち、場がシンとする。リドリアと話して雷への恐怖も和らいでいたが、沈黙になったタイミングでまた轟音が聞こえた。

「つひぃ！」

バッと両手で耳を塞ぎ、エリザベスはロッキングチェアーの上で膝を折り畳み、できるだけ小さくなる。

「ああ、お前は雷が苦手だったか。それで酒入りのホットミルク……か」

言葉の最後に「思考が単純だな」と言われた気がする。いや、自分の思い込みかもしれない。早くこの場を立ち去りたいと思ったエリザベスは、淑女のしとやかさを忘れ、酒をせびった。

「ミルクも温まった頃合いですし、お酒をください。それを飲んで寝ます！」

「……分かった」

リドリアはキャビネットに向かい、そこから封の開いたブランデーを取り出した。匙に半分ほど注ぎ、ぐるぐるとかき混ぜてマグカップに注いだ。

「鍋と匙は俺が後でキッチンに戻しておいてやる」

「ありがとうございます。お部屋で頂きますから、それではおやすみなさい」

椅子から下りてペコリと頭を下げると、エリザベスはドアを開いた。

それを背後から伸びた手が押さえる。

「……え？」

背中に触れるか触れないかでリドリアの体がある。振り仰いだエリザベスの顔とすぐの距離に、こちらを覗き込んでいる義兄の顔があった。

(近い！)

端正な顔がすぐ側にあり、ボボッと顔から火が出そうなぐらい赤面する。

彼は長い睫毛を伏せ気味にし、その奥から青い瞳でジッとエリザベスを見つめていた。あと少し距離を詰めれば、エリザベスの背中とリドリアの胸板がくっついてしまいそうだ。

異性とダンス以外でこれほど近い距離で接したことのないエリザベスは、あまりにふしだらなことをされた気がして、顔面から湯気が出んばかりに赤面している。

「……な、なんですか？　私、寝ます……」

リドリアの腕に閉じ込められ、エリザベスは体を小さくし、少しでも触れ合う面積が小さくなるよう努める。それなのに首筋に吐息がかかり、ヒクッと肩が跳ねた。

「雷が怖かったら、俺を頼ってもいいんだぞ？」

(雷も怖いですが、あなたも怖いです！)

心の中で盛大に突っ込み、エリザベスは小さく首を振る。

「お気遣いは嬉しいですが、もう私は〝小さなエルシー〟ではありません。大人になったのですから、ブランデー入りミルクを飲んで一人で眠ります」

「……ふぅん、そうか」

ふ……と背後からリドリアの体温が離れ、ドアについていた手もなくなる。

頬はまだ熱を持ち、胸はドキドキとうるさく鳴っている。それでもエリザベスは平静を装い、「おやすみなさい」と告げて書斎を後にした。


「――何だったの！」

寝室に戻り、エリザベスはボスボスと枕を殴る。

「あんな……っ、あんな……！　ち、近すぎるわ！」

背中に迫ったリドリアの胸板を思い出し、エリザベスは一人で悶《もだ》えていた。羽根枕は原型がなくなるまで形を変え、哀れな姿になっている。

「……虐め方を変えたのかしら？」

どうしてもリドリアが改心したと思えず、エリザベスは相変わらず猜疑心《さいぎしん》を持ったままだ。

「……顔がいいだけに、抵抗の仕方が分からないのよね……」

はぁ、と溜息をつき、今度は枕を撫でて形を整えてゆく。我ながら感情が迷子《まいご》だ。

口にしてしまうと、エリザベスはリドリアに再会して認めたくなかった気持ちを、認めざるを得ない気がした。枕を置き、まだ雷の気配があるので頭まで布団を被る。

「……格好良くなったわ。背も高くなったし、大人の男性になった。いい香りがして、声も視線も……色気があって別の人のようだわ」

布団を被った暗くて狭い空間だからこそ、独り言というのは意味を増す気がする。この世界にはエリザベスしかおらず、何を呟いても自分しか聞いていないのだ。

だから、ほんの僅かに素直なエリザベスが顔を見せる。

「昔のことさえなければ、素直に格好いいと思って惹《ひ》かれてもいいのかもしれないわ」

そう呟いた後、現在の自分たちの関係を思い出して首を振る。

「いいえ。今の私はリドル様の義妹だわ。……そんなこと考えたら駄目。義兄が格好良くてもそうでなくても、義妹には関係のないことだわ」

呟いてギュッと自分を抱き締め、エリザベスは耳を塞いで体を丸めた。

（……嫌な雷。……早く過ぎてくれたらいいのに）

体はブランデーでほんのりと熱くなり、眠気も訪れている。エリザベスは目を閉じて、ふぅ……と溜息をついた。


しかし深夜から明け方にかけて、雷雲が長時間通ったようだ。

雷が止む気配はなく、エリザベスはうとうととしながらも、轟音に体をすくませていた。

すると途中から、温かな人肌が触れて、エリザベスを包み込んでくれる。頭を撫でる手がとても優しいので、エリザベスは父の夢を見ているのだと思った。

父もまた、雷が怖くて泣いているエリザベスをこうして慰めてくれていた。

「……お父様……」

涙を流して〝その人〟に縋《すが》りつくと、〝彼〟は大きな手で背中をポンポンと撫でる。しっかりとした胸板に顔をすり寄せ、エリザベスはいつの間にか雷の恐怖も忘れぐっすりと眠っていた。


「ん………、ぅ」

カーテン越しに光を感じ、耳には小鳥の囀りも入り込む。

朝が来たのだと思い、エリザベスは眠りの淵から意識を引っ張り上げた。

目をうっすらと開き、朝を迎えた世界にぼんやりと耳を澄ます。もう雷は鳴っていないようで、花柄のカーテンの向こうは明るい。遠くから使用人たちが忙しく働く気配が感じられ、「起きなきゃ……」と体を起こそうとした。

「……ん？」

しかし体に何か重たいものが乗っていて、エリザベスは起き上がれない。それで一気に意識が覚醒した。そう言えば背後から何者かに抱き締められている気がする。

「なに……これ……」

体の前に回った手は、大きくて骨張った男性のものだ。加えて小指に嵌まっているシグネットリングには、見慣れた家紋が刻まれている。

「――――っ」

ザァッと体中から血の気が引いた気がした。それなのに一気に体中に血が巡り、ドキドキと心臓がせわしなく動き、顔も体も熱くなってゆく。混乱しきったままバッと背後を振り向けば、そこには無防備な寝顔を晒したリドリアがいた。

目玉が零れ落ちそうなほど見開いたエリザベスの目の前で、リドリアが長い睫毛を震わせゆっくりと目を開く。現れた深い青に思わず見入りそうになった時――形のいい唇が「おはよう」と魅惑的な低音を紡いだ。まだどこか、眠たげな声だ。

「………………」

――――は？

エリザベスの頭の中は真っ白になり、リドリアを呆然《ぼうぜん》として見つめる。

——何で？

混乱しきったエリザベスの心中など知らず、リドリアは「うぅん……」と唸《うな》ってエリザベスを抱き締めてきた。今まで気づかなかったのだが、彼は上半身裸だ。逞《たくま》しく温かな胸板に顔を押しつけられ、頬がむにゅうっと歪む。

（ちょ……、ま、待って？　待って……??）

状況を冷静に理解しようとするのだが、リドリアがまた何事か唸りつつエリザベスの首元に顔を埋めてきた。

（きゃあああああぁぁあああぁっっっ!!）

スゥーッ……と首筋の辺りでリドリアが息を吸い込み、吐き出してゆくと同時に唇が触れる。エリザベスの体にリドリアの長い脚が絡み、まるで抱き枕だ。

背中に当てられた手がモソモソと移動し、ネグリジェ越しにエリザベスのお尻をまさぐる。

（待ってええええぇぇええ!!）

情けなくはくはくと口を喘《あえ》がせるが、人間というものは本当に焦った時には声が咄嗟《とっさ》に出ないようだ。プリンとしたお尻が丸く撫でられ、その後遠慮なしに大きな手に掴まれる。

「…………っ」

自分のお尻がリドリアの手によって卑猥《ひわい》に形を変えているのを想像し、エリザベスはカァッと頬を染めた。

（いや……っ、いや！　何で寝ぼけてこんなことをするの!?）

必死に起き上がってリドリアから逃れようとするが、また「うぅーん……」と唸った彼に掴まり引き戻される。今度は仰向《あおむ》けになったリドリアの上に体が重なり、しっかりと抱かれている状態だ。エリザベスの豊かな胸はリドリアの胸板でひしゃげ、顔は今にも彼の顎《あご》か首筋にくっついてしまいそうだ。腰がしっかりと押さえられ、またお尻が揉まれる。

「ん……っ、ん、やぁ……っ」

プリプリとお尻を振ってその手を嫌うが、リドリアの手は止まらない。挙げ句の果てに、お尻の割れ目を指がなぞってきた。

「――っひぃ」

経験がなくたって、ソ、ソコがいけない場所だということは分かっている。

膝立ちになって起き上がろうとするも、その体勢はますますエリザベスの脚を開かせた。結果彼女の体勢は、リドリアの手をより大胆に動かさせることになる。

そして更なる災いがエリザベスを襲った。

「――――え?」

今まで動転していて気づかなかったが、下腹部の辺りに何か硬いモノが当たっているのだ。硬いと言っても金属的な硬さではない。人体の一部が硬化したようなそれは――。

「………?　え……?」

エリザベスは思わず手を自身の体の隙間に押し込んだ。渾身《こんしん》の力で腰を浮き上がらせ、その隙間にあるモノに手を触れさせた。

「…………こ、……れは」

硬い棒状のソレは、薄いトラウザーズの下で反り返っているリドリアの一物だった。

エリザベスの脳内に、大人向け恋愛小説の一節が浮かび上がった。

『マルグリットはアルフォンスの下肢に手を這わせた。そこには既に天を衝《つ》かんばかりに興奮した、男性自身が存在を誇示している。〝アルフォンス様のきかん棒は、相変わらず素敵ですわ〟蠱惑的に微笑んだ彼女は、昼間の淑女の姿を捨てていた――』

「きかん棒っ！」

小説のその後の展開を思い出し赤面したエリザベスは、悲鳴のように叫んだ。そして死ぬ思いでリドリアの腕を引き剝《は》がし、ようやくたたらを踏んで床に下り立つ。ぜぇ……ぜぇ……と息を乱し、エリザベスは女性用の可愛いベッドに眠る、野獣のような男を見やる。

「……何で……ここにいるの……？」

考えても考えても分からず、エリザベスは隣室へ駆け込んだ。

侍女を呼んでコルセットを着けてもらうこともせず、ガバッと簡単なデイドレスを被ってボタンを留める。チラチラとベッドルームの気配に気を遣いつつ、慌てて靴下留めとストッキングを着け、ブーツを履いて部屋を飛び出た。

途中で胸が邪魔で下が見えず、階段を転げ落ちかけたのは誰にも内緒である。

「エリザベス様、おはようございます」

廊下を凄まじい早足で歩き抜き、階段を滑るように下りたエリザベスは、玄関ホールにあるソファに座り込み燃え尽きていた。

そこにのんびりとした使用人の声がかかり、エリザベスはぼうっとしたまま目を向ける。

「旦那様はまだお目覚めじゃあないんでしょうかね？　朝食のお時間はどうしましょう？」

赤ら顔の中年メイドは、陽気な声で尋ね花台の花を整えていた。

「……あの、私。ちょっとリドル様と顔を合わせたくないので、先に食べてもいいかしら？もしリドル様に何か言われたら、私がそう言ったと強く主張しておいて」

メイドは一瞬何かを想像し、にんまりと笑う。

「かしこまりました。旦那様の朝食が遅いのはいつものことですし、健康的なエリザベス様に合わせるのは正しいやり方でしょう。さ、朝食室にいらしてください。用意はできていますから、すぐお出しします」

メイドはそう言ってエリザベスを朝食室まで案内し、そこから先は場を取り仕切る給仕に任せた。

朝食を出されても、エリザベスはリドリアの寝顔や体温を忘れられない。

ボーッとしすぎて、半熟玉子の黄身をテーブルクロスに落としてしまったほどだ。

何とか朝食を終えても、リドリアが眠っている部屋に戻るなんてできない。

「お庭を見てくるわね」と理由をつけ、ガゼボでひたすら呆《ほう》けていた。

「……いない」

ようやく目覚めたリドリアは、女性らしい可愛らしい部屋の中を見回し、自分の身長にはやや窮屈なベッドの中で伸びをし、不満そうに唸った。

昨晩エリザベスが酒を望んで書斎に来た時は、一瞬夜這《よば》いかと思って喜んだ。

だが雷が怖いのだと分かると、酒の力を借りてでも何とかしようとする姿に、子供の頃の彼女を思い出し可愛くて堪らなくなる。ネグリジェの上にガウンを羽織っただけの姿は、無防備でとても扇情的だった。髪の毛もふんわりと下ろしたままで、思わず触れたくなる。

ミルクが温まるまでエリザベスは気丈に振る舞っていたが、やはり雷が怖いのは治っていないようだ。華奢な肩がビクッと跳ね上がるのを見て、つい抱き締めて「大丈夫だ」と囁きたくなる。それでも手元にはあと少しで目を通し終わる書類があり、そちらをまず片づけてから夜をゆっくり過ごそうと思った。

エリザベスが書斎を去ってからリドリアは書類に向き直り、異様なまでの集中力でそれをさばいてしまう。

寝る準備を終えると足音を忍ばせ、エリザベスの部屋に向かった。

ノックをしてドアを開くと、羽根布団がこんもりと盛り上がっている。恐らく幼い頃のように小さく丸まったまま、寝てしまっているのだろうか。

「エルシー」と声をかけて布団を剝げば、思った通りエリザベスは何かから身を守るように、ダンゴムシのように丸まっていた。

その姿を見て思わず笑い、リドリアはベッドに潜り込むと彼女を抱き締めた。

寝る時はいつも上半身裸にトラウザーズという姿なので、ガウンはその辺りに脱ぎ捨てた。

「エルシー、大丈夫だ。怖くない」

囁いて彼女の背中を撫でると、エリザベスは「お父様……」と呟いて抱きついてくる。

父と間違えられているのか、と閉口しつつも、それでも彼女の恐怖が少しでも和らいでくれればいい。そう思いリドリアは小さく子守歌を歌い、いつまでもエリザベスの背中を撫でていた。そうしている内に眠ってしまい、朝方になってエリザベスが何か言っているのが聞こえた気がした。だがいかんせんリドリアは朝が弱い。

寝ぼけて「エリザベスをきちんと寝かせなければ」と思い、彼女を抱き締めようとした……のは何となく覚えている。だが太陽が高い位置まで上ってしっかり目覚めると、あやしていたはずのエリザベスは隣にいない。

「……冷たいな」

多少傷つきつつも、リドリアは起き上がってもう一度伸びをし、ガウンを拾って身に着けた。ここのところエリザベスと共に三食きちんととっているので、やや体調もいい気がする。

「朝食……には遅すぎるな。まずエルシーを探しに行くか」

呟いて欠伸《あくび》をし、リドリアは着替えるために自室へ向かった。

「起こしてくれたら良かっただろう。冷たいな」

「ひぇっ」

いきなり声をかけられ、エリザベスは文字通り飛び上がるほど驚いた。バッと声がした方を見ると、きっちりと服を着たリドリアがガゼボに入ってくるところだ。

「『ひぇっ』ってな、お前……。そういう態度をとられると俺だって傷つくんだが」

ベンチから腰が浮き上がり、エリザベスは今にも逃げ出す姿勢だ。それを見てリドリアは座るよう手でベンチを叩き、自分も向かいに腰かける。

「どうして先に起きた」

悠然と脚を組んだ彼は、レディのベッドに忍び込んだことを悪いと思っていないようだ。

「どうしてって……。私こそ逆にお聞きしたいです。どうして私のベッドにリドル様がいるのですか。レディの寝室ですよ？」

「どうしてって……。お前、雷怖がってただろう」

「は…………」

まさか慰めのためだったとは思わず、エリザベスは口をポカンと半開きにして呆ける。

「そんなアホ面するぐらい意外か」

「ア、アホ面は余計です。気遣ってくださったのはありがたいですが、なぜ服を脱いで一緒に寝るのですか。年頃の男女がそのような姿で同じベッドに寝れば、どんな誤解を生むか分からないはずがないでしょう」

「俺はいつも寝る時は上半身裸に、下一枚だ」

「…………」

（全裸で寝るタイプの人でなくて良かったわ）

思わずエリザベスは真顔になり、ギリギリの判定をくだす。

「しかしエルシーも、同じベッドに寝たら流石《さすが》に俺を男として見ざるを得なかったか」

「と、当然です。元いじめっ子だとしても、リドル様は二十七歳の男性ですし私は十九歳のレディです。婚前交渉に関わるあらぬ噂を立てられたら、どう責任を取るおつもりですか。しかもあなたは義兄ですよ？　醜聞なんてものでは済まなくなります」

「責任なら取る。結婚すればいいだろう」

「け……っ！」

あまりに斜め上のことを言われ、エリザベスは上ずった声を上げて口をパクパクさせる。

「な、何を仰《おつしや》っているのですか！　私たちが結婚などできるはずもないでしょう。そもそもお互い好きでもないのに……」

そこまで言った時、リドリアがやや被せ気味に口を開いた。

「しようと思えば結婚できるし、俺は、お前が、好きだ」

最後はきっかりと区切るように言われ、信じられない言葉がエリザベスの耳に明瞭な発音で入り込んだ。

「………」

エリザベスの世界が停止する。

頭の中が真っ白になり、小鳥の囀りがやけに耳に響く。初夏の微風が結っていないプラチナブロンドを揺らし、思わず手で押さえた。屋敷の裏手にある井戸の辺りから、メイドたちが洗濯をしつつ談笑する声が微かに聞こえる。

呆けている間に、リドリアは立ち上がってエリザベスの隣に腰かけた。

「え……っ、え……」

まだ何も対応する術《すべ》を持たないエリザベスの頤《おとがい》を持ち上げ、リドリアは熱を孕んだ目で見つめてくる。

「子供の頃からお前だけを好きだったと言っているんだ。いつになったら気づく」

怒ったような顔は、照れ隠しをしているようにも見える。

だがエリザベスはにわかには信じられない。

(えええー……？　嘘《うそ》でしょ？　嘘でしょう？　あの悪魔のようなリドル様が？　私を？　好き？　女性として？)

目の前に彼の顔が迫って、今にもキスをされそうだ。だというのにエリザベスの目はまん丸に開かれたまま、驚きを収めることができない。

「…………そんなに予想外か」

リドリアは溜息をつき、エリザベスの肩を抱き寄せた。

——あ、くっついちゃう。

一瞬そう思った後、エリザベスの小さな唇は、彼女が悪魔だと恐れた男によって塞がれる。

「――――ん？」

唇が柔らかいものに包まれ、はむはむとついばまれていた。息苦しさを感じて小さく口を開くと、そこから熱いものがヌルッと口内に入り込む。

「つん！　んンっ!?」

そこで初めてエリザベスは我に返り、自分がリドリアに唇を奪われているのだと気づいた。抵抗しようとするのだが、口内をクチュクチュとかき混ぜる舌が心地好《ここちよ》く、頭がぼんやりとする。他人の舌を受け入れるなど、小説だけの話と思っていた。

だが実際味わったリドリアの舌は滑らかで熱く、極上のゼリー菓子のようだ。

「あふ……っ、ン、――んぅ」

体温が急上昇し、碌《ろく》に呼吸ができずエリザベスが混乱する。

危機感を覚えている冷静な部分は「逃げなきゃ」と警鐘を鳴らしているのに、この舌に早くも堕《お》とされた女の部分は「もっと味わいたい」と叫んでいる。

二つの相反する気持ちがせめぎ合い、エリザベスは心の限界を感じて涙を流していた。

リドリアの舌はそれ自身が一つの生き物のように蠢《うごめ》き、エリザベスをまさぐってくる。

前歯の裏側をチロチロとくすぐられると、「ふぁあ……ん」と情けない声が漏れて腰が抜けてしまう。蕩けて力が抜けた舌を、今度はいいように弄ばれた。リドリアの力強い舌に何度も弾かれ、舐められる。その後彼の舌はエリザベスの口内をグルリとかき回し、唇のあわいでグチャリと淫猥な音を立てた。

「ン、――んんっ、――ん、ふっ、……んくっ」

脳内はリドリア一色に染められ、抵抗しようとして彼の腕を摑んだ手は、そのまま力なく添えるに留められていた。後頭部と腰を押さえるリドリアの力強い手が、より熱情を感じさせる。キスをしながらベンチを跨《また》いだリドリアは、より一層エリザベスを抱き寄せ自身の腰を押しつけていた。

「ん、……あぁっ、――ア、ゆる……してぇっ」

息継ぎの合間に弱々しく乞うたのが男の本能を刺激したのか、今度はベンチの上に押し倒された。視界にガゼボの天井が映り、余裕のない目をした獣が覆い被さってくる。

「待って、ぁ――ア」

息が止まるほどきつく抱き締められ、また激しい口づけがエリザベスを襲った。

こぢんまりとしながらも手入れのされたガゼボに二人分の呼気が満ち、空気を変えていく幻想すら味わう。外は昼日中の爽やかな世界だというのに、陰になったそこだけが妖しげな呼吸に満たされていた。

リドリアの髪は、エリザベスの手によってかき回されクシャクシャになっていた。

それをかき上げ、ようやく満足した獣が体を起こす。

その頃にはエリザベスはぐったりとしていて、デイドレスのスカートも太腿までめくり上げられていた。

フリルたっぷりのペチコートに覆われた白い太腿は、リドリアの目にどう映ったのだろうか。彼は飢えた野生動物のような目でジッとそれを凝視し——、目を閉じて一つ息をつく。押しつけられていた彼の欲棒もまだ膨らんだままだったが、リドリアはエリザベスのスカートを戻し、脱力した彼女を起き上がらせた。

「大丈夫か？」

「あ……………はい……」

顔を覗き込まれ、ぼんやりとしたままエリザベスは頷く。

「俺の気持ちは分かったか？　俺はいつでもエルシーを想っていた。だが互いの親の死が重なり、俺も多忙になりお前に会えないでいた。…………随分と久しぶりに会ったエルシーは、美しくなっていてとても驚いた」

リドリアの言葉を、エリザベスは呆然としたまま聞く。熱烈なキスとリドリアの熱情に押し流されたまま、彼女の思考はまだ正常な場所に戻っていなかった。

「舞踏会に出ても、エルシーの噂は聞いても実際お前にきちんと会えることはなかった。早々に帰っていたり、俺の気配を感じたらその場から立ち去っていたようだったしな。男どもはお前に骨抜きになり、胸くそ悪かった。女どもも好き勝手なことを口にする。本当のお前は一人になった父を思い、しっかりと家を切り盛りする性根の座った女だ。誰一人として、エルシーの本当の姿を知っていない。……まぁ、知れば魅力的に思う情報など、誰に教えてやるつもりもないが」

続いた言葉の中に、これまでの自分の生活を知っていた口ぶりがあり、少し気持ちが冷静になってゆく。

「……バーネット家の内部事情などを、ご存知だったのですか？」

ようやくリドリアに目を合わせられたが、彼はもうその目に欲情を灯《とも》していないので内心ホッとする。

「本当なら俺が直接そっちに出向いて様子を見たかったが、いかんせん侯爵の地位を継いでから、王都や遠方での仕事が中心になって、昔のようにのんびり優雅に遊ぶということはできなくなった。だから身が軽いカイルを使いにしたんだ」

「なる……ほど」

確かにリドリアは多忙だと、アデルやカイルからも聞いていた。

それでもなお彼はエリザベスを思ってカイルを使って見守ってくれていたのだと知ると、その心遣いに感謝しなければ……と思ってしまう。

「カイルならお前も警戒しないだろうと思って、あいつに見張らせておいた。屋敷で困っていないか、チェスターおじさんと上手《うま》くやれているか、そういうことは気を配っていたつもりだ。舞踏会でも変な男に声をかけられないように見張るよう言っておいたが……。あいつはあいつで楽しんでいたようで、あまり役に立たなかったようだ」

確かにカイルやアデルと舞踏会に行くことはあっても、いざ会場に着けばカイルはいつの間にかどこかへ行ってしまった気がする。カイルがエリザベスを守る役割をしていたなら、それは少し失敗だったかもしれない。カイルはとても社交的で、ああいう場に出ると誰彼となく会話を始め楽しくて止まらなくなるのだ。

「だからと言って俺が舞踏会の折にバーネット家まで迎えに行っても、……きっと逃げて顔も合わせてくれなかっただろうしな？」

「……す、済みません……」

そこまで言われると、まるで自分がリドリアを毛嫌いしていたようだ。

嫌いというのと、彼を怖がる気持ちは少し違う。それでも避けてリドリアを傷つけていたことは確かだ。

「……もう避けたりしません。……きっと」

何とも頼りないエリザベスの言葉に、リドリアは溜息をつき「まぁいい」とその話を終わらせてくれた。

「あの……。本気……なのですか？　私のことが好きだ……って」

また視線を外していたが、エリザベスはおずおずと彼の目を見る。

そこには昔と変わらない、何にも動じない青い瞳がある。リドリアの目はまっすぐエリザベスの瞳を射貫き、自身の気持ちを偽らず語る。

「俺は冗談を言わないタチで、口にした言葉はいつも本心だ」

「…………では、昔に思いきり、親の敵のようにブスと言ったのも？」

思わず真顔になって尋ねたエリザベスに、リドリアは一瞬目を泳がせる。

「あれは子供の頃特有の、可愛い子ほど虐めたくなる現象だ。あの時の悪口はすべて、逆の意味だと思ってくれればいい」

そう言われ、エリザベスは思い出したくない子供時代に思いを馳《は》せる。ふ……と脳裏に思い浮かんだのは、世界が逆さまになった瞬間だ。庭でお昼寝をしていたら、リドリアとカイルに足首を持たれて逆さづりにされた。カボチャのように大きなドロワーズを笑われ、大泣きをしてまた嘔吐いて——。

「……うぷっ」

二人の悪魔のせいで、エリザベスは泣くと嘔吐く癖がついてしまっていた。

思い出し嘔吐きをし、エリザベスは口元を抑えた。

「なぜ嘔吐く」

「す、すみません……。思わず……」

少し空気が気まずくなり、エリザベスは座り直すふりをしてリドリアから少し距離をとった。その後今までの言葉を反芻《はんすう》し、〝今は〟答えられないと思って首を振る。

「お気持ちはありがたく受け取ります。ですがずっと嫌われていたと思っていたのに、実は好きだったと伝えられても混乱するしかできません。それに私たちは義理とは言え、兄と妹です」

ゆっくり立ち上がり、遠くで日差しを反射して輝いている噴水を何とはなしに見た。

「……今は……。何も言えません。…………すみません」

俯《うつむ》いて袖のレースを弄《いじ》った時、リドリアも立ち上がる。

「分かった。俺も急だったと自覚している。ここに滞在している間、ゆっくり考えればいいさ」

理解を示したリドリアは、先にガゼボから出て行く。

エリザベスもその後を追い――、ふ……と先ほどまで濃厚なキスを交わしたベンチを振り向いた。自分が押し倒された場所を見てサッと頬を染め、絡みつく情念を断ち切るように、陽《ひ》が差す明るい世界に踏み出した。


屋敷に入り、リドリアと共にランチをとる。

だが気持ちは上の空で、普段それほど口数が多くない彼が話題を振ってきても、「ああ」とか「うう」などと唸るしかできなかった気がする。

ランチが終わるとリドリアは書斎に向かい、エリザベスは手持ち無沙汰になった。

部屋には退屈しないように、バーネット家から持ってきた本がある。だが今の状況で恋愛小説など読む気になれない。培われた想像力がもっと増し、現実のリドリアに対して不埒な妄想をしてしまいそうで怖いのだ。

屋敷のあちこちを歩き回り、エリザベスは仮の女主人として注意が必要な場所を見て回った。午後になってメイドが『旦那様がお茶にお誘いです』と言づけてきたが、エリザベスは「まだ見回りが必要な場所があるので」と理由をつけて断ってしまった。告白されて返事を保留にしてしまった現状、リドリアと向かい合わせに座ってお茶をするのは気まずい。悶々《もんもん》としながら屋敷内をチェックし終わると、今度は帽子を被って広い庭を歩き回る。

夕食はさすがに参加し、リドリアを目の前に言葉少なに食事をする。

ここでもやはり、リドリアに何か言われても上の空だった。どうしても昼間のガゼボでの光景がまな裏に浮かび、彼と目を合わせて会話することができない。

まさかリドリアを異性として意識する日が来るとは思わなかったが、そのまさかが起こってしまったようだ。しかしいきなりキスをされ押し倒されては、誰だって意識して当然である。内心、自分に言い訳をしながらも、エリザベスは早く一人きりになりたいと願っていた。

「エルシー。食後の酒でも飲みながら少し話をしないか?」

「け、結構です。することがまだ山積みですので」

リドリアからそう誘われたが、エリザベスは平静を装って断るとサッと席を立った。晩餐《ばんさん》を終え部屋に戻ろう……と思うのだが、またリドリアが訪れるような気がしてどうすればいいか分からない。

(そうだわ……! 仮にも私は、リドル様の生活状況を確認しに来た目付役なのよ。メイドたちに交じって手を動かし、一緒に彼女たちと話をしたら、気が紛れるんじゃないかしら?)

母が亡くなってから、エリザベスは悲しさを紛らわせるために、手や体を動かしていた。貴族のレディらしからぬ行動だが、働いた後は疲れてぐっすり眠れたのだ。そうと決まれば……とエリザベスは地下に向かい、「こんばんは！」とランドリーに顔を出した。

「エッ、エリザベス様!?　何かご都合の悪いことでも？　地下は使用人の場所でございます。エリザベス様が来られるような場所では……！」

顔色を変えたメイドが慌てて駆け寄ってくるが、エリザベスはお構いなしに中に入る。

「ごめんなさい。邪魔してしまったわね。気を遣わせてしまうことも詫びるわ」

「いえ、そんな……」

「私、元々アデルお義母様から、リドル様の体調を気遣って遣わされたの。だからリドル様のここのところのご様子や、健康状況などを教えてくれない？」

気さくに話しかけ彼女たちに交じって座ると、メイドたちも少し安堵《あんど》したようだ。貴族に対して遠慮している気配はあるものの、エリザベスが自分たちを怒りに来たのではないと理解したのだ。

「旦那様は、ずっとお忙しくされていましたからね……」

一人のメイドがしみじみとした声で言い、同意を求めるように仲間たちの顔を窺う。それに合わせ、残りも徐々に会話に参加してきた。

「前の旦那様が亡くなられて以来、当時まだ十七歳の旦那様に課せられた当主としてのお仕事は、想像を絶するもののようでした。元々次の当主となるべく勉強をされていましたが、まさかこんな急に……と思われたのではないでしょうか」

一人の声に「私もびっくりしたわ」と口々に賛同する声がある。

「それからは、立派なものでしたよ？　泣き言も言わず、屋敷を訪問される親戚の方々に立派にご挨拶をされました。家督や遺産についても色々口出しをされましたが、旦那様はしっかりと対応され、当主としての威厳を見せました」

「そうそう。まともな親戚の方ならまだいいんですが、中にはハイエナのように遺産にたかろうとする方もいましたからね」

声を潜めたメイドに、エリザベスは「まぁ……」と目を瞠《みは》る。

文字通り自分の知らないところで、リドリアは随分苦労をしたようだ。

「奥様は前の旦那様を亡くされて、しばらく意気消沈されていましたからね。旦那様も当主となった男性として、奥様をカイル様と共に守っていこうと思われたのでしょう」

「奥様も近年こそ元気なお姿を見せてくださっていますが、前の旦那様の死をしばらく引きずられていました。今は旦那様やカイル様に、前の旦那様時代のお知り合いを紹介したりなどされていますが、当時はお若い旦那様がご自身の力で動かれるしかなかったのでしょうね」

メイドの言葉に、エリザベスは納得した気がした。

多忙なリドリアに比べ、アデルやカイルとは頻繁に顔を合わせていた記憶がある。だがカーティスとブリジットが続けて亡くなって以来数年は、カルヴァート家ともそれほど交流がなかった気がする。

カードや手紙のやり取りはあったものの、互いの家がそれぞれ忙しかったのだ。

「その後も旦那様は、ご自身で社交界に横の繋《つな》がりを築いていかれました。きっと人を見る目がおありなのでしょうね。この屋敷に連れてこられたお客様でも、変な人は一人もいませんでした。皆さんきちっとした、上品な方々ばかりでしたね」

「……まぁ、言ってしまうとカイル様が連れてこられるお客様は、ちょっと騒々しかったですけれどね」

若いメイドが笑い、他のメイドたちが「これ！」と窘《たしな》めつつも笑っている。

エリザベスはメイドたちの話を聞いて安心していた。自分にとって最悪のいじめっ子であっても、リドリアはこの屋敷の使用人たちに好かれているのだ。それは主《あるじ》としてこの上ない幸せだろう。

きっとリドリアが屋敷内に気を配り、使用人たちとも良い関係を結んできたことの結果だ。その優しさを子供の頃の自分に見せてくれていたら、今はもっと素直に気持ちに応えられたのに……と思い、エリザベスは「今考えるべきことではないわ」と首を振る。

「私は旦那様のお仕事の詳しいことは知りませんが、国王陛下の片腕と呼ばれる元帥閣下の、側近をこなしているのでしょう？　ひっきりなしに屋敷と王都を行き来して、屋敷に戻ってきたかと思えば引きこもってお仕事ばかりで。そりゃあ大変そうです」

「ちょっと前に近くで戦争がありましたから、海岸沿いを警戒したりとかやることがあるんでしょうかねぇ。お忙しい時は一か月のうち三週間ほどご不在なのはざらですね」

のんびりとしたメイドたちの言葉に、エリザベスはリドリアの仕事の過酷さを理解した気がした。

「それに加えて、領主として領地内の見回りなどもあるのよね？」

エリザベスの問いに、メイドは大げさなほど頷いてみせた。

「ええ、そうですとも。晴れた日は自ら馬に跨がられて、過去に川が氾濫《はんらん》した場所など見回っておられるみたいです。領民からの嘆願書などは、旦那様の補佐官がまとめられ、旦那様が屋敷に戻られた時にそれらの処置を決められているようです。視察の時は領民にも気さくに声をかけられ、作物のできを聞いているとか。この屋敷に出入りしている農家なんかは、『皆に侯爵閣下に渡してくれって、沢山の野菜や果物、肉を渡される』って笑っていましたよ」

「旦那様が整備させた水道のお陰で、領地内は生活水に困ることもなくなったようです。下水もきちんと管理され、衛生面も守られて病人も減ったと医者が言っていましたよ」

「そう……。慕われているのね」

微笑んだエリザベスに、メイドたちは誇らしげな顔をする。

「私たちにとっては、理想の旦那様ですね。給金もいいし、やることをやってしまえば口うるさく言わない。前の旦那様や奥様がいらっしゃった時もやりやすかったですが、現在の旦那様は、必要なことさえやってしまえば後はいいっていう、心地いい空気感がありますね」

「理想の旦那様だけど、後はやっぱり奥様がいらっしゃればねぇ〜」

一人が笑い交じりに言い、エリザベスはドキッと鼓動を跳ねさせた。

まさかないとは思うが、先ほどのガゼボでのキスを誰かに見られていないか？　と急に焦り出したのだ。

「あ、あの……私……。そ、そうだ！　これ、この繕い物をやらせて？」

台の上に載っていたのは、リドリアのシャツのようだ。バッとそれを手に取り、エリザベスは立ち上がる。

「えっ？　エリザベス様!?」

「あ、分かったわ。この袖口のボタンね？　で、取れたボタンはこれ……と。お、お部屋に持って行ってつけさせてもらうわ！　針と糸は持ってるの！」

リドリアのシャツを摑み、エリザベスはポカンとしたメイドたちを尻目にランドリーを後にした。


自室に戻り、エリザベスはリドリアの白いシャツを見る。

「咄嗟に……。持ってきてしまったわ」

ソファに座って溜息をつくと、仕方がないので持ち物から裁縫セットが入った小箱を取り出す。リドリアのシャツは洗濯石鹸《せっけん》の匂いがするのだが、その奥に彼の体臭が漂う気がした。

あの妖艶で蠱惑的な男性の香りを思い出し、エリザベスは形容しがたい気持ちになる。自分が同じ香水をつけたとしても、絶対に醸し出せない〝大人の男性〟の匂いだ。

（知らない間に、〝いじめっ子〟から〝男の人〟に変わってる……）

それを認めるのがやはり悔しく、エリザベスはボタンをつけつつ悔し紛れに物騒なことを口にした。

「背中に『私は婚前の女性を襲いました。反省しています』って刺繍をしてやろうかしら」

「それは困るな」

「ぴぇっ」

ドアを背にしていたので、リドリアが戸口に立っていたことにまったく気づかなかった。あまりに驚いてエリザベスはソファから転げ落ち、ポカンとした顔で義兄を見上げる。

「間抜けな顔だな。……そこもまた可愛いんだが」

リドリアが近づいて、「ほら」と手を差し出してきた。

「ど、どうも……」

手を借りて立ち上がった時、彼の手の大きさと温かさにまたドキッとする。

「ボタン、つけていてくれたのか？」

「え、ええ……。やることがなかったので」

「その割に、昼間は俺を避けて忙しく歩き回っていたようだな？　俺の相手をして、規則正しい食生活を送らせるんじゃなかったのか？」

「え……えぇ、あぁ、……うぅ」

「俺とのティータイムや食後の酒を断っておきながら、その裏で俺のシャツの背中に刺繍を入れるつもりだったのか」

「…………ご不満でしたら、腕によりをかけて咲き誇る大輪のバラを刺繍してみせます」

「入れるなら『エルシーより愛を込めて♡』にしてくれ」

リドリアをやり込めるつもりが言い返され、エリザベスは溜息をついてシャツを置いた。

「お茶を断ったのは謝ります。ですがこんなふうに夜になって部屋に来るのはやめてください」

「誤解されるからか？」

「そうです」

ソファに座り直し、エリザベスはツンと横を向く。

「俺のシャツに顔を埋めて匂いを嗅いでいたのにか？」

「嗅いでいません！」

リドリアの体臭について考えていたのは確かなので、またしてもドキッと胸が鳴った。

「俺はエルシーの匂いなら四六時中嗅いでいたいけどな？」

リドリアが隣に座り、エリザベスのプラチナブロンドを手に取り口づける。

「……義妹にあらぬ思いを寄せる方だと、社交界で噂になります」

「そんなもの知ったことか。エルシーは義妹になる前から、俺の幼馴染みで好きな女だ。俺がお前を好きになったのが先なのに、後づけされた義理の関係に遠慮するのか？」

脚を組みソファの背もたれに腕をかけたリドリアは、ジッと至近距離から青い瞳で見つめてくる。揺るぎない強い視線を受け、エリザベスは思わず目を逸らした。

「……世間体が悪いです」

「そんなもの、糞食らえだ。俺はエルシーを義妹だと思ったことなど一度もない」

語気を強め、リドリアがエリザベスの肩を組んできた。

「チェスターおじさんと母上の再婚が正式に発表される前に、俺とエルシーの関係を世間に認めさせてやる。勿論お互いの親にも認めさせる。それなら問題ないな？」

「待……っ」

また何かされると思って身を引こうとしたが、リドリアが行動する方が早かった。

「ん……っ」

顔を手でしっかりと押さえられ、唇が奪われる。

柔らかく温かい唇にチュッチュッと吸われ、軽く下唇を噛《か》まれた時には、腰の辺りに甘い痺《しび》れが走っていた。

（こんなの――）

――知らない。

――覚えちゃいけない。

と腰を浮かせ逃げようとしたが、リドリアが覆い被さるようにして動きを封じてきた。

「ん……っ、むぅ、――ぅ」

また気がつけばソファの上に仰向けにされ、プハッと開いた口に舌が侵入する。口内を蹂《じゅう》躙《りん》される傍ら、リドリアが両手でエリザベスの耳を塞いできた。

「ン――？　ん！」

耳を塞がれたことで、キスの生々しい舌使いが頭蓋に響いてきた。エリザベスの頭の中にクチュクチュと恥ずかしい音が響き、カァッと体が燃え上がるように熱くなる。

「んむ……ふ、ン、――んぅ！」

懸命に「やめて」と言っているのだが、それは口だけで手は抵抗していない。

いけないと思うのだが、リドリアに教え込まれる心地好さに体が先に堕ちていた。

「……………はぁ……」

やがてクタリと脱力したエリザベスは、髪を乱し天井を見上げている。

（こんなんじゃ……ダメだわ……）

自分に言い聞かせるのだが、いまいち説得力がない。

「はぁ、やらしい。我慢できない」

しかしリドリアがクラヴァットを解きつつそんなことを言うので、一気に恥ずかしさと怒りが沸き起こる。

「で、出て行ってください！」

起き上がりつつ声を張り上げると、リドリアは軽く瞠目《どうもく》した。

「今のキスでその気になったんじゃないのか？」

「なっていません！　おやすみなさいませ！」

エリザベスはムクッと起き上がってリドリアを押すと、彼を部屋の外へ追い出した。

「エルシー、遊びでやっているんじゃないからな？　俺は本当にお前を愛」

「良い夢を！」

バタン！　とリドリアの鼻先でドアを閉め、エリザベスは鍵をかけた。

「…………」

やりすぎてしまったかもしれない。遅れてフツフツと嫌な汗が湧き出て、エリザベスはドアの向こうの気配に耳を澄ます。ドア一枚を隔てた向こうで、リドリアが溜息をつくのが聞こえた。やがて「おやすみ、エルシー」と言い、足音が遠のいてゆく。

「……どうしたらいいの……」

リドリアの足音が完全に聞こえなくなってから、エリザベスはズルズルとその場に崩れ落ちた。

嫌い――ではない。

昔のままなら今も「嫌な人」と思っていただろうが、彼が自分を憎んでいる訳ではないのは知っていた。

なぜ意地悪をするのか子供の頃は分からなかった。憎たらしいけれど、自分の質問などに答えてくれた面倒見の良さは好きだったと思っている。

成長してから、その〝苦手な幼馴染み〟が格好良くなり、自分を好きだと熱烈に迫ってきている現状に、エリザベスは戸惑っているのだ。

何も問題がなければ、エリザベスも「昔のあれは照れ隠しだったのね」と笑っていたかもしれない。——だが、その前に……。

「……家族じゃない。リドル様はお義兄様だわ」

ポツンと呟かれた言葉は、夜の静寂に吸い込まれていった。

(上手くいかないな)

夜の廊下をゆっくり歩きつつ、リドリアはジャケットのポケットに手を入れて溜息をつく。昼間の告白は、ムードを高めていざ……というより、つい口から出てしまった。

花束など用意してきちんと告白をすれば、エリザベスももう少し意識してくれたかもしれない。だがあの天真爛漫なエリザベスは、いつも予想外な行動をするし反応をする。こちらが用意周到に告白の準備をしたとしても、彼女ならあり得ない方向で〝聞かなかったこと〟にされる可能性も高い。

だからポロッと口から出てしまった後、これでもかというほど念を押してすり込んだ。キスもしたので男として見てくれるだろうと思っても、昼間は避けられてばかりだ。

(あれも意識してくれたと考えていいのだろうか?)

ふとそう思って不安になるのだが、口にした言葉、してしまった行動は今更覆せない。

(まぁいい。これからもキスをして『好きだ』と言って、嫌でも意識させればその内きちんと俺との関係を考えてくれるだろう。義理の兄妹だと気にしていたが、親としてもどこの馬の骨とも分からない男に嫁がせるより、俺が相手の方が安心するだろう)

唯一このややこしい関係のみ気になるが、リドリアはそれほど悲観的に考えていない。

(俺は今までエルシーを娶るために努力してきた。第三者から見ればひとかどの人物に見えるだろう。それがエルシーを妻にしたいと申し出て……断られるはずがない。義理の兄妹と言っても、血が繋がっている訳でもないしな)

当面の障害となりそうな母とチェスターを思い浮かべ、リドリアはどうやって彼らを言いくるめるかを考え始めた。

第四章　越えてしまった一線

ヒヤヒヤする日常を送りつつも、エリザベスはその後もカルヴァート侯爵家で過ごしていた。たまにバーネット伯爵家に戻り、リドリアの様子を伝えることもあるし、カイルがカルヴァート家に帰ってきてしばらく過ごすこともあった。

我が家に戻ると安堵するが、アデルにリドリアの様子を尋ねられると内心とても焦る。

リドリアがエリザベスの唇を奪ったと聞いたら、彼女は「息子を誘惑したのか」と怒るだろうか？　いや、もしかすればリドリアが怒られる可能性もある。どう考えても、どちらも嫌だ。

リドリアの想いが本当に昔からのものなら、彼の恋は幼馴染みへの普通の恋愛感情だっただろう。それに自分は今まで気づかず、最近になっていきなり義理の兄妹という関係になってしまった。

たとえリドリアの恋が先だとしても、〝今〟は家族だ。

どちらを優先すべきか考えると、心労が祟《たた》り胃の辺りがシクシク痛んでくる。

お陰でここのところ食が細くなり、腹部からクゥクゥと情けない音が聞こえるのが常となった。

それでもまた翌日はカルヴァート侯爵家に向かう――など、エリザベスは忙しい毎日を送っていた。


社交シーズンは春から始まっていて、エリザベスは王宮主催のローズ・パーティーに出席するため、準備を進めていた。

その名の通り王宮の見事なバラ園を楽しむのが目的で、淑女たちはアクセサリーや髪飾り、ドレスなどにバラの意匠を入れるのがしきたりだ。男性も胸にバラを挿すのがドレスコードになっている。

憂鬱な気分も半分ありつつ、エリザベスは王都にあるタウンハウスに向けて馬車に揺られていた。昔からバーネット家とカルヴァート家は、領地が隣だったこともあり舞踏会などへ行く時は一緒に王都まで向かう仲だった。

王都のタウンハウスも隣り合っているので、子供の頃も本当に親しく過ごしていた。

近年こそリドリアが多忙で屋敷にいなかったりで、全員が揃うことはない。だがチェスターとカイルがエリザベスのエスコートをしていた時代を経て今、やっと両家が笑顔で王都に向かえるようになったと言える。

普段あまり屋敷にいることがないリドリアも、ローズ・パーティーにはさすがに参加するようだ。カルヴァート家からリドリアとカイルが来ると、それぞれの馬車に両家の家族が分乗し王都に向かう流れとなった。

両親は先を行く馬車に乗っていて、あの甘ったるい空気を醸し出しているのだろう。後続の馬車にはリドリア、カイル、エリザベスが乗っている。カイルが明るく語りかけてくれるのだが、エリザベスはリドリアを気にして生返事しかできない。リドリアもまた、こういう時に話を合わせ会話を弾ませる人ではない。

微妙な空気になった兄と義妹を前に、カイルは気遣っているのだかまったく気にしていないのか分からない陽気さで、恋人の話を延々と続けていた。


タウンハウスに着いて諸々の支度を整え、エリザベスはいざローズ・パーティーに挑んだ。

細い首から華奢な肩まで開いたドレスは、デコルテを大胆に出している。首元にはバラのチョーカーがあり、そこからティアドロップのダイヤモンドが光っていた。

二の腕は薄い布地とレースが覆い、肘から下は正装としてしっかりロンググローブを嵌めている。胸元には大きなバラのコサージュとリボンがあり、胸の膨らみを隠そうと涙ぐましい努力をしていた。

しかしドンとせり出た胸元にキュッと括《くび》れた腰。下半身はボリュームのあるフリルやレース、リボンや布で作られたバラ……。見事な砂時計型を見せられては、どうしても視線が胸元に向いてしまうのは仕方のないことだった。

（うう……う……。やっぱり見られてる……）

表面上はにこやかな笑顔を浮かべていても、エリザベスは内心顔を引き攣らせている。

両親に続き、リドリアにエスコートされて歩いているのだが、周囲の視線がすべてエリザベスの深い谷間に集まっている。

──「おい、相変わらず凄いボリュームだな」「あの中に閉じた扇子も全部隠れてしまうんじゃないか？」「少女のようなあどけなさがあるのに、口元のほくろと殺人的な胸がアンバランスで退廃的だ」「魔性だな……」

など、場をわきまえない言葉が耳に入ってくる。幾ら声を潜めても、気にする側はそういう言葉に限って耳が拾ってしまうのだ。

一方、女性陣はこうだ。

──「相変わらず頭に行く栄養が胸に吸われてお可哀想」「リドリア様もなぜあんな子をエスコートしているのかしら」「シッ、あの方々はお互い片親を亡くされているのよ。同情でリドリア様にエスコートして頂いたに決まっているわ」「それにしても、相変わらず男性に媚《こ》びるような顔と体ね。あの胸の奔放さときたら！　夜の方も随分奔放なんじゃないかしら」

言いたい放題囀って、クスクスと笑い声が聞こえる。

「……私、一生友達ができない気がします」

既に戦意喪失しているエリザベスは、エスコートしているリドリアに向かってボソッと呟いた。

「周りにいるのはただのカボチャだろう。カボチャとは友達になれない。その内ちゃんとした人間の女を探してやるから、お前はそいつと友人になればいい」

「カボチャ……」

リドリアは「有象無象だから気にするな」と言いたかったのだろう。それは理解する。

だが『カボチャドロワーズ逆さづり事件』を思い出したエリザベスは、思い出し嘔吐きをしていた。

「……っんぷ……」

「だから急に嘔吐くな。まだ子作りもしてないのに、つわりだと噂されたら俺が困る」

「バカなことを言わないでください」

慌ててハンカチで口元を押さえ、エリザベスはニコォ……と周囲に生ぬるく微笑みかけながら奥へ進んだ。


「レディ・エリザベス！」

ダンスホールで招待客が揃うのを待っている間、男性の声がエリザベスを呼んだ。

そちらに顔を向けると、人垣を縫って金髪の男性がこちらにやってくるところだ。

「まぁ、クリス様！」

エリザベスは目に見えて表情を明るくし、クリスという青年の方に向かう。後ろからリドリアが凄い目でエリザベスを見ていたが、今ばかりは気にならない。

「今年もエリザベス様にお会いできて良かったです。ローズ・パーティーの前の舞踏会は、どの会場に行ってもお会いできませんでしたから……」

クリスは背が高く顔立ちの整った男性だが、リドリアほど逞しい感じではなく、ヒョロッとしている。馬を乗り回し狩りをする……というよりは、室内で読書会をしたり、レディたちとサロンで談笑するのが好きな人だ。

サラサラとした金髪は癖がなく、青い瞳も優しくて上品な印象を与える。

リドリアの硬そうな赤毛と人をまっすぐ射貫くような青い瞳とは違う。

内心比べてしまってから、ハッとエリザベスは「人を比べるなどしてはいけない」と己を恥じた。けれどもどうしても、胸の奥にリドリアがいるのは確かなのだ。

「すみません。舞踏会に参加するのは気が引けていて……。ローズ・パーティーまでマナーハウスから出る時期を遅らせていたのです」

エリザベスの言葉に、クリスは分かっていると微笑む。

「エリザベス様は人混みがあまりお得意ではありませんしね。あなたをさも知っているかのように言う輩《やから》もいますし」

声を潜めて言うクリスは、本当の自分の味方だと思う。

舞踏会に参加しても陰口を叩かれるか、男性の欲を孕んだ目に晒されるだけのエリザベスにとって、クリスは清流のように清らかで心安らげる存在だった。

「今回はカルヴァート侯爵家の方々とご一緒したのです。昔は幼馴染みとして一緒に王都まで来ていたのですが、先代の侯爵閣下が亡くなられて、現在のリドリア様が当主になられてから……色々忙しかったものですから」

エリザベスの言葉に、クリスは後方にいるリドリアとカイル、そしてアデルを見る。胸に手を当てて会釈をすると、彼らも貴族らしく挨拶を仕返した。……はずだった。

「……エリザベス様。今カルヴァート閣下にとても睨まれた気がするのですが、僕は何かしてしまったでしょうか？」

「え？」

まさか……とリドリアを振り向くと、彼はジッと強い瞳でこちらを見ている。

「リ、リドリア様は元からあのように視線が強い方なのです。あまりお気になさらないで？」

「それならいいのですが……」

クリスはあまり気が強い男性ではないので、リドリアのように見るからに強気で男らしい男性と相対すると、やや萎縮してしまう傾向がある。エリザベスはクリスが気にならないように、リドリアに背を向けて二人で同じ方向を見て話す。

「今回も僕とダンスを踊ってくださいますか？」

「勿論ですわ。私も楽しみにしておりましたの」

クリスとのワルツは優しく優雅で、エリザベスはゆったりとした気持ちで踊ることができる。他の男性が相手だと手を触れられるのが少し怖くもあるのだが、クリスは別だ。

「嬉しいです。それはそうと……、あの話は聞かれましたか？」

クリスの声が一際小さくなり、その内容にエリザベスはキョトンとして彼を見る。

「あの話とは？」

「エリザベス様との婚約をほのめかす手紙を、バーネット伯爵家から頂きました」

「え……っ」

驚いてエリザベスは呼吸を止め、後ろを振り返ってアデルを見た。

彼女は含みのある笑みを浮かべてこちらを見ている。その横ではリドリアが相変わらず睨むような強い目でジッとエリザベスを凝視していた。

(うう……)

対照的な眼差しに怯んだエリザベスは、また彼らに背を向けた。

「わ、私はまだ何も聞かされておりません。家の者が勝手なことを済みません……」

「私はエリザベス様のことを好ましく思っておりましたから、むしろ嬉しい申し出でした」

「……え……」

目を瞬かせクリスを見ると、彼は照れ臭そうに微笑み甘い瞳でエリザベスを見ている。

エリザベスが何か言おうとした時――。

「失礼。そろそろ陛下がお越しになられる頃合いなので」

ヌッと二人の顔の間に大きな掌が割って入ったかと思うと、エリザベスの肩はリドリアに抱かれていた。

「あっ……え、え、ええ。し、失礼……」

たじろいだクリスを一瞥し、リドリアは「行くぞ」とエリザベスをエスコートし皆がいる場所まで連れて行く。

「リドル様、まだお時間はあると思いますが」

「…………」

小さい声で不服を申し立てたが、リドリアの無言の圧を受け、エリザベスも黙ってしまった。チラッとクリスを振り向くと、彼は珍しく表情を強張らせてリドリアを見ていた。

エインズワース国王の挨拶の後、国王と王妃が踊り、王子や王女たちもそれぞれのパートナーと踊る。それが終わってダンスホールが解放され、軽やかなワルツに乗って紳士淑女がステップを踏み出した。

「レディ・エリザベス！　どうか私と一曲目を踊りませんか!?」

「いや、私を誉れある一人目の男にしてください！」

「私は二年前の舞踏会で既に申し込んであった！　私が！」

その途端にエリザベスのもとにドドッと男性が押し寄せ、我が我がと手を差し出す。あまりの熱意に差し出された手が胸に触れそうになり、エリザベスは半分怯えて身を引いた。

（ええと……クリス様は……）

約束していたクリスを探そうとしたが、思いも寄らない人物が割って入る。

「私が」

そのとき凛とした声が降り、彷徨《さまよ》っていたエリザベスの手を掴み上げた。

驚いて振り向くと、リドリアがよそ行きの笑顔で男たちを牽制している。彼は背が一際高いので、男性たちを見下ろしているように思えた。

「私がレディ・エリザベスの一番相手と決まっています。どうぞお恨みになられないよう」

ニッコリと完璧な笑みを浮かべ、リドリアはエリザベスを引き寄せた。

「ご、ごめんあそばせ。また後で……」

取ってつけたように笑ってエリザベスはリドリアに身を任せ、歩いて行く。

「私……リドル様とお約束した覚えはありませんが」

「お前のファーストダンスは俺のものだ。ダンスだけじゃない。ありとあらゆるエルシーの〝初めて〟はすべて俺のものだ。覚えておけ」

訳の分からないことを言って満足気に笑うリドリアを、エリザベスは困惑した目で見る。

まだ許可もしていないのに、こうやって強引に決められるとエリザベスだって面白くない。こちらにはクリスという先約もいるのに、リドリアは一向に構っていないのだ。

「それよりエルシーは今まで舞踏会でまともに踊ったことがないと聞いたが、踊れるのか?」

「リドル様の足を踏んでいいのなら、沢山踏んでみせます」

失礼な質問をされ、エリザベスは小首を傾げてにっこりと笑って皮肉を言ってやった。

「よし。他の男ともう二度と踊れない体にしてやる」

「何ですかそれ……！」

また訳の分からないことを言われ、意味は理解できないがリドリアが言うことなのできっと碌なことでないのは察した。

ダンスに誘われて困っていればリドリアがスッと助けてくれ、だというのに素直にお礼を言わせてくれる雰囲気もなく意地悪を言われる。言うべき時はきちんとお礼を言いたいのに、彼の意地悪が素直にさせてくれず、どこか悔しい。

「ほら、むくれてないで輪に入るぞ。お前の悪口を言っていた女たちに一泡吹かせるために、思いきり目立って見事なダンスを踊らせてやる」

不敵に笑ったリドリアにエスコートされ、エリザベスは二曲目のワルツに紛れ込んだ。

ファーストポジションを取って一つ息をつき、ジャンッと最初の一音が鳴って前奏が流れた後、思いきって一歩踏み込んだ。

（………あ）

リドリアと踊るのはこれが初めてではない。互いの屋敷で音楽隊を呼び、庭やボールルームで内輪のダンスパーティーを開いたことは何度もある。

だが大人になってから公式の場所で踊ったのは、これが初めてだった。

（……踊りやすい）

リドリアのステップは大胆に踏み出しながらもしっかりとしたベースを作り、ワルツの主役でもある女性を上手く踊らせている。

クリスと踊った時には、リードされていると言うよりは、二人で呼吸を合わせて踊っているという感じがした。

だがリドリアはきちんとリードし、エリザベスを上手に踊らせているのだ。

フロアの端まで来ると、リドリアは周りで見ている者にわざとエリザベスの笑顔と胸元を見せつけるように、彼女を大きく回した。するとアデルが選んでくれた細やかなフリルが何層にも重なったドレスが、パッとバラのように花開くのだ。

大きなフリルの中に幾つもの細やかなフリルが重なり、まるで等身大のバラの精が生きているドレスを纏っているかのようだ。

エリザベスに言い寄っていた男性も、彼女の陰口を叩いていた女性も、みな口を開いて見入っている。エリザベスは舞踏会でこんな気持ちのいい思いをしたことがなく、正直とても楽しかった。

一瞬人垣の向こうにクリスの顔が見えた気がしたが、リドリアにグイッと腰と手を引かれ反対側へ向かって足を踏み出す。

リドリアはエリザベスだけをまっすぐに見つめ、他のカップルとぶつかることなく完璧にリードしてくれている。彼のステップに乗って少し大胆になったエリザベスは、今まで習得しても披露する場所がなかった華麗なターンを決めた。普通なら大きく緩やかに一回転するところを、エリザベスはキュッと靴を鳴らし二回まわってみせたのだ。

「おおっ」と周囲が沸き、大きな拍手が巻き起こる。

(楽しい……!　楽しい!　ダンスってこんなに楽しかったのね)

今まで持てる技巧を使って踊りたくてもクリスしかパートナーがおらず、一人ボールルームでシャドーレッスンを行う日々だった。その成果を発揮するのが、まさかリドリアだとはエリザベスも思わなかった。

音楽も中盤の見せ場が終わり、また繰り返しのメロディーに戻る。

エリザベスは頬を紅潮させ、自分のパートナーがリドリアであることも気にせず、彼に微笑みかけてステップを踏んだ。やがて最後にヴァイオリンが歌い上げるように音を奏で上げ、エリザベスはリドリアの腕の中で回転した。華やかな最後の一音と共にロイヤルボックスに向けて顔を上げ、深くお辞儀をする。

一瞬ダンスホールが静まり返った後、割れんばかりの拍手と歓声が沸き起こった。

(楽しかったぁ……)

ニコニコとして一汗かいた後の余韻に浸ろうとしたが、また男性がドドッと押し寄せてきた。

「レディ・エリザベス!　次はぜひ私と!」

「いやいや!　私があなたを美しく咲かせてみせます!」

押し寄せた男性たちの向こうに、必死な顔になっているクリスを見てエリザベスは「あっ」と思った。だが勝手に熱を上げた男性たちに対し、リドリアが眼光鋭く一蹴する。

「勿論、私より彼女を上手く踊らせる自信があるのなら、二番手を譲りますが」

瞬間、その場の空気がピキッと凍った気がした。

クリスも引き攣った顔をし、自信なげに俯くとすぐに撤退してしまう。

（あ……。クリス様……）

エリザベスがクリスの後ろ姿を見送っている間、他の男性たちもリドリアに気圧されて手を引っ込めてゆく。

「あ……の、その。先ほどのダンスは実に見事でした」

「そうですね。さすが幼馴染みと言うべきか……」

曖昧な言葉で誤魔化し、男性たちは苦笑いをしてそれ以上エリザベスにダンスを求めない。

だがその場を立ち去るでもなく、リドリアがいなくなればすぐに手を差し出そうとしているのが目に見えている。

「……そう言えば、エルシーは今日具合が悪かったのだな？」

いきなり相槌《あいづち》を求められ、エリザベスは面食らってリドリアを見つめる。

青い瞳がジッとこちらを見て、「いいから話を合わせろ」と言っている気がする。

「は、はい。実は緊張して体調を崩していまして……」

「それは大変だ。私と一緒に医務室に行きますか？」

それでもなお諦めない男性が声をかけてくるが、エリザベスの腰をしっかり抱いたリドリアが魅惑的な笑みを浮かべ男性に顔を近づけた。

「結構。彼女の面倒を見るのは私と、昔から決まっているので」

有無を言わせぬ迫力で言い放ち、リドリアは出入り口に向かってまっすぐ歩き出した。

「リ……っ、リドル様！」

「いいから病人のふりをしていろ。ただでさえお前は血色が良くて、頰なんかプクプクしているんだから」

「プクプク！」

あまりの言われように頰を膨らませた途端、「港でそういう魚を見たことがあるな」と言われた。酷すぎる。

「ど、どこへ行くのですか」

ダンスホールを出ると、静かな廊下を進んでゆく。

途中で破れたドレスを直しに行くレディとすれ違ったり、早くもダンスを諦めた壁の花や自分に自信のない男性が、晩餐室でご馳走を食べようとしている姿を見た。

だがリドリアはそれらを通り抜け、さらに奥へ奥へと進んでいる。

「あ、あの……っ。勝手にお城の中を歩き回ったらいけないのでは？　歩哨《ほしょう》に捕まってしまいます」

「歩哨とはあれのことか？」

「ヒッ!?」

リドリアが親指で示した先には、二人組の歩哨が揃いの制服姿でこちらにやってくるところだ。

(怒られる!)

そう思って首をすくめたエリザベスだが、次に耳に入ったのは信じられない言葉だ。

「カルヴァート侯爵閣下、ご苦労様でございます」

「え?」

ギュッと瞑った目を恐る恐る開けると、リドリアが鷹揚《おうよう》に頷いているところだ。

「幼馴染みのバーネット伯爵令嬢・エリザベスだ。彼女が具合を悪くしたので、これから俺の執務室へ連れて行く」

「畏《かしこ》まりました。何か水や手当てするものなど、入り用ですか?」

「いや、必要ない。寝かせておけば回復するだろう。人に酔ったのだと思う。しばらく人を近づけず、静かにさせてくれ」

「畏まりました」

あっけに取られている間にそんな会話がなされ、歩哨たちは折り目正しくお辞儀をすると、また油断なく周囲に目を光らせ歩いていった。

「……職権乱用だわ」

「頭がいいと言ってくれ」

「ずる賢いのは昔から知っています」

「この日に備えて、部屋にアイスクリームを用意させておいたんだが、いらないんだな?

イチゴが入った奴だぞ？」

「アッ……アァッ……！　い、いります。ごめんなさい」

悔しそうに顔を歪め、エリザベスは素直に謝った。

こんな時、甘いものにめっぽう弱い自分が恨めしい。昔から何かとリドリアに反抗しようとすると、こうして餌づけで懐柔されている気がする。

そんな会話をしつつも通された部屋は、リドリアの執務室というだけありどっしりとしたデスクがまず目に入った。本棚にはエリザベスにはよく分からない兵法などについての本がある。資料とおぼしき紙束もあり、デスクの上のペンやインク壺《つぼ》などは頻繁に使われているようで、所定の場所に出されたままだ。暖炉周りの白地に青の模様が綺麗……と思って見ていると、ふと続き間に体を休めるためのベッドを見つけた。

「………………」

見てはいけないものを見てしまった気がし、エリザベスはスイッと目を逸らす。

「まぁ座れ。酒は弱いんだったか？　少しなら飲めるか？　当たり年のワインも用意させてあるんだが」

「アイスクリームがいいです」

「なるほど」

頷いてリドリアは氷が沢山入った蓋つきバケツを開け、その中からガラスの器に入ったアイスクリームを取り出した。

「舌がくっつかないようにな。くっついたら俺が舐めて助けてやるが」

「結構です。わあ、美味しそう」

バニラアイスにジャムにしたイチゴが交ざったそれは、エリザベスの大好物だ。ソファに腰かけて「頂きます」と微笑むと、スプーンですくって一口食べる。

「んふぅ。美味しい……」

締まりのない顔でエリザベスは幸せを表し、次々にスプーンを動かしあっという間にアイスクリームを平らげてしまう。リドリアが幼馴染みであるため、エリザベスは好物を頻繁に食べられている。彼はエリザベスの好みも把握しているし、そこは感謝している。……たとえそれが餌づけであったとしても。

「それにしてもさっきは見物だったな。あれだけお前に秋波を送ったり、嫉妬交じりの侮蔑を送っていた奴らが、エルシーに釘づけだった」

先ほどのワルツのことを話題に出され、エリザベスもあの高揚感を思い出す。しかしクリスと踊る予定があったのにこうして部屋に連れ込まれてしまい、少々申し訳ない。

「私、クリス様ともお約束があったのですが……」

「ふぅん？　エルシーは俺と踊れて楽しかったと思うより、他の男を気にかけていたのか？」

「あ……っ」

面白くなさそうな目で見られ、エリザベスは自分が失言をしたのに気づいた。

リドリアだって仮にもエリザベスのことを好きだと告白した上で、多少強引だがダンスに誘ってくれた。いくら幼馴染みでもリドリアの気持ちを蔑《ないがし》ろにしすぎだ。

「す……済みません。他の方のことを言うべきではありませんでした」

素直に謝ると、リドリアは一つ息をつき、それ以上追及しない。

「で、俺とのワルツはどうだった？」

「はい。私も楽しかったです。ありがとうございます。それにしても意外でした。リドル様もきちんと踊れたのですね」

「失礼だな。俺を何だと思っていたんだ」

「何って……」

ふ……と思い出すのは、やはり子供の頃の思い出だ。

家族同士の付き合いで互いの屋敷に行き、ボールルームでダンスを踊っては和気藹々《わきあいあい》と……していたと互いの両親は思っていただろう。

あの頃のエリザベスは、リドリアにこまのようにクルクル回されては転び、「下手《へた》くそ」と言われて泣いていた。それが悔しくてダンスの練習に打ち込むようになったのだが……。

黙り込んだエリザベスにリドリアは溜息をつき、立ち上がるとドスッとエリザベスの隣に腰かけた。

「ひっ？」

ビクッと隣を見て腰を浮かせたエリザベスだが、それよりも早くリドリアの手が彼女の肩を引き寄せた。少し乱暴なぐらいの勢いで、エリザベスはリドリアの胸板に頭をつけられる。

「あ……の」

また彼の男らしいウッディムスクの香りがし、エリザベスは思い出したかのように胸を高鳴らせる。ダンスの時の高揚感とも、また違う鼓動だ。

「……俺はエルシーと踊れて楽しかった」

「え……」

顔を上げると、まっすぐ前を向いたままだったリドリアが、青い瞳をこちらに向ける。

「今まで舞踏会に出ても、俺は誰とも踊らなかった。だから今回のダンスが公で踊る最初のダンスだ」

「そ……。そう、……なのですか」

トクン……と胸の奥で特別な鼓動が鳴った気がした。

ただ距離が近いとか、男の色香に煽《あお》られたとか、そういう表層的なものではない。琴線に触れる……とでも言えばいいのだろうか。誰にも見せないエリザベスの無垢《むく》な心が、確かにその時反応した。

「……て、てっきり……。大勢の女性と踊っていたのだと思っていました。キスだって、体に触れることだって……。と、とても慣れている感じがして……」

(ああ、何を言っているのかしら)

混乱して泣きたいぐらいなのに、エリザベスの口はもっと訳の分からないことを言っている。

こんな言葉——まるで妬《や》いているようではないか。

「俺はエルシーにしか興味がない」

聞いている方が照れ臭くなる言葉を、リドリアはサラリと言ってのけた。

「だ……っ、なっ……そそそんな……」

「俺のすべてをお前に捧げると言ったら、受け取ってくれるか？　俺の気持ちを本気だと思って受け入れてくれるか？」

リドリアの手がいつのまにエリザベスの両肩を摑み、顎を引かなければいけないぐらい顔が近づいている。

「ち……ちち、近いですっ」

「近くしているんだ。こういう場所にでも連れ込まないと、外で二人きりになれないだろう」

その時ふと、リドリアがここに至る前に歩哨に向かって人払いをしたことを思い出した。

「で……っ、ですが！　私たちは兄と妹で……っ」

体を引いてリドリアから逃れようとするが、エリザベス一人なら寝そべられる長椅子《シェーズロング》でも、二人で座ると狭くなる。あっという間に距離を詰められ、エリザベスは仰向けになっていた。

「あ……っ」

倒れる感覚を恐れて目を瞑ったが、クッションが置かれてあり頭を打つことはなかった。

恐る恐る目を開くと、熱っぽい目でこちらを見つめるリドリアが、エリザベスの体の横に手をつく。

「……エルシーが美しく成長したのが嬉しい。ドレス姿を見られて嬉しい。……だが、お前のココはいささか主張しすぎだ」

「や……っ」

リドリアの掌がエリザベスのデコルテに押しつけられた。手を軽く弾ませて乳房の柔らかさを確認した後、縦一筋にくっきりと入った谷間に指を入れる。

「再会してから、ずっとコレに触りたいと思っていた」

熱く掠《かす》れた声が呟き、リドリアの指が谷間の中で動き、左右に乳房を揺さぶった。

「やぁ……っ、や、やぁっ」

大きすぎる胸に、リドリアの熱い視線が注がれていたのは分かっていた。だがこうやって彼の手に弄ばれる日が来ようとは、思ってもいない。

「柔らかいな。それに温かい」

最初は谷間を指一本でくすぐっていたリドリアだが、次第にその手はドレス越しにエリザベスの胸を揉んでくるようになった。

「リ……っ、リドル様……っ」

逃げようと上半身をよじらせると、その隙間に手を入れられ背中のボタンを外された。

「つあ……っ！」

息苦しさが少し和らいだかと思うと、リドリアの手によって引きずり下ろされた胸元から、真っ白な乳房が圧倒的な質量を見せる。

「……エルシー、後ろを向け」

余裕のないリドリアの声がし、彼は自分の手でエリザベスをうつ伏せにしてしまう。締めつけられていた腹部から胸部が楽になっていく感じから、背面でリドリアがコルセットのリボンを緩めているのだろう。

「待って……っ、リドル様、待って……っ」

「待たない。どれだけ待ったと思ってるんだ」

懸命に彼を制止しようとするが、押し殺した声は欲望を孕み、何らかの形で解放しなければ収まらなさそうだ。

またエリザベスの体が表に返される。その時にはもう、彼女は上半身を晒してしまっていた。ふるんとたわわな乳房が揺れ、エリザベスは咄嗟に両手で胸を隠そうとした。

「や……っ」

だがその手首をリドリアの片手がやすやすと縛《いまし》めてしまう。頭の上で縫い止められる形になり、エリザベスは懸命に体を揺すった。

「抵抗しても無駄だ。大きな声を出しても人払いをしてある。聞こえたとしても、俺が『痴情のもつれ』と言えば問題にならない」

「ど……っ、して……」

リドリアのことは再会してから正直意識してしまっている。だが、義理の兄と妹になって、こんな関係になるのは間違えている。

涙目になって首を振ると、目尻から涙が耳の方へ零れていった。

「お前が欲しいからに決まっているだろう。物心ついた時から、ずっとエルシーを俺だけのものにしたかった。このままお前が顔も知らない男に嫁がされる危険性があるなら、その前に俺が既成事実を作る。そして母上とチェスターおじさんにきちんと言うさ」

「そんなの……っ、許されませんっ」

激しく首を振ったが、豊かな乳房もユサユサと揺れる羽目になり、リドリアを余計燃え上がらせたようだ。

「俺を煽っておきながら、抵抗するな」

熱く掠れた声がしたかと思うと、エリザベスの唇が柔らかなものによって塞がれる。

「ン……っ、んぅ、――――ん」

優しくて柔らかなものが唇を包み、はむはむと食《は》んでくる。抵抗したいのにそうされると弱く、エリザベスの体から力が抜けてしまう。半開きになった唇のあわいから、トロリと温かな舌が侵入し、彼女の口内をかき混ぜてきた。

「ン……ふ、うぅ、……むぅ……ん」

やんわりと首を振るが、それは抵抗という抵抗になっていない。リドリアのジャケットを摑む手も、明確な意志を持つ力は込められていなかった。だが――。

「ン！　んぅ！」

素肌を晒した胸にリドリアの手が這い、もちもちと揉み回してくる。彼の掌に摩擦され、エリザベスは乳首が凝《しこ》っているのを知った。

「ん……あぁ、ダメ……ダメです……っ」

唇が解放され、エリザベスは艶冶な吐息と共に抵抗の言葉を口にする。だがそれもやはりとても弱々しい。

「ココをこんなに尖らせているのに、『駄目』なのか？　お前の体は俺に触られて嬉しいと言っているぞ？」

指の腹でスリスリと勃起した乳首の側面を擦られ、エリザベスは腰を揺らし啼いた。

「あぁん……っ、ダメ……っなのぉ……っ」

頭の中では本当に駄目だと分かっている。それなのにリドリアにいやらしい言葉を囁かれ、初めて彼に胸を触られてエリザベスは甘く蕩かされていた。理性が働くよりも前に、熱く溶けた本能が「気持ちいい、もっと」とより深い悦楽を求める。

「本当に駄目か？」

「あんっ……ぁ、あぁ……っ」

リドリアの爪がカリカリと乳首の先端を軽く引っ掻き、ムズムズとした掻痒感《そうようかん》にエリザベスは悶えた。お腹の奥に何か形容しがたい疼きが溜まっているのだが、何をしたらそれを発散できるのかも分からない。ただ腰をくねらせ、エリザベスは甘い声を上げる。綺麗に結われていた髪は、もうクシャクシャになってしまっていた。

「お前を味わわせてくれ」

そう呟き、リドリアの顔がエリザベスの胸に埋まる。

ふんわりと柔らかな母性に顔を押しつけられた後、ちゅ、ちゅと真っ白な乳房にキスをされる。赤い舌に舐め回され、すぐにそこは光沢を得てヌラヌラと淫靡《いんび》に光ることになる。

「やぁ……っん、あ……っ、あぁ」

いやいやと首を振ったが、とうとうリドリアの唇が硬く尖った乳首に至る。チュウッと吸い上げられ、エリザベスは悲鳴を上げた。

「きゃあ……っ、や、いや……っ」

それは感じたこともない、強烈な喜悦だ。やわやわとリドリアの唇がエリザベスの乳嘴《にゅうし》を口に含み、顔を前後させる。口内で舌が絡みつき、小さな突起がいたぶられる。

「うぅーっ、……っぅ、あぁあ……っ、ぁやぁ……っ」

悩ましい声を上げ、エリザベスは狂おしく首を振った。

激しく動けばこのふしだらな感覚を発散できるのでは……と思ったが、身動きが叶《かな》わない現実を逆に突きつけられる。自分は無力な女で、リドリアは立派な大人の男性になったのだと教え込まれた気がした。

「エルシー、お前は俺のものだ。ずっと……ずっと前から」

低く掠れた声がし、左乳首の側を強く吸われる。

「うん……っ、ぁ、……いたっ」

薄い色の乳暈《にゅううん》の際に歯を立てられ、微かな痛みにエリザベスは顔を歪めた。

また意地悪をされていると思う彼女は、それがキスマークだと分かっていない。

前後不覚になって悶えている間に、リドリアの両手がドレスをたくし上げ、露《あら》わになった太腿を左右に割った。そこでエリザベスは幾分我に返り、必至に哀願する。

「待って……。待って！　こ、こんなことといけません」

一線を越えてしまえば、兄と妹だというのに禁忌の仲になってしまう。

悲しみに暮れていた父とアデルが再婚し、せっかく幸せな気持ちになっているというのに、それをぶち壊しにしたくない。

「気持ちは伝えたはずだ。お前だって俺を好きだという目をしている。小さなエルシー」

「うぅ……っ」

〝小さなエルシー〟と、子供時代の呼び名を言われ、より背徳感が増す。

「や……っ、で、ですからっ、ふざけるのも大概に……っ」

「ふざけてなどいない。俺は真剣にお前が好きだと言っている」

リドリアの視線も掌も、迸《ほとばし》るかのような熱気も、すべて熱すぎて火傷《やけど》してしまいそうだ。

「ふざけているのだとしたら、お前のこの顔に似合わない胸の大きさなんじゃないのか？　こんなものを出して舞踏会に出れば、そりゃあ男の目を引くに決まっている」

「い、意地悪……っ」

彼の言葉が他の男性に嫉妬してのことだと、エリザベスは理解していない。

リドリアはいじめっ子で、こんな時になってまでエリザベスの恥ずかしい体の特徴を挙げつらね、辱めようとしていると思い込んだ。恥ずかしくて恥ずかしくて、エリザベスは必死になって体を揺する。だが結果としてリドリアの手にあまるほどの乳房が、ユサユサと質量を見せつけて彼の目を奪うことになった。

「なぁ、誘ってるのか？　誘ってるだろう」

「さ、誘ってなんかいません……っ！　も、許して……っ」

潤んだ目で訴えた時、リドリアの手がストッキングのレース部分をパチンと弾いた。

「っ！」

太腿に小さな痛みが走り、それが下腹部に向かってじんわりと未知の感覚を教えてゆく。

（何……これ……。お腹……ムズムズする……）

戸惑っている間にも、リドリアの手は内腿からドロワーズ越しにお腹を撫で、その下にある切れ目からエリザベスの薄い和毛《にこげ》を撫でつけた。

「な……っ、そ、そんな場所……っ」

「ここは俺を受け入れて、俺の子を産む場所だ」

最も秘めた部分にリドリアの指先が触れ、下から上へとなぞり上げた。自身のそこがどうなっているか分からなかったが、彼の指によってピチュ……と水音がし、自分があさましくも濡らしてしまったことを知る。

「や……っ、やめて……っ、だめっ、いけません！」

それを許してしまえば、自分たちは男と女になってしまう。

懸命に抗うも、リドリアは一向に禁忌を犯す恐ろしさを自覚していないようだ。

「エルシー、愛していると言っているんだ」

何度目になるか分からない愛の告白を囁き、またリドリアがキスをしてくる。

「ん……っ、ん、……ふ」

すぐ熱い舌に翻弄され、エリザベスの意識がフワフワとしてゆく。リドリアと男女の仲になるのはいけないと思うのに、どうしてかこのキスという行為は気持ちいい。あっという間にエリザベスの理性を蕩かしてしまう、魔性の行為だ。

うっとりと体を弛緩させている時、リドリアの不埒な指がまた花弁を悪戯し始めた。

クチュクチュ……とわざと水音を立てさせて弄び、花弁の形に添って指がグルリと上下する。蜜口に指先を強く押しつけられ、浅く指を入れられた場所はプチュッと吸いつくような音を立てた。

「ん……っ、んーっ、んぅ……っ」

リドリアの舌に吸いつき甘い奔流に押し流されるエリザベスは、彼の指が奥へ入り込んでくることも拒めなかった。長い指が狭隘《きょうあい》な蜜道を進み、まだ硬い処女肉を慎重に解《ほぐ》してゆく。

指はゆっくりと前後して媚壁《びへき》を擦り、じわじわと柔らかな粘膜を押して蜜が噴き出るのを誘った。次第にエリザベスは下肢からグチュグチュと淫らな音をさせるようになり、唇を塞がれたままの嬌声《きょうせい》も艶を増す。

「んーっ！　んぅ！　んーっ！」

いけないと思うのに、エリザベスの腰は浮いてしまう。

自ら恥骨をリドリアの手に押しつけ、体が「もっと」とねだるのだ。

「つは……。そんなに俺の舌を吸って、気持ちいいのか？　腰だってこんなにいやらしく動いてる」

「あぁ……っ、う、……うぅーっ、い、意地悪……っ」

体の中をリドリアの指に探られ、場所によって酷く感じてしまう点がある。その部分からエリザベスという自我がドロドロに溶けていきそうだ。リドリアに反抗する唇も、力なく半開きになっていて声も弱々しい。

「ここはもっと気持ちいいだろう？」

リドリアの指がツルンと違う場所を撫で、エリザベスの体にとんでもない衝撃が走った。

「つきゃあ……っ！」

今までじんわりとした心地好さが体を支配していたのに対し、そこに触れられると自分の体で一番弱い場所に触れられたかのようだった。

全身に雷でも走ったかのように、鋭い悦楽が駆け抜ける。

「気持ちいいんだな？　ここも大きく膨らんでいるぞ。もっと触ってやる。そら」

愉悦のこもったリドリアの声がし、その度に彼の親指がピン、ピンとエリザベスの弱点を掠ってゆく。

「つあぁぁあ……っ、も、いじめないでぇ……っ」

こんな情けない哀願をしたのも、子供の頃以来だ。いや、今の方が性的に暴かれているだけあり、タチが悪い。

「あぁ……エルシーは相変わらず好い声で啼くな。大好きだ」

リドリアは青い目をトロリと細め、それから熱を入れて指で彼女の蜜洞をくすぐった。エリザベスの肉芽からはみ出た真珠を撫で続け、空いた手は乳房を揉み尖った乳首を転がす。

「いやぁ……っ、ダメ……っ、ダメっ。なんか……っ、きちゃうっ」

気持ち良さが連続し、その向こうから大きな波がやってこようとしていた。

それを受け入れてしまえば自分がもっとおかしくなるのは、味わわなくても分かる。

「受け入れろ。『気持ち良くなる』ということだ。女になれ」

「あぁう……っ、あぁあ……っ、や、やだぁっ、気持ちいいの、やぁ……っ」

弱々しい抵抗を見せていたが、間もなくその時が訪れた。

「つっあぁあぁあ――っ、や……っ、だ、これ……っ、ぁ……っ、あぁあ……っ、こわ……っぃ、こわぁ……っ」

より深い淫悦がエリザベスを包み込み、全身が白い炎で焼かれたのかと思った。

意味不明の言葉を叫び、エリザベスはガクガクと体を痙攣《けいれん》させる。

意識が天まで届いたかと思った後、ゆっくり落ち着いてエリザベスの体に戻ってきた。

「……あぁ…………。ぁ……、あぁ…………」

目の前の空間を見つめ、エリザベスは放心する。

今自分が味わったものが〝何〟なのかも、理解していないままだ。

「上手に達したな、エリザベス」

リドリアが頭や頬を撫で、唇に褒美のようにキスをした。

「たっす……る……？」

まだ呆然としたまま涙声で復唱すると、リドリアが微笑む。

「エルシー、見てみろ」

チュプ……と指が引き抜かれ、リドリアがその指を目の前に差し出してきた。

彼の長くて綺麗な手は、透明な蜜によってたっぷりと覆われている。しかも一本だけでなく、隣の指との間に淫靡な糸を引きねっとりと垂れようとしていた。

「や……っやだぁ……っ、み、見せないで……っ」

「これだけお前が俺に興奮して、受け入れているという証拠だ。俺の手を濡らすほど蜜を出して、エルシーは女としての悦《よろこ》びを得たんだ」

説明されても、恥ずかしくて言葉が頭に入ってこない。

ただ、最後の言葉だけは強烈に脳髄を揺さぶった。

「お前は俺が好きなんだよ、エルシー。いい加減認めろ」

「う……っ、う……」

リドリアはジッとエリザベスを見つめたまま、濡れた指を口に含んだ。ちゅぷちゅぷとわざと音を立て、まるで蜂蜜でも味わうかのように舌を出してエリザベスの蜜を舐める。

「す……っ、すき、……じゃ、……ないものっ」

グスグスと洟《はな》をすすり涙を零すと、リドリアが目尻にキスをしてきた。

「泣くな。俺はお前を愛してる。何があっても守るから、俺を信じてすべてを委ねるんだ」

「……っでも……っ、きょうだいっ、です……っ」

「血は繋がっていない。親にも俺が説明する。あの二人が再婚するよりずっと前から、俺の方がエルシーを好きだったんだ」

リドリアは何があっても揺るがない。

思い返せば、子供の頃からリドリアは一度決めたことは必ず成し遂げる人だった気がする。

皆でジャンプをして手が届くかどうかという遊びをしていた時も、絶対に届かないと思っていた窓飾りの最上部に、リドリアは僅か一週間で手を置いてしまった。

カルヴァート侯爵家の家令に尋ねると、エリザベスが次に屋敷を訪れる日まで、リドリアは毎日何時間でもジャンプし続けていたらしい。

口だけ大きなことを言うのではなく、陰で途方もない努力をする人だ。

それは彼が現在立派に侯爵として働いている姿を見ても、分かる気がした。

「でも……っ、私は……っ、お父様とアデルお義母様の幸せを応援したいのです……っ」

泣き濡れるエリザベスの頬にキスをし、リドリアが天使のように微笑み——、悪魔の言葉を口にした。

「ならば強引にでもお前の体を奪おう。先に関係を結び、後から必ずお前に『はい』と言わせてみせる」

美しく——凶悪に微笑んだリドリアは、エリザベスの腿を抑えたまま、自身のトラウザーズを寛《くつろ》げた。

「……ひっ」

ブルンと飛び出た赤黒いモノを見て、エリザベスは息を呑《の》む。

エリザベスが見たことのないその器官は、あまりに大きく太くて長かった。それが男性器だと頭で理解していても、「これからそんなものをどうするの？」という驚きが強くて先が想像できない。

「初めてだから痛むと思う。……初めてだよな？　俺以外にこんなことを許していないよな？」

ふと目の色が変わったかのように問い詰められ、エリザベスは必死になってコクコクと頷く。

「ほ、他にこのように体に触れる男性はいらっしゃいません」

「……よし」

エリザベスの言葉を確認し、リドリアは心の底から安堵したようだ。

ヌチ……と男性器の先端が押しつけられ、エリザベスは体を強張らせる。

「力を抜け。脱力するとナカも柔らかくなる。そうすると受け入れやすくなるから」

「こ……怖いっ、ですっ」

「大丈夫だ」

よしよしと頭を撫でられ、エリザベスはグスッと鼻を鳴らした。

「いくぞ……」

亀頭を蜜口に押し当ててリドリアが言い、深く呼吸をしながら腰を進めてゆく。

「ん……っ」

最初、小さな場所が大きなものによって押し広げられる感じを覚えた。

やがてそれは鈍痛に変わって下腹部を襲い、太くて長いモノがゆっくりとエリザベスの体内に入ってくる。

「は……っ、はぁっ、……ぁ、はぁっ」

懸命に呼吸を整えていると、リドリアがまた額にキスをした。

「もう少しだ。頑張れ。息を深く吸って、……吐いて」

「……はぁ……あぁ、あ…………」

切れ切れに息を吐き出した時、リドリアが一気に残りを押し込んできた。

「んぅっ！」

内臓を押し上げられたかのような圧迫感に、エリザベスは唇をわななかせ小さな悲鳴を上げた。

同時にどうしようもない絶望感がこみ上げる。

とうとう自分は義兄と関係を持ってしまった。彼の雄茎を受け入れ、男女として結ばれてしまった。この城のどこかで舞踏会を楽しんでいる両親を、手酷く裏切ってしまったのだ。

「う……っ、うぅ、——ひっ」

どうしたらいいのか分からず、エリザベスは小さく嗚咽《おえつ》し出した。せっかく施された化粧が落ちるのも構わず、エリザベスは童女のように手で涙を拭う。

ジクジクとする下腹部の痛みが、より一層エリザベスを苛《さいな》み新たな涙を誘った。

「……大丈夫だ。もう大丈夫」

だが頭を何度も撫で、ちゅ、ちゅとリドリアがキスをしてきた。慰めるその声はとても優しく、手からも労《いたわ》りが伝わってくる。ふと目を開いてリドリアを見上げると、なぜか彼も眉間に皺《しわ》を寄せ、辛そうな顔をしていた。

「……リドル様も……痛いの……？」

「心配してくれるのか？　俺は……逆だ。とっても気持ちいい」

痛くないと言われ、エリザベスはホッとした。自分が味わった痛みを彼も感じていたのなら、リドリアだとしても可哀想だと思ったからだ。

「エルシーは優しいな。……それに可愛い」

リドリアは何度もエリザベスの髪を撫で、汗で顔に貼りついた髪を一本一本丁寧によけてくれる。次第にその手は剝《む》き出《だ》しの肩や鎖骨、腕を撫で、乳房をさすってきた。

「う……ん、あ……っぁ……」

「エルシー、今ナカがピクピクッとした。気持ちいいんだな？」

笑い交じりに言われ、カァッと顔も体も熱くなった。

「や……っ、き、気持ち良くなんて……」

「本当か？」

リドリアの五指が、触れるか触れないかのタッチでエリザベスの乳房を撫でる。ハッキリとしない触れ方は掻痒感を煽り立て、体の中にある熾火《おきび》を煽る。

「ここは？　気持ち良くないか？」

乳暈を指先でくるっと撫で回され、その後プクンと勃起した乳首を擦られた。

「あぁ……っ、あ……、ン、気持ち……っ、よく、なっ、……いっ」

無意識に膣を締め、エリザベスは腰を揺すり立てる。

「あぁあんっ、んゃあぁ……っ」

そうすると自分の内部を満たしているリドリアの肉棒を、より感じることになってしまう。

硬い剛直が柔らかな粘膜を擦り、エリザベスは新しい快楽を知ろうとしていた。

(気持ちいい……、これ……。気持ちいい……)

リドリアに気づかれないように、エリザベスは小さく腰を揺らし続ける。小さな蜜洞で彼を締め上げ、自分が感じる場所を彼の肉棒が擦るように動き続けた。

初めてなので、まだその場所が感じる場所なのかは分からない。ただエリザベスはリドリアの灼熱《しゃくねつ》を頬張り、自分の心地好さを優先させることしか考えられていなかった。

「ふぅん？　気持ち良くないんだな？」

「うん……っ、ん、気持ち……っ、よく、――――ん、なっ、ぃ……っ」

リドリアの手がお腹を撫でると、ふわぁっと体が浮かび上がりそうになる。

彼はとても意地悪な癖に、手が優しい。リドリアに撫でられていると、頭でも胸でもお腹でも、そこからポカポカと温かなものが全身に広がってゆく。

「じゃあ、これも気持ち良くないんだよな？」

薄い金色の草むらを撫でた後、リドリアがツンと尖った肉芽に触れてきた。

「つひあぁアあ……っ！」

エリザベスは悲鳴を上げ、思いきりリドリアを締めつける。

「それ……っ、ダメぇ……っ、ダメ、ダメなのっ」

「気持ち良くないんだろう？」

意地悪な笑みを浮かべ、リドリアはまるまると膨らんだ真珠を撫でた。たっぷりと蜜で濡れたそこは、指先を当てるだけでピチャピチャと音を立てる。

その音が一層エリザベスの官能を引き出した。

「きもち……っ、よくっ、なぁ……っ、――――っつぁ、あ………っ」

また恐ろしいまでの快楽がエリザベスを襲い、彼女は深く深く息を吸い込んで痙攣した。

蜜壺がリドリアを咥《くわ》えたままピクピクと収斂《しゅうれん》し、男の精を誘う動きをする。

頭が真っ白になった時、リドリアが腰を動かし始めた。

ズチュ……とゆっくり引き抜かれ、熱い楔《くさび》がまた埋め込まれてゆく。あまりに気持ち良くて、エリザベスは涙目になったまま放心する。

「動いちゃ……、だめ……っ」

微かな声で訴え、小さく首を振った。

「気持ち良くないんだろう？　だったら大丈夫だ」

だがリドリアは優しく微笑むと、エリザベスの秘玉を撫で続けたまま、ゆったりと腰を打ちつけ始めた。

「あぁあぁ……っ、ぁ、ダメ……っ、これ、ダメぇ……っ」

すぐに頭の中が真っ白に塗り潰され、エリザベスは悶え狂う。小さな口の端から涎《よだれ》が垂れても、気づくことすらできない。

しばらく室内に二人分の荒い呼吸音と、ぐちゅぶちゅと粘液がかき混ぜられる音が響き渡った。エリザベスは高い声で嬌声を上げ、自分が何を言っているのかすら理解できていない。

「いやぁアあぁっ、そこ、そこダメぇえ……っ、そこばっかり、やなのぉ……っ」

一際感じる場所を、リドリアは執拗《しつよう》に先端で突き上げてくる。その度に一瞬意識が飛ぶような気がし、エリザベスは恐れた。

それなのに両手は懸命にリドリアの腕を摑み、彼に縋っている。

「感じるんだろう？　気持ちいいんだろう？　気持ちいいって言えたら手加減してやる」

リドリアの声にも熱がこもり、現在の彼と過去の彼が重なって見えた。

「いじ……わ……る…………っ」

涙を零し顔を左右に振ると、水晶のような涙がポロポロと零れる。

「エルシーが可愛いからいけないんだ。お前を愛してるから……っ、俺は虐めてやりたくなる……っ」

遠慮会釈もなくエリザベスを突き上げ、顔に汗を光らせたリドリアが愛《いと》しげに目を細めた。その指は相変わらず秘玉を虐め続けている。

「お前が気持ちいいというのなら、いつまでもそこを愛してやろう。辛いのなら絶頂まで導いて楽にしてやる。……だから、素直になれ」

「や！　あっ、あぁ、……つぁ、あァあっ、あぁーっ！」

リドリアのジャケットに爪を立て、エリザベスは深い絶頂に堕ちていった。

滝のように汗をかき、ガクガクと小さな体を震わせてリドリアを吸い上げる。もう頭は朦朧としていて、自分がどこで誰と何をしているのかすら分からなくなっていた。

「さあ、言え。『気持ちいい』と」

「あぁ……っ、ぁ、…………あぁアあっ、き、……もち、ぃ……っ、きもち、いぃっ」

素直に口にした途端、頭の中でパンッと何かが破裂した気がした。

「っっあぁあああぁ――――っ、――――あっ、……あぁあ……っ」

今までで一番大きな波がきて、エリザベスはきつくリドリアを締め上げ意識を手放した。

「つあぁ……っ」

凄まじい締めつけに遭い、リドリアは呻《うめ》いてエリザベスの中に精を放った。

ずっと抱きたいと思っていた愛しいエリザベスの胎内《たいない》に、自身の欲望を遠慮なくドプドプと注ぎ込む。

快楽が駆け抜けていった後、リドリアは気絶したエリザベスを見下ろし、執拗にその下腹部を撫でていた。

「……エルシー、俺の子を孕め。そうすれば誰にも何も言わせない」

囁くが、彼女はあどけない寝顔を晒したまま深い眠りの淵にいる。

行為の間、小さな顔からデコルテは、体の紅潮によって美しい色に染まっていた。

絶頂後の沈静によって、それも徐々に元の白を取り戻しつつある。

男なら誰もがドレスの下を見たいと思う胸を、リドリアだけが独占し楽しむことができる。

「……大きくなったな」

左右からすくい上げ、指を食い込ませて円を描くように揉み回す。

「……俺だけのものだ。もう舞踏会なんかに出なくていい。他の男の視線も浴びなくていい。くだらない女どものやっかみも受けなくていい。俺が……俺が守るから」

繋がったまま呟いて、リドリアは目を閉じる。

「絶対認めさせてやる」

誰にともなく呟き、リドリアは自分のハンカチでエリザベスの汗を拭い始める。

同時にエリザベスと仲良く話していた金髪の男を思い浮かべ、その瞳に暗い炎が灯った。

第五章　好意を持った人の素顔

舞踏会の後、気がつくとエリザベスはカルヴァート侯爵家の王都別邸の寝室にいた。

訳が分からないまま屋敷内をうろつき、家令に状況を聞くことにする。

「昨晩、旦那様は早めに舞踏会からお帰りになり、エリザベス様を運ばれました。具合が悪かったとのことで、枕元にハッカ水などもご用意しましたが、お飲みになられましたか？」

「え？　……あ、……は、…………はい……」

あれは――、具合が悪いということになっていたのか。

城での行為を思い出し、エリザベスはぶわわっと赤くなる。

「リ……リドル様は………？」

「旦那様はご帰宅された後に遅くまでお仕事をされ、まだお休み中です」

「わ、分かったわ」

ニコォ……とエリザベスはむりやり笑った。

例によって目元と口元がピクピクと引き攣った不器用な笑い方だが、本人は気にする余裕もない。

「私、あの。実家に用事があるから戻るわね。舞踏会の感想とか、アデルお義母様にご報告しなきゃ」

そんなもの、嘘も方便だ。

取り急ぎ室内にあった昨日のドレスを着て、エリザベスはそのますぐ隣にあるバーネット伯爵家の王都別邸に駆け込んだ。自室に入り、エリザベスは昼間から布団を被ってしまった。

(どう……どうしたらいいの。これからリドル様とどう接したらいいの？　あなた兄になったんでしょ——!!　妹と一線越えてどうするんですか!?)

混乱しきった後は、心の中でリドリアに向かって盛大に突っ込んだ。

お気に入りのクマのぬいぐるみをギュウギュウと抱き締めた後、「バカバカバカ！」と叩いては「ごめんね」と頭を撫でる。もう感情が迷走して大運動会状態である。

(待って……。待つのよ、エリザベス。あなたはもっと冷静で賢いレディのはずだわ。あんなリドル様のために、自分を見失っては駄目)

バッと羽根布団を跳ね上げて上体を起こし、ルームシューズに足を入れて寝室の窓を開いた。

「はぁ……」

新鮮な空気を吸い込み、風が吹くままに髪をそよがせる。

遠くメインストリートの方から王都の賑《にぎ》わいが聞こえ、マナーハウスにいる時とは何もかも違うのだと痛感する。

しばらくそのようにして呆《ほう》けていたが、やがて侍女がドアをノックし「旦那様がお呼びです」と階下へ行くよう促した。

ドキッと胸が鳴り、もしかしてリドリアとのことが露見してしまったのではと恐れる。

それでも家長である父の呼び立てには応じなくてはいけない。

身支度をして応接室へ向かうと、そこにはチェスターとアデルが並んで座っていた。

「お呼びでしょうか？　お父様、アデルお義母様」

「まぁ、座りなさい」

父に言われ、エリザベスは両親の向かいに座る。執事がお茶を淹《い》れ、会話の邪魔にならないように部屋の隅に立った。

両親が紅茶を一口飲み、エリザベスもそれに倣う。

何となく奇妙な沈黙があった後、チェスターが口を開いた。

「昨晩は途中で具合が悪くなり、リドルが連れ帰ったそうだが、仮にもカルヴァート侯爵閣下相手に、失礼はなかったか？」

いきなりリドリアの話をされ、心臓が口から飛び出るかと思った。

「……い、いえ……。お寝間着をくださってフカフカのベッドに寝かせて頂いたので、こんな時間まで寝てしまいました。きっと久しぶりの舞踏会だったので、緊張して疲れてしまったのだと思います」

声が震えてしまったが、どうやら二人には気づかれなかったようだ。

「そうか。後でリドルに礼を言わねばな」

「大したことではありませんよ、あなた。リドルは昔からエルシーの面倒を見るのが上手だったのですもの」

和やかに笑い合っているチェスターとアデルは、娘と息子が男女の関係になったとはつゆほども思っていないようだ。

一頻《ひとしき》り笑ってから、チェスターが別の話題を切り出した。

「エルシー。今までお前の相手について放っておいてしまっていたが、今好意を寄せている相手はいるだろうか？」

「え……っ」

いきなりなことを言われ、頭にすぐ思い浮かんだのは昨晩のリドリアの姿だ。

男性なのに妖艶と言っていい姿をこれでもかと教えられ、体の奥まで快楽を刻みつけられた。野生めいた荒い息や力強い抽送を味わい、エリザベスも生まれて初めて自身の〝女〟としての性を思い知った。

何も言っていないがカァッと赤面したのを、両親はどう解釈したのだろうか。

「もし好きな男性がいるのなら、無理強いはしたくない。それは前もって言っておく」

「は……はい」

リドリアとのことを責められるのかと思いきや、チェスターはかなり慎重な物言いをしている。もしかしたら、まったく別のことかもしれないとエリザベスは思い始めた。

「ねぇ、エルシー。舞踏会でお話をしていたゲイソン子爵家のクリス様。……あの方と結婚する気はある？」

「あ……」

ふと急にクリスの存在を思い出され、エリザベスはそのことか、と一人納得する。

クリスからも子爵家に手紙があったと聞いていた。婚約の話も少し聞かされ、本来ならそれで悩むべきだったのに、リドリアとのことがあってすっかり頭から飛んでいた。

「クリス様は……良い友人ですが……」

呟いたのは本当に言葉の通りで、接しやすい男性だと思っていたが、そこに友人以上の感情はなかった。そもそもエリザベスの心を占めていたのは、家族とカルヴァート侯爵家の面々、そして屋敷の者と領民たちだけだ。

それ以外の〝外の世界〟の人たちは、大して重要な人物ではないと考えてしまっていた。

いずれ結婚して、自分もどこかの夫人に……という意識はぼんやりとあった。だがそれは〝いつか〟の話で、差し迫った現実の話には思えなかったのだ。

なのでリドリアに迫られて初めて異性を意識したというのに、それ以外の人を男として見ろなど無理な話だ。

「そうね、ゲイソン子爵家とも友人関係というよりは知人に近いらしいし、エルシーもクリス様をそんなふうには思っていなかったわよね」

「エルシーには家のことを任せてしまっていたから、それで余計に男性とのことを考える機会を奪ってしまっていたかもしれない」

チェスターが申し訳なさそうに言うので、エリザベスは慌てて否定した。

「そんなことありません！　私は屋敷のことを、好きでしていたのですもの。これと言って好きな男性もおりませんでしたし」

言ってしまってからハッと後悔する。このままでは、自分に誰も気にしている異性がいないということになり、クリスとの縁談を進められてしまいそうだ。リドリアとのことは勿論両親に言えないが、このまま何もなかったかのようにクリスの話を受けることもできない。

だが案の定、アデルがご機嫌に言う。

「なら、すぐに婚約とまで言わないから、婚約を前提にお付き合いしてみるのはどう？　クリス様もエルシーを好ましく思ってくださっているようだし」

「…………」

何とも言えず、エリザベスは黙り込む。

リドリアのことさえなければ、他に特筆する存在もないので「はい」と頷けただろう。

だがリドリアのまっすぐすぎる、そして子供の頃からという長すぎる想いをぶつけられ、それをなかったことにするのはあまりに罪深い。

許されない関係だからと振り払ってしまうには、リドリアとの付き合いは長すぎた。

ここでクリスとの交際に頷いてしまうことは、リドリアへの裏切りに思える。

「私は……」

すんなりと返事をしないエリザベスを見て、チェスターとアデルも急すぎる話だと思ったのだろう。

「今すぐ返事をしなくてもいい。ひとまずクリス殿をそういうふうに見られるかという質問のつもりだった。もし問題なければ、友人以上の関係から徐々に付き合っていけばいい」

「そうよ。せっかく社交シーズンで王都にいるのだから、クリス様とも頻繁に会えるわ。秋になって私たちの再婚を発表するまでに、エルシーもクリス様と親睦を深めて、同じタイミングで婚約を発表できたら、とてもいいと思うの」

「そ……そう……ですね……」

ここで両親の再婚のことを出されると、エリザベスも変に反対する訳にはいかない。

二人はエリザベスには特に想っている相手はいないと認識し、それならクリスをと推している。その発表が自分たちの結婚発表と重なったら幸せ……と、本当にプラスの方向でしか考えていない。

エリザベスが自分の身の上に起こったことを何も話していないから、こんなに複雑な気持ちになるのだ。しかし自分の心情や何があったかは、決して口にすることができない。

結果的に、エリザベスは微妙な顔で笑ったまま、何となくクリスとのことを了承してしまった形になった。

ていた。

「やぁ、こんにちは」

「ごきげんよう、クリス様」

数日経った午後、エリザベスはクリスと待ち合わせをし、王都にある貴族用のサロンへ来ていた。

個室に案内されると給仕が紅茶とティースタンドを持って来、二人でのお茶会が始まる。

エリザベスは特に親友と呼べる女友達がいないのだが、社交場にいると「サロンでいけない関係になった」という話をチラッと小耳に挟んだこともあるので、内心少し緊張していた。

個室には特にベッドはないのだが、リドリアにそうされたように長椅子に押し倒そうと思えばできる。まさかクリスにそのような大胆不敵な行為ができるとは思わないが、彼も男性であるということは念頭に置いておこうと思った。

ほんの少し前までこんなことは考えなかったのに、リドリアと再会して何かと襲われるようになってから、エリザベスの意識も随分変わってしまった。

「先日は具合が悪いとのことでしたが、大丈夫でしたか？」

「え、ええ。ダンスのお約束をしたのに、途中で帰ってしまってすみません」

「カルヴァート侯爵閣下が随分エリザベス様を気にかけていたようですね。失礼ですが、本当に幼馴染みという以上に関係はないのですか？」

微笑みつつも穿鑿《せんさく》され、エリザベスの胸が嫌な音を立てる。それでも平静を装い、にっこりと笑ってみせた。

「勿論ですわ。あの方は……その。過保護なお兄様のような感じなのです。ずっと昔から私の面倒を見てくださっていたので、私が殿方から誘われると余計に気にしてしまうようで……。私も結婚適齢期ですのに、本当に過保護ですよね」

あまり上手に笑えていない顔で「ふふふ」と微笑んでみせるが、クリスはあっさりと信じたようだ。

「そうですか、それは安心しました。何せ貴族の間でもカルヴァート侯爵閣下と言えば、リーガン元帥閣下の片腕として有名ですから。ご自身も武芸の腕が立ち、頭脳明晰《めいせき》で見目もい……。そんな方と常に一緒なら、エリザベス様とて他の男性に目もくれなくて当然だとずっと思っていたのです」

エリザベスは〝意地悪な幼馴染みのリドリア〟しか知らないため、彼が第三者からそのように評価されているのを初めて知った。

「い……いえ……。そんな……」

「エリザベス様の陰口を言っている令嬢たちも、カルヴァート侯爵閣下がどなたとも噂にならないため、一番近くにいるエリザベス様で鬱憤を晴らそうとしているのかもしれません。加えてエリザベス様はとても魅力的な方ですから、嫉妬も混じっているのでしょう」

「なるほど……」

自分が魅力的、という部分は置いておいて、鬱憤晴らし、と言われてやっと理解した気がした。

自分が「魔性の女で男性を誘惑している」というある種の設定のようなものも、特に詳しくどこの家の誰と男女の関係にある……という話ではなかった。ただ漠然と、〝男性〟という大きなくくりの存在を〝誘惑〟しているというだけだ。

もし被害者の女性がいて、その女性に「〇〇様に声をかけないでください」などと言われたら、エリザベスだって「誤解です」と説明をし、問題の男性に近づこうと思わないだろう。

しかし今までそのような具体的な事件は起きていない。

「ただ何となく、私が気に喰《く》わなかったのですね。それも、リドル様の幼馴染みだからということも手伝って……」

少し前なら「こうなったのもリドル様のせい」と思っていただろう。

だが今はリドリアの想いを知ってしまった以上、彼に責任を被せるのも違うと思う。エリザベスはエリザベスで、周囲からあらぬ誤解を受けてしまっている。それは変えようのない事実だ。

「エリザベス様にとってはいい迷惑でしょうね。閣下のような方が幼馴染みですと頼りがいがあるかもしれません。ですが今回のことは、少し飛び火のような気もします」

クリスの言葉に、エリザベスは微笑むに留める。

第三者からそう見えても、リドリアのせいにしようと思わない。

「それはそうと……。今日はご両親から何か言われまして？」

それとなく話題を逸らすと、今度は自分たち二人の話になったと理解し、クリスが照れ臭そうに笑う。

「しっかり口説いてこいと言われてしまいました」

「まぁ……」

この隠しごとをしない性格も、クリスの長所だと思う。

だがなぜかエリザベスの脳裏には、チラチラとリドリアが浮かび上がってくる。それでどうしてもクリスとの会話に集中できないのだ。

(私がクリス様とお会いしていると知ったら、リドル様は怒るのかしら?)

彼の気持ちを理解したようでいて、いまいち受け止め切れていない自分もいる。それでいてリドルの動向が気になる心理もある。無自覚な部分が混沌としていて、エリザベスはリドリアへの気持ちを整理しきれていない。

「……クリス様は、私のどういうところを好ましく思ってくださっているのですか?」

上品にお茶を一口飲み、エリザベスは思いきって尋ねる。

「そう……ですね。どこが、と言いますか、お互い幼い頃から知っていたので、ずっと気にしていたと言った方が近いかもしれません」

(リドル様と同じだわ)

クリスの実家はバーネット伯爵領から遠いので、彼との仲を幼馴染みとは言わないかもしれない。それほど頻繁に会って遊んだという訳でもなく、チェスターがゲイソン子爵と知り合いなので、そちらへ赴く時に連絡をし招待される……という間柄だ。

会っている頻度で言えば、やはりリドリアとの関係の方が近しい。

「私はエリザベス様と良い家庭を築きたいと思います。沢山子を作って、笑いの絶えない幸せな家庭にしたいです。勿論エリザベス様を一生幸せにする前提で……です」

クリスは熱っぽい目でエリザベスを見つめ、向かいに座る彼女越しにまだ見ぬ家庭を夢想する。

「え、ええ……。素敵なお話ですわね」

いきなり自分たち二人の家庭を語られ、エリザベスは少々驚いている。それでも微笑んで相槌を打った時、クリスが斜め上のことを言ってきた。

「ですから、バーネット伯爵家からの持参金には期待しております」

「…………」

エリザベスの微笑みが固まる。

それはそうだ。確かに嫁ぐとなれば持参金が必要となる。クリスの場合エリザベスの伯爵家より爵位の低い子爵家なので、よりエリザベスの持参金に期待しているのだろう。

(でもそれを、口に出してしまうの？)

金は大切だ。金がなければ生活できない。

だがつい先ほどまで幸せな家庭を語った口から、エリザベスの持参金を当てにするという言葉が出てきて少し驚いてしまったのだ。

覚えている限り、ゲイソン子爵は伯爵の下で都市や城を管理する役割があるでもなく、ただ伯爵の補佐をしているという話だ。要するに自身で得られる金が少ないため、婚姻でもって強い力を持つ貴族と繋がろうという魂胆かもしれない。

(それでもクリス様は、小さい頃からお互い知っているし……)

政略結婚だろうか、と思うにはエリザベスはクリスへの感傷を捨てきれない。

「何なら私が男児のいないバーネット伯爵家へ婿入りして、伯爵位を継いでもいいですし」

へらっと笑って言うクリスに、またエリザベスは微笑むしかできない。

父チェスターは現役で、アデルと再婚した今生き生きしている。父が健在だというのに、父が亡くなった場合の話をされエリザベスもあまり愉快ではない。決してクリスは悪気があって言った訳ではないと分かっているものの、わだかまりが増してゆく。

(こんな方だったかしら?)

不安に思うと同時に、今までクリスと良い知り合いではあったものの、彼と深く話したことはないと気づいた。

「僕はいつもお母様に言われていたのです。『あなたはこのゲイソン子爵家を継ぐ長男ですから、必ず良い家のお嬢さんと仲良くなさい』と」

(え？　それも言ってしまうの？)

まるでエリザベスの家柄がいいから、仲良くしていたと言わんばかりだ。

「僕自身もエリザベス様を見守っていて、可愛らしいし妖艶なところもあるし、女性としてとても魅力的に成長されたなと思っていたんです」

「……そうですか」

外見を見る目は、周囲の男性とあまり変わらない。

エリザベスはクリスと一緒にいて居心地の良さを感じていたはずなのだが、それは勘違いだったのだろうか。

「エリザベス様も、他の男性はあまり得意ではないようですが、僕に対してはいつも警戒を緩めてくださっていたでしょう？　それもまた、あなたに惹かれる理由の一つです」

またエリザベスは笑みを湛《たた》えたまま、何も言えずにいる。

彼女の戸惑いを察せず、クリスは饒舌《じょうぜつ》になって言葉を続けた。

「僕のお母様も、エリザベス様のことを気に入っているのです。『あの腰は少し細いけれど、胸が大きいからきっと子を沢山産める』と言っていましたし、僕といつもダンスを踊ってくださるのも、気があるからだと勇気づけてくれました」

よもや同性からも胸の大きさで何かを判断されるとは……。と、エリザベスの胸中はズゥンと暗くなる。

「他の男性はやれ乗馬だの、やれ狩りだの忙しいでしょう？　僕はどちらかというと屋内で優雅に過ごす方が好きですし、正直ああいう野蛮な行為をする紳士たちと付き合いたくないのです。彼らは本など碌に読まないに決まっていますし、僕のように高尚な本を読んでいるのを見ても、バカにするしかできません。本の中身など理解できないのですよ。ですから彼らは筋肉に訴えるしかできないのです。僕の本来の価値や良さを知る者は、同じ趣味を持つ人しかいないのです」

ペラペラとよく喋《しゃべ》るクリスを、もう見ていられなかった。

リドリアだって乗馬をするし、狩りの獲物を皆でご馳走にしたこともあった。彼が体を鍛えていることだって、決して無駄な行為に思えない。

リドリアはその働きもあって一目置かれ、生まれ持っての顔だちと努力で得た体格とで、他を圧倒する存在となった。

そういうものをクリスはすべて無駄なものだとし、バカにしているように思えるのだ。

「……あの、差し出がましいようですが、体を動かすことが好きな方も、その方なりの努力があると思います。外に出る趣味を一概に悪いと言えないのでは？」

「ええ、そうでしょうね。確かに彼らは女性から好意を寄せられるために体を鍛えていると思います。その涙ぐましい努力は私も認めますよ？　ですが人間、最後は心や高尚な精神なのです。どれだけ鋼のような肉体を得ても、せっかくの爵位を無駄にするようなお粗末な思考回路では笑いものになるでしょう？」

「…………」

エリザベスは目線を落とし、この息苦しさを何とかしたいと必死に打開策を考えた。

今までリドリアやカイルと一緒にいて、虐められるかもしれないという不安はあっても、このような感情に陥ったことはない。兄弟に対する「嫌だ。虐めないで」という気持ちと、今クリスに抱いている嫌悪感はまったく別のものだ。

「あの……。私、そろそろ戻りますね」

紅茶を飲んでしまうと、エリザベスは控えめに微笑む。

「どうしてです？　来たばかりでしょう。まだ一時間も経っていませんよ？　ティースタンドにだってこんなにお菓子がありますし、もっとお話ししましょうよ」

（お話と言っても、クリス様はご自身の不満を口にするだけで、私と〝会話〟をしようとしてくださらないじゃない）

今自分が抱えているモヤモヤの一つを、やっと理解できた。

クリスはエリザベス個人をまったく見ていない。

バーネット伯爵家令嬢、または愛らしい外見でいて豊満な胸を持つ淑女。自分と同じ屋内での趣味を持つ〝仲間〟……。

それらは確かにエリザベスを形成する事柄の一つだが、家柄も外見も読書仲間というものも取り去ったら、クリスはエリザベスをどう見るだろうか？

それを尋ねるのが堪らなく不安で、エリザベスはもう今はこの場を辞したくなっていた。

「用事を思い出したのです」

立ち上がって軽く膝を曲げ挨拶をしたエリザベスは、「ごきげんよう」と個室を出ようとする。

「……あ」

だがクリスに手を引かれ、気がつけば彼の腕の中にいた。

「もっとお互いを知り合いましょう？　私たちは両家から婚約を推進されているのですから」

クリスに抱かれると、彼の胸元……いや、体全体から立ち上る香水の香りに一瞬息が詰まった。

香水は貴族の嗜《たしな》みでもあるが、つける量もまたマナーがある。

おまけにクリスからは、彼の華奢で内向的な印象とは真逆の、強い牡《おす》のフェロモンを感じさせる匂いがした。

むせ返るような匂いに目を白黒させていると、クリスが気を良くして腕に力を込めた。ヒョロッとした印象でもクリスは男だ。しっかりと抱き込まれればエリザベスは抵抗できない。

「エリザベス様。さあ、座ってください。二人の時間はまだこれからです」

「ですから……っ、その……っ」

クリスの腕の中で、失礼にならない程度にもがいていた時――。

ココンッと素早くノックがあったかと思うと、ドアが大きく開かれた。

「な――」

クリスがそちらを見て息を呑むのが分かったが、エリザベス様はドアを背にしているため、誰が入ってきたのか分からない。だがさっと腰に回ってきた腕がグイッと問答無用でエリザベスを抱き寄せ、その力強さで〝彼〟が誰だか本能で理解した気がする。

「……リドル様……っ!?」

顔を上げると、そこには見慣れたリドリアがいる。

だが彼はトップハットを被ったままで、少し息を乱していた。いつも冷静沈着な彼らしくない姿に、エリザベスは何事だろうと思う。

エリザベスは先日の不埒な時間を思い出し、急に体に熱を蘇らせ挙動不審になってしまう。体の最奥まで迎えた彼の欲望の大きさ、またリドリアの獣のような荒い呼吸、滴る汗に自分の口から迸る嬌声――。今まで努めて忘れようとしていたものが、リドリアの登場で鮮やかに思い出されてしまった。

冷や汗を流しているエリザベスをよそに、リドリアはしっかりと彼女の肩を抱く。

「エルシー、迎えに来た。母上が呼んでいる」

「ア、アデルお義母様が？　……クリス様、ということですので、今日はお暇《いとま》させてください」

いきなりの登場で動揺するも、エリザベスがクリスとのやり取りで居心地の悪さを感じていたのも確かだ。今この場から立ち去るためには、リドリアの力を借りるしかない。

「え、ええ……」

戸惑うクリスの前でもう一度一礼し、エリザベスはリドリアにエスコートされ個室を後にした。

「あの個室にいると、アデルお義母様から聞いたのですか？」

「母上がサロンのどの個室にいるかまで、知る訳ないだろう。給仕を脅した」

「おど……」

エレガントとは言えない返答に、エリザベスは黙り込む。

リドリアに触れられるとどうしても意識してしまう。なので抱かれている肩を何とかして離そうとするのだが、しっかりとした手は離れない。

そうしている内に幾つも個室のドアが並ぶ廊下を歩き、階段を下りて外に出ると、サロンの前に馬車が停《と》まっているのが見えた。

顔見知りの御者がいて、エリザベスとリドリアが乗り込んだのを見届けると馬車が走り出す。

「正直少し焦った。俺以外の男と二人きりになるなと、今さら言わないといけないのか？　そもそも俺はエルシーに告白したはずだが、それを無視して他の男と会ったのか？　あの晩あんなに熱く愛し合ったのに？」

リドリアはエリザベスの手をしっかり握り、青い目でジッと見つめてくる。

「それは……っ。その！　も、申し訳ないとは思ったのですが、アデルお義母様がクリス様と婚約を……と推してこられるので、一度きちんとお会いしなければ失礼かと思ったのです。そ、それに先日のことは話題にしないでください！　は、恥ずかしいです！」

エリザベスの答えに、リドリアは前を向き大きな溜息をつく。脚を組んで腕も組み、低い声で「母上め」と呟いた。

サロンからバーネット伯爵家の王都別邸まで、それほどかからない。だが所要時間以上に馬車が走っているところを見ると、王都内を巡回しているようだ。

リドリアが御者に命じたのだろうが、説教を受けるのだと思うと少し気が重たい。

それでも、クリスと一緒にいた時のような気まずさや苦手感を、リドリアに抱くことはなかった。

「――で？　あの子爵家長男と話をして楽しかったのか？　男としての魅力を感じ、将来結婚したいと思ったか？」

腕を組んで前を向いたまま、リドリアが尋ねてくる。

核心を突かれてエリザベスは一瞬口ごもった。だがリドリアを差し置いてクリスに会ってしまった以上、彼にはきちんと伝えなければいけない。

リドリアには愛の告白をされ、体の関係も結んでしまった。それなのに婚約者候補という体で他の男性と会うのは、あまりに不実だ。

「……クリス様とは子供の頃から交流がありました。ですが……ただお知り合いとしてお付き合いしていたのと、個人的に様々な価値観を話し合うのとでは、大きく印象が異なると理解しました」

「……あの男の本当の顔を知ったと？」

「隠していたという訳ではないのだと思います。私だって、クリス様に見せていない面があります。ですが……、社交界で当たり障りなくお付き合いできても、趣味が同じであっても、……その人を深く知った上での性格の好き嫌いはまた別だと理解しました」

「賢明だな。……それで、結婚したいと思ったか？　エルシーが何か言えば、あいつはその性格を直してくれると思うか？」

リドリアの質問にエリザベスは黙考する。やがて首を横に振り、自分なりの答えを出す。

「クリス様はご自分にないものに憧れる一方、それを嫌ってご自身を慰めているように感じられました。あの方が下に見ている方々とも、きっと正面切って話したことがないのだと思います。私が少し口を挟んでも、凝り固まった見方をしてご自身の価値観を変えないように感じました。……沢山お願いをしたら、お考えを改めてくださるかは分かりません。ですが今すぐに『分かりました』と理解して頂くのは、難しいのでは……と思います」

力なく答えたエリザベスの言葉を聞き、リドリアはゆっくりと組んでいた脚を戻す。

「……俺の持論だが、『三つ子の魂百まで』というように、ある程度形成された人格、性格はそう簡単に変わらないと思っている。またある本で見た言葉では、多感な十八歳ぐらいまでに形成された〝常識〟はその者が死ぬまでほとんど変わらないともあった。あの男が両親に言われた言葉も、ある種の洗脳を帯びていたかもしれない。貴族の家には往々にしてそのようなことがある。残念だが、意地悪で言っているのではなく、エルシーがそういうふうに感じたのなら、あの男はもう変われないと思った方がいい」

「………………」

今回ばかりは本当に、リドリアの言うことが正しい気がする。

エリザベスは膝の上にある自分の手を見て、クリスのことを考えてみた。

残念――と思うのとまた違う気がする。失望と言うほど自分は彼を知っていなかったし、一方的に期待してガッカリするほど自分勝手な話もない。

きっと自分は、「付き合いやすい」と思ったクリスを「いい人なのだろう」と無意識に思い込んでいたのだ。

「私、これからはあまり深く知らない方に、無意識でも期待するのはやめようと思います。一人で気落ちするのも嫌ですし、お相手にも失礼ですもの」

「そうだな」

リドリアの手が伸び、ポンポンとエリザベスの頭を撫でる。

またドキッと胸を高鳴らせたエリザベスは、思わず彼を見て首をすくめた。

「だから、よーく知っている俺にしておけ。俺はエルシーにすべてを見せている。俺にこれ以上裏の顔なんてない。俺だってエルシーの大体を理解しているつもりだ。俺たちは似合いの二人だと思うけどな？」

ん？　と顔を覗き込まれ、じわぁ……とエリザベスの頬が赤くなる。

「そ、それとこれとはまた別で……」

またリドリアの熱を思い出す。加えて馬車の中という密室で、リドリアのウッディムスクが鼻腔に入ってエリザベスを惑わしてくる。

彼が纏うこの香りは実にリドリアに似合っているし、つけ方も近距離になって初めて気づく程度で好ましい。

思い出すも破廉恥な舞踏会の夜が脳裏に蘇るが、エリザベスは懸命に平静を装って車窓の景色を見るふりをした。

「まぁ、エルシー。もう戻ってきたの？　クリス様はどうだった？」

屋敷に戻ると、ウキウキという様子を隠さないアデルが話しかけてきた。

リドリアはアデルが用事を……と言っていたが、アデルの様子を見てエリザベスはすべてを察した。要するにアデルからエリザベスの行き先を聞いたリドリアが、嫉妬……か分からないが駆けつけてくれたのだ。あの場でアデルの名前を出したのも、クリスが大人しく引き下がってくれるだろうと思っての気遣いに違いない。

ふとリドリアの見えない手によって守られている気がして、エリザベスは何とも言えない顔で彼を見る。

「母上。エルシーに無理をさせて、男性と付き合わせようとするのはやめてください」

加えてエリザベスが何か言う前に、リドリアがアデルの前に立つ。

まるでアデルからの視線を遮るかのように、エリザベスに背中を見せて実母に立ち向かっていた。

「どういうこと？　エルシーはクリス様と仲が良かったのではないの？」

再びエリザベスに向けられた質問に、やはりリドリアが答える。

「幾ら社交界でエルシーの悪口を言わない者だとしても、その人物を婚約者に……というのは早計です。エルシーは人付き合いが苦手なので心配して見に行ってみれば、クリス殿に抱き締められ困っていました。本当に間に合って良かった」

「まぁ！　本当なの？　エルシー」

リドリアはきっと嫉妬してサロンに駆けつけたのだろう。だがこうやって心配して様子を見に行ったと言われると、彼の行動を正当化せざるを得ない。

これでクリスとの話はなくなるのだな……と思いつつも、事実なのでエリザベスはひとまず頷いた。

「その、抱き締められたのは事実ですが……クリス様もきっと悪気があってではなく……」

「何を言う。男が女性を抱き締めるのに、下心がないなんて言わせないぞ？　正式に認められた仲でもないのに、勝手に触れるなど俺が許さない」

自分のことを棚に上げていけしゃあしゃあと言ってのけるリドリアを、エリザベスは目をまん丸にして凝視した。

（あなたは何なんですか……!!）

エリザベスが無言でプルプルと震えている間、アデルも考えを改めたようだ。

「でも確かにリドルの言う通りだわ。供もつけずに急に男女を二人きりにしたのも、考えなしだったわね。エルシー、怖かったでしょう。ごめんなさいね」

「いえ……」

謝られ、エリザベスは微笑んで首を振る。

「とにかく母上。エルシーは俺にとっても妹のような存在です。相手を見繕うなら、まずカルヴァート侯爵でもある俺に一言断ってください」

「『妹のような』って、感覚的にはそうかもしれないけど、実際にあなたは義理の兄でしょう」

アデルに突っ込まれるが、リドリアは視線を外しそれに答えない。

エリザベスは彼に「義妹としてなど見ない」と言われているので、リドリアの背後で胸をバクバク言わせて固まっていた。

「……分かったわ。あなたの言うことも一理あるわね」

だがアデルは今の沈黙を特に重視していないのか、息をつくと〝侯爵〟の意見に頷いた。

「ついでだからリドルも一緒にお茶をしない？　昨晩の舞踏会でエルシーのお供をしてくれて早々に退場したから、あなたをご令嬢たちに紹介できなかったじゃない。エルシーの結婚もそうだけれど、いい歳をして独身のカルヴァート侯爵も噂になっているのですからね？あなたの意中のご令嬢がいるのかどうか、聞いておいてと言われた私の身にもなってごらんなさい。まったくどこで何をしていたのだか」

アデルはブツブツと言って応接室へ向かい、後にはリドリアとエリザベスが残される。

エリザベスはもう生きた心地がせず、小動物のように小さく固まっていた。

「……どこで何をしていたんだろうな？」

ポン、とリドリアがエリザベスの背中を撫で、その瞬間彼女は「ぴゃっ」と妙な悲鳴を上げて飛び上がっていた。

第六章　嵐の記憶

それから社交シーズンの間、エリザベスは一応タウンハウスで過ごすものの、あまり積極的に舞踏会へは行かなかった。

また陰口や無責任な噂を聞くのが嫌だということは勿論、もしクリスに会ってしまったら気まずくて堪らないというのも理由に挙げられる。

リドリアは侯爵であるという責務から参加しているらしい。だからこそエリザベスは行かないという理由もまたあった。

クリスのこともあったので、アデルはエリザベスに対しあまり口うるさく舞踏会への参加を勧めない。だがエリザベスにも負い目のようなものはあったので、日々タウンハウスの自室で読書に没頭し大人しくしていた。

リドリアとはあれ以来特に何もなく、夜になって隣の屋敷に明かりが灯るのを何とはなしに気にする。

タウンハウスといえども隣の屋敷との距離は広い。直線距離を歩けば十五分ほどかかるので、カルヴァート侯爵家の屋敷の明かりも、夜も更けて明かりが皎々《こうこう》と灯った頃になってやっと分かる程度だ。

正直エリザベスはリドリアの気持ちが分からない。

「好きだ」「ずっと見ていた」と言ってキスをし体を重ねたかと思えば、四六時中一緒にいて愛を囁くでもない。

彼が忙しい人であるのはエリザベスも理解している。きっと舞踏会でも上司にあたるリーガン公爵と色々話したり男女問わず人を紹介されているのだろう。

仕事なので仕方がない。

――でも、義理の兄妹なのに「愛している」と言ったなら、もう少しエリザベスを優先してくれてもいいのでは、と思ってしまう自分がいた。

エリザベスだって何も知らないふりをして、あの告白やリドリアの熱をなかったことにしたくない。リドリアだって、恐らくとても勇気を出して告白してくれたのだと思う。

自分たちの関係はきっと周りから何か言われるだろうし、褒められたものでないのは分かっている。

それでも彼が好きだとまっすぐ言ってくれるのなら、きちんと考えてみたいと思っていた。

エリザベスは〝今〟のリドリアをあまり知らない。

彼が爵位を継いでからとんでもなく忙しくなってしまい、情けないことにエリザベスも虐められたという過去から距離を取っていた。

けれど彼が二人の関係を進めたいと思ってくれているなら、ちゃんとリドリアを知って彼がどんな人か分かっていきたい。その上できちんと誠意ある返事をするのが、幼馴染みだからこその答えなのでは、と思う。

なので、一度じっくりリドリアと話をしたいと思っていたのだが……。

「なかなか、お忙しいみたいね」

開け放たれた窓から風が入り、レースのカーテンをそよそよと揺らす。

これから盛夏になろうとしている王都の空を、小鳥が飛んでいった。

ロッキングチェアーに座ったエリザベスは窓の外を見て溜息をつき、読みかけの本の表紙をそっと掌で撫でた。


それからまた数週間が過ぎ、王都では民の間でも夏の祭が行われようとしていた。

貴族街まではそれほど影響がないものの、屋敷の一番高い階から見ればずっと向こうにあるオレンジ色の屋根に交じり、色とりどりのテントや花でできたアーチなどがある。

あの夏祭りに興味を惹かれて、リドリアとカイルに連れられこっそり民の祭を見たことがあったっけ……と思った時――。

カポカポと軽快な蹄《ひづめ》の音が近づいてきて、正面の門から一台の馬車がまっすぐ屋敷を目指してくる。その馬車の屋根には、カルヴァート侯爵家の家紋が描かれていた。

「まさか……リドル様かしら」

そう思うと急に落ち着かなくなり、エリザベスは屋敷内で隠れられる場所を考えに考えた。じっくり話し合いたいと思っていても、いざリドリアが目の前に現れるとなると緊張するし恥ずかしい。

昔からエリザベスは、リドリアが現れるとなるとどこかに隠れる癖がついていた。

考えている内に、ドアがノックされ侍女の声がする。

「お嬢様、カイル様がいらっしゃいました。本日カイル様がお客様をお連れになるとのことです。旦那様や奥様からも、きちんと身支度をして迎えるようにと言われています」

「……カイル様がお客様を……？」

エリザベスの言葉に、ドアの向こうで侍女は柔らかな声で続きを言う。

「どうやらご懇意になられたご令嬢をお連れになるようです。結婚のご報告かもしれません。おめでたいことですね」

「……そう」

自分がリドリアに振り回されている間、カイルはいつの間にか外で付き合いを重ね、恋人を作っていたのだ。

（……子供の頃から前に進んでいないのは、私だけみたい）

そう思い「いいえ」と首を振る。リドリアもまた、本当に自分に恋をしているのだとしたら、子供の頃からの想いに囚われているのだ。

「……可哀想な人」

呟いた時、侍女が問いかける。

「お嬢様？　今何か仰いましたか？　それよりもお支度がありますから、鍵を開けてください」

「え……ええ。分かったわ」

カイルが恋人を連れてくるのなら義妹として祝福し、迎えなければ。

そう思ってエリザベスは部屋の鍵を開け、来客向けのドレスを着て髪も整えてもらうのだった。


馬車でやってきたのはカイル一人で、屋敷にいたアデルとエリザベスに報告をする。ちなみにチェスターは用事があって外出中だ。

「今日紹介したいのは、シェリルって言う、アンブラー子爵家令嬢だ。結構前から付き合っていて、そろそろ家に招いてもいいんじゃ……？　って思った頃合いなんだ」

「まぁ、それじゃあ今までどこで会っていたの？」

アデルの言葉に、カイルは悪びれもせず答える。

「向こうの家に遊びに行っていましたよ。言ってしまえば向こうでは公認になっていたというか。だから今回シェリルを連れてきて、おじさんと母上に気に入ってもらえたらなーって」

相変わらず軽い調子だが、ここまで来たのなら本気なのだろう。

「カイル様、おめでとう」

「やだなー、エルシー。カイル様じゃなくてお義兄様って呼んでって言ったろ」

「あ、はい。お……オニイサマ……」

改めてカイルをそう呼ぶのも恥ずかしく、エリザベスの声が小さくなる。それを聞いてカイルが軽やかに笑った。

「あはは、慣れてないんだな。分かるよ、俺も慣れてない」

「お互いゆっくり慣れていきましょう」

「そうだね」

それはそうと……と午後にシェリルを迎える話になり、エリザベスも気持ちを切り替える。

急な来客だったが、シェリルが来る昼過ぎには屋敷も準備を整えることができていた。


「はじめまして。シェリル・アンブラーと申します。カイル様とは良いお付き合いをさせて頂いております」

そう言ってにっこり笑い、お辞儀をしたのは、スラリと背が高く顔立ちもくっきりとした美女だ。

（ああ……カイル様が好きそうなお顔立ちをしているわ）

カイルは絶え間なくバーネット伯爵家を訪れていたので、エリザベスとはリドリアより親交がある。彼の食べ物や色、服飾などの好みも把握しており、女性の好みもエリザベスはもれなく知っていた。

カイルいわく、「やっぱりパッと人目を引く美人がいい。それでいて明るくて意気投合できる子がいいな」らしい。

シェリルはエリザベスより二つ年上の二十一歳で、二十五歳のカイルとも釣り合いがいい。傍から見ると美男美女で、二人が並ぶ姿はお似合いだ。

ずっと以前は「金髪がいいかな」と言っていたカイルだが、シェリルは栗色《くりいろ》の髪をしている。自分の理想を追いすぎないのも、シェリルへの本気が分かる気がしてエリザベスは嬉しかった。

チェスターもアデルもシェリルを歓迎し、また庭のガゼボでお茶会が開かれる。

「……あの、リドル様は？」

気になってアデルに尋ねてみると、彼女は首をすくめる。

「使いをやってこちらに来るように言ったのだけれどね。いつも通り仕事が忙しいのかしら？　隣の屋敷だというのに何てこと。弟が女性を連れてきたというのに……まったく」

「…………」

エリザベスは安心したような不満なような、何とも言えない表情になる。

「シェリル、紹介するよ。そっちはエリザベス。俺たち兄弟はエルシーって呼んでいる。見た目、胸がでかくて色っぽい魔性の女っていう感じだけど、ただの小娘だから気にしないで」

「お義兄様、酷いですわ。シェリル様、エリザベスと申します。どうぞエルシーとお呼びになって？」

ヒクヒクと口元を引き攣らせつつ、エリザベスはシェリルに向かって微笑んだ。

「まぁ、仲が宜しいのね？　義理の兄妹でいけない仲になっていたりして。妬けてしまうわ」

シェリルの冗談に、カイルが「そりゃあり得ない」とケタケタ笑い出す。

チェスターとアデルも、カイルとエリザベスがそのような仲になるとは微塵《みじん》も思っておらず、陽気な笑い声が庭に響き渡った。

だがこれがリドリアである場合笑い飛ばせないエリザベスは、顔面を引き攣らせ懸命に笑いに参加している。

「エルシーのことはおもらしをしていた頃から知ってるから、それはないなぁ」

「しっ、失礼ですね！　レディを捕まえてお、おも……っ」

カァッと赤面し、エリザベスが憤慨する。

だがかつてのいじめっ子はそれすらも面白いらしく、ケラケラと笑ってから話題をシェリルのことに変えた。

カイルとシェリルというカップルについては、似た者同士で少し心配になった。二人ともどことなく軽薄な印象なのだ。

だがカイルもリドリアと似て根はまじめでいい男なのは分かっている。きっと二人とも互いの求めるものが一致し、そして今日に至っているのだろうと一人納得した。

焦る場面はあるものの、エリザベスはお茶会を楽しんでいた。

幸せそうに笑ってカイルにしなだれかかるシェリルを、エリザベスは羨ましく思う。

(きっとシェリル様は何の不安もなく……って言ったら失礼だけれど、カイル様と結婚に臨もうとしているのよね。……いいなぁ。親同士が再婚したとか、変な仲じゃなくて……。私も完全な他人だったら……)

そこまで考えて、自分を熱烈に求めたリドリアを思い出す。

彼は両親のことも「自分が何とかする」と言ってくれた。何があってもエリザベスを守るとも言ってくれた。

彼の想いを疑う訳ではない。

むしろ信じたいし、そうなったらいいなとは思っている。

だがあと一歩の、エリザベスの中の良識人としての部分が、リドリアとの仲に頷けないでいる。

(けれどこの想いがお父様が再婚すると言う前に発覚していたら、きっとお父様はアデルお義母様と再婚されなかったわ。せっかくお母様の死から立ち直れたんだもの。邪魔をしたくない。誰よりもお父様に、幸せになってもらいたい……)

考えがグルグルと堂々巡りをしていた時、正門の方に馬車の気配がした。

馬番が「どうどう」と馬をいなす声が聞こえ、「ご苦労様でした」と御者が主の道程をねぎらう声もある。

（もしかして……）

その人の顔を見るよりも前に、腰が浮いて逃げかけていた。

「アデルお義母様、私シェリル様にお見せしたいものがあるので、取ってまいります」

「あら、本当？」

（逃げなきゃ！）

にこやかに微笑んでエリザベスは軽く膝を折って挨拶をし、スカートの中でちょこまかと足を動かし屋敷に向かった。

「やけに早足だな」と後ろでカイルの声が聞こえたが、知ったことではない。こちらは危機に陥っているのだ。料理を運ぶ使用人にニコ……ニコ……と微笑みつつ、エリザベスは勝手口から屋敷に入ろうとした。だが――。

「おっと、どこへ逃げる？」

「ふぁあああぁっっ!?」

腰に腕が回ったかと思うと、体が浮いた。

混乱した猫のような声を上げ、エリザベスは固まる。

首をひねって背後を見ると、そこには今一番会いたくない人の顔があった。

トップハットのつばから不機嫌そうな目を覗かせ、口元だけ意地悪につり上がっている。

いい加減リドリアも、目元と口元の感情が伴っていない。

「ご……ごきげんよう……。お義兄様……」

ふつふつと嫌な汗を垂らして挨拶をすると、「ふん」と特大の嘲笑《ちょうしょう》を受け肩に担がれた。

「逃げの後ろ姿に見えたのは気のせいか？」

「き、気のせいです」

「カイルの恋人が来ているそうだが、何なら今日俺たちの仲も発表してもいいぞ？」

「そ、それだけはおやめください」

のしのしとリドリアが歩き、ガゼボの方からカイルが大笑いする声が聞こえる。

「あれー？　兄さん遅かったですねっていうか、何でエルシーのこと担いでいるんですか」

「せっかく愛しい義兄が来たというのに、逃げようとするからだ」

(愛しいとか言わないでーっ！)

バンバン！　とリドリアの背中を叩くが、がっしりとした彼は微動だにしない。

「まぁ、リドル。エルシーも立派なレディなのだから、いつまでも子供のような抱き方をしていては駄目よ？」

「古来、人は捕まえた獲物を落とさないよう、しっかりと担いでいたそうですよ」

「私は獲物ではありません」

(誤解されるようなこと言わないでください、お願いですから……！)

リドリアに突っ込みつつも、エリザベスは心の中で泣いている。

エリザベスはガゼボの前でストンと下ろされた。リドリアはエリザベスの背後から彼女の肩に手を置き、シェリルに挨拶をする。

「はじめまして。レディ・シェリル。俺はリドリア。カイルの兄でカルヴァート侯爵です」

「まぁ、ご丁寧にどうもありがとうございます。お会いしたかったですわ」

シェリルは立ち上がり、リドリアに向かって手を差し出した。礼儀にのっとり、リドリアは彼女の手を取って手の甲にキスをする。

単なる挨拶なのに、目の前の光景を見てエリザベスの胸の奥がモヤッと黒くなった。

(何……これ)

胸のリボンに手をやり、エリザベスは微笑んだまま困惑する。

「カイルは随分と美人を捕まえたな。逃げられないようにしなければ」

明らかに世辞と分かっているのに、リドリアがシェリルを「美人」と言うのにも、胸がモヤモヤした。

二人が席につくとすぐに、カイルが軽口を叩いてくる。

「兄さんは極上の女性にずっと恋をしているんですもんね。俺も兄さんに倣って一途《いちず》に想い続けなければ」

「え!?」

その言葉には、思わずエリザベスも声に出さずにいられなかった。

大きめの声に全員が注目し、焦った彼女は慌てて言い訳をする。

「リ、リドル様にそんな方がいたなんて知りませんでした」

笑って誤魔化すが、内心はカイルが言ったことが気になり自分でも何を言っているか分かっていない。チラッとリドリアを見るが、彼は何も動じず紅茶を飲んでいる。

(どういう意味？　私に告白したのに、やっぱり他に本命がいるの？　それとも〝極上の女性〟というのは私のことで、うぬぼれてもいい内容なのかしら？　……けど、カイル様がリドル様の気持ちを知っているはずないわ。だとしたらやっぱり他に女性が……)

エリザベスが混乱しているのをよそに、アデルが嬉しそうに言う。

「私も初耳だわ。リドル？　今度お母様にきちんとお話しして？」

「ええ、分かっていますとも」

母に言われ、リドリアは上品に微笑む。

その返事を聞いて、エリザベスの不安はもっと濃くなる。リドリアが「紹介して」という言葉に対しこれほど快諾するなら、義妹であるエリザベスの可能性は低い。

自分だけが、あの一匹の獣のようなリドリアを知っていると思っていた。彼に迫られるのを困りながらも、エリザベスは女性として喜んでいたのだ。しかし弟であるカイルの口から、他にも思い人がいると聞いてしまった。

なのに、隣に座っているリドリアはエリザベスの太腿に意味ありげに手を置いてくるのだ。

混乱したエリザベスはリドリアの手をよけ、カイルの方を向く。

「カイルお義兄様、それよりもシェリル様とのなれそめをもっとお聞かせください」

カイルがご機嫌でシェリルとのなれそめを話している間、テーブルの下でリドリアの手はずっとエリザベスの太腿の上にあった。

何度も密《ひそ》かにその手を払ったのだが、リドリアはしつこく太腿に手を置く。

(誰かに気づかれたらどうするんですか)

リドリアの存在がエリザベスを不安定にさせる。エリザベスはとりあえず、この場から逃げて気持ちを落ち着かせることを決めた。

「あ、あの私。そう言えばさっきシェリル様にお見せしたいものがあると言って、そのままでした。ちょっと取ってまいりますね。皆さん、お気になさらずお茶を楽しんで」

立ち上がり、エリザベスはそそくさと勝手口を目指す。

明るく談笑する家族の声を後ろに、エリザベスの胸の内は重暗かった。


シェリルに見せたかったものなどない。

それでもエリザベスは適当な何かを探さなくては……と思い、自然と自室まで戻っていた。

窓の外には中庭があり、ガゼボから家族とシェリルの笑い声が聞こえる。

それがエリザベスの心をより暗くしていた。

正直、シェリルの登場がショックだったのだ。

今までリドリアとカイルの兄弟の側に、自分以外の女性はいなかった。カイルがシェリルを連れてきたことは心から祝福したい。だがリドリアが紳士然としてシェリルの手を取ってキスをし、世辞からか本心からか「美人」と褒めたのが意外と辛かった。

その上カイルからリドリアに想い人がいると聞かされ、エリザベスの胸は乱れに乱れていた。

「……リドル様、極上の女性にずっと恋をしていただなんて……。やっぱり私のことは遊びで、からかっていたんじゃない」

そう呟くと、悔しくて涙が零れてきた。

「う……っ、ち、違うもの……っ、これは……っ、ちが、……うっ」

リドリアに恋をしているのではないと、エリザベスは懸命に涙を拭う。

「あんな……、人に、初めてを奪われたから……っ、く、悔しくて……っ、悔し、涙だもの……っ」

シェリルを迎えるためにうっすらと化粧をしたが、泣いていると折角の白粉《おしろい》も流れてしまう。

しばらくそのようにして一人で泣いて、顔を上げると窓にポツポツと雨の雫《しずく》が伝っていた。家族たちはガゼボの屋根があるので、まだ気づいていないかもしれない。だがその内屋敷の中に移ってくるだろう。

（……泣き止まなきゃ）

窓を向いたまま、俯いたエリザベスは指先でそっと涙を拭う。

その時――。

「泣くな」

いきなり声がしてビクッと振り向くと、いつの間にかリドリアが室内にいる。ドアを背にもたれかかり、いつものように何を考えているのか分からない顔でこちらを見ていた。

「そんなに、泣くほど嫌だったのか？」

「……え？」

「俺との行為は、泣くほどおぞましかったか？」

青い瞳でひたとこちらを見つめるリドリアを、エリザベスは困惑して見るしかできない。

彼がいつ部屋に来たかは分からないが、どうやら先ほどの独り言は聞かれていなかったようだ。

だが自分が何に悩んで泣いているのか、丁寧に説明してやるのも癪だ。

私はあなたを意識しています、と言うようなものである。

けれどリドリアの問いかけに対して「おぞましい」と言うこともできず、「気持ち良かった」と素直に答えるのもできない。

結果的に黙りこくっていると、彼がコツ……とブーツの音を立てて近づいてきた。

その手がいつの間にか部屋の鍵をかけていたことなど、エリザベスは知らない。

「エルシー」

低い声が名前を呼び、ふ……っとエリザベスの下腹部にあの夜の疼きが蘇った。

(嫌だ……。私、名前を呼ばれただけでこんな……)

たった一度の行為で自分が淫猥な体に変えられてしまった気がし、エリザベスは赤面する。

「俺が嫌ならこの部屋から逃げろ。逃げないのなら……、それがお前の意志だと取る」

コツ……コツ……とリドリアがゆっくり近づき、彼の足がエリザベスの影を踏んだ。

窓越しに家族の笑い声が聞こえる。背徳感に苛まれたエリザベスは、凍りついたかのように動くことができなかった。

「エルシー」

また彼がエリザベスの名前を呼び、手が差し出される。

「っ……」

少し肩をすくめ俯いた首筋に、リドリアの手が触れた。

ス……と滑らかな首筋から耳までを撫で上げ、ふっくらとした頰を包む。

「お前が好きだ。愛してる。……これ以上、俺の気持ちを伝えられる言葉はない」

あまりにも真剣な眼差しが、斜め上からエリザベスを射貫いていた。

「…………」

その告白に対しエリザベスは「はい」とも「いいえ」とも言えず、彼に胸の高鳴りを気づかれないよう静かに呼吸を繰り返す。

「お前は？」

リドリアの指先がツ……と頰から顎にかかり、ゆっくりと喉から胸元へ下りてゆく。

「……私、……は……」

たっぷりとした胸をリドリアの手が包み、指先にほんの少し力がこもった。

「まだ周りに遠慮しているのか」

「…………」

エリザベスは何も言えない。

ふと、「亡くなった母はどう思うだろう」と悲しくなった。

亡き母ブリジットは、「エリザベスの好きな人と結婚しなさい」と言っていた。

「あなたを一番理解してくれて、困っている時にもすぐ手を差し伸べてくれる人がいいわね」とも言い、「お父様はお母様にとって、そういう方なのよ」と幸せそうに笑っていた。

リドリアは——どうだろう。

「何だ。見つめているだけじゃ分からない。考えていることがあるなら、言葉にしろ」

そう言われても、エリザベスは何を言うべきか分からない。

自分の想いをどれだけ口に出したとしても、周りを取り巻く環境は変わらないのだ。

互いの両親が再婚したのは変わらず、リドリアが義理の兄なのも変わらない。仮に自分とリドリアの関係が周囲に悟られれば、とんだ醜聞になる。

けれど——、エリザベスはリドリアの手に抵抗できなかった。

彼の手が胸のリボンを引いても、ドレスのボタンを外しても、一歩も動くことができない。

逃げもせず、抵抗もしない。

だが、リドリアの気持ちに応えることもしない。

「お前は昔から周りに遠慮してばかりだった。病気がちのブリジットおばさんを気遣い、本来なら王都や他の貴族たちの屋敷に遊びに行くところを、俺たち兄弟だけと過ごしていた。本当は年頃の女の子とも遊びたかっただろう」

ぷつんと最後のボタンが外され、シュミーズに包まれたエリザベスの谷間が現れる。

「こう言うと残酷かもしれないが、ブリジットおばさんはもういない。母上がバーネット伯爵家に嫁いだから、お前が女主人として気を回すこともない」

ひくっとエリザベスの肩が震えた。

自分を今まで支えていた「やらなければ」という思いを、リドリアはやんわりと断ち切ろうとしている。

「だって……、私……」

何か言いかけたエリザベスの唇を、リドリアの指が押さえる。

「お前はもう、一人の女として自由を謳歌《おうか》していいんだ」

「――――！」

その一言を言われた瞬間、エリザベスの中にあった芯のようなものが抜けてしまいそうになる。背筋を伸ばしてシャンと立っていたのに、リドリアに身を任せると背骨すら柔らかくなって、自分が別の生き物になりそうだ。

そうなってしまったら、自分が自分を許せなくなってしまう。

これまで積み上げた努力を、母を喪った父のためにと邁進《まいしん》し続けた九年間のすべてが、水泡に帰してしまいそうだ。

「エルシー、何をゴチャゴチャ考えている」

グッと腕を引かれ、顔を上げるとリドリアの強い瞳がある。

それに呑み込まれてしまったら最後、自分の根幹となるものが揺らいでしまう。

恐れたエリザベスは、その時初めてリドリアに抵抗しかけた。我に返ったように一歩退き、胸元を曝け出しているというのにリドリアの脇をすり抜けようとする。

「あ……っ」

だがダンスのようにクルリと体を回されたかと思うと、エリザベスは窓辺に押しつけられていた。

「エルシー、いいから黙って俺にすべて委ねろ」

「あっ……ぅ、う……んっ」

背後からリドリアの両手がエリザベスの胸を揉みしだき、薄いシュミーズ越しに先端をカリカリと引っ掻く。

悩ましい声を上げ、エリザベスは荒い呼吸を繰り返した。

ハァハァと息を荒らげる度に、窓が曇っては晴れ、またすぐに曇る。

ガラスの向こうには、夏の庭園と家族がいるガゼボがあった。雨は少しずつ強くなり、使用人たちがガゼボの片づけをし始めている。

窓一枚隔てて、義理の兄と妹が家族の前でいけない関係を結ぼうとしている。その背徳感にまみれ、エリザベスは懸命に首を横に振った。

「先日、俺に抱かれて素直に『気持ちいい』と言ったじゃないか」

耳元で熱い吐息と共に囁かれ、舌がレロリと首筋を這う。

「つあぁ……っ、あ、……あれは……っ」

ドレスのスカートをたくし上げられ、リドリアの手が太腿を撫で回す。それだけでエリザベスは腰をゆらゆらと揺らし、切なげに吐息を漏らした。

「ずっと『気持ち良くない』って言っていたな？　今はどうだ？」

誘惑の声音と一緒に耳朶《じだ》が食まれ、小さな耳孔にぐちゅりと舌が入り込んだ。

「つひぁあっ」

まさかそんな場所に舌を入れられると思わず、エリザベスはリドリアの腕の中で暴れる。だがエリザベスがどれだけ暴れても、リドリアはびくともしない。力の差を思い知らされ、余計に頬が熱を持った。

耳の中で舌が蠢き、グチュグチュとエリザベスを犯す。

「つはぁアあぁ……っ、ぁアあ、あぁアっ、はぁ、ん、……っアぁあァっ」

身悶えて抵抗するが、脳髄そのものをしゃぶられているような音はやまない。リドリアの荒い息遣いがすぐ近くで聞こえる。微かな息継ぎ音や低く掠れた声が「エルシー」と囁くのも、すべて丸聞こえだ。

「いやぁあっ、……みみ、耳、やぁあぁ……っ、ゆる、……許し、て……っ」

エリザベスは口端から糸を引かせ、その場に座り込みそうになる。

しかしリドリアの腕はしっかり彼女を支え、くずおれることすら許してくれない。

「ア……ァ、駄目……ダメ、そっちはダメ……っ」

スカートの下に潜った指がエリザベスの内腿を歩き、ドロワーズの切れ目から既に潤った花弁に触れた。

「いや……っ」

「駄目？　まだ耳しか舐めてないのに濡らしているからか？」

秘裂を撫でられただけで、そこがクチュリと啼いたのが聞こえる。

「エルシー？　本当はまたシたいんだろ？」

耳元でリドリアが囁き、ツプリと指を一本蜜口に挿し入れてきた。

「あ……っ」

いけない、とお腹に力を入れたが、リドリアの指は隘路を進み膣壁を押してくる。

「ぁ……っ、あぁ、ン……ぁ、ダメ……です……っ」

「エルシーのココは駄目と言ってないが？」

指一本でエリザベスは淫らに開花される。

リドリアが仔猫《こねこ》の顎でもくすぐるように指を動かせば、エリザベスは切なく啼いて腰を揺らす。それでも言葉は必死に抵抗し、懸命に彼を拒絶している。

「ぁ……あ、……ダ……メ……ぁ、あ……あぁんっ」

だがリドリアの指が次第に深く潜り、エリザベスの一番好い場所を探り当てると、にわかにその声が甘くなった。

「よし……、ココだな？　体も熱くなっている。エルシーの体は素直でいい子だ」

シュミーズの肩紐を滑らせ、リドリアのもう片方の手が乳房を弄んでくる。たぷたぷと音がしそうなほど揉み、先端を爪で引っ掻く。

「きゃぁ……っ、ん、ぁ……っあ、――ン、あぁ、ァ……」

懸命に声を殺しているのだが、甘い声は次から次へと漏れてくる。

おまけに尾てい骨の辺りにリドリアの昂《たか》ぶりを押しつけられ、羞恥で気がおかしくなりそうだ。お尻を振って逃れようとしても、より摩擦を生んで硬い存在を再確認する羽目になる。

「いや……っ、そん、な……っ、意地悪……っ、しな……ぁっ、でっ」

「意地悪？　どんなことが意地悪なんだ？」

耳元でリドリアがクク……と低く笑い、乳房を弄んでいた手が離れた。

一瞬ホッとしたものの、背後で彼がゴソゴソとしたかと思うと、あの硬くて熱い塊が直接秘部に触れてくる。

「!!　だ、駄目ですっ、ほ、本当に……っ」

焦って彼を振り向いても、リドリアは一向に焦った様子を見せない。

「しぃ。少し声を落としていろ」

そうエリザベスの耳朶に囁き、リドリアは両手で彼女の胸を揉み始めた。下肢は硬くなった屹立《きつりつ》でもって、エリザベスの花弁をニュルニュルと擦る。

「あンッ……ぁ、や……っ、やだぁ……っ、や、これぇ……っ」

秘部と太腿のぷくんと出た間にできる、ほんの僅かな隙間をリドリアの肉棒がゴリゴリと前後する。エリザベスの蜜にまみれた先端や雁首《かりくび》が、興奮して膨らんだ肉芽を擦り、つつく。

エリザベスは両手で窓枠にしがみつき、いやいやと懸命に首を振っていた。

必死に声を殺そうとするのだが、食い縛った歯の間から「つくぅ……っん」と情けない嬌声が漏れてしまう。

昼日中からリドリアに襲われ、エリザベスは必死に己を保とうとしていた。

力で敵わないのはもう分かっている。

叫んでリドリアを殴り、家中を引っくり返す騒ぎにするつもりもない。

自分一人がただここで我慢をすれば、リドリアはいつか飽きてくれるのでは……と期待しての現状である。

それでも諾々とリドリアに抱かれるのは釈然としない。

結果としてエリザベスは懊悩《おうのう》し、自分の気持ちとリドリアの行為に翻弄されていた。

「もうトロトロになっている。エルシーは濡れやすい体質だな」

ドレスの下でグチョグチョとはしたない音がしている。リドリアが腰を動かすたび、エリザベスの柔肉は涎を垂らして男の剛直を滑らせる。

「あつ……ぃ、あ……っ、ぁ、こすら、……っない、で……ぇっ」

おまけに硬い亀頭がエリザベスの小さな真珠を擦る度、鋭い喜悦が脳天へ駆け上がってゆく。

「ン……っ、ん、んぅっっ……ぁ、ア、ぅ――――んぅっ」

自分で自分の口を塞ぎ、指すらも噛んでエリザベスが悶える。細く白い指が涎で濡れてしまっても、声を殺すことを優先させた。それでもリドリアは激しく腰を動かし、エリザベスはどんどん高みへと追い詰められてゆく。やがて――。

「……っぁ、――――ア、…………あぁアぁぁ……っ、ぁ……っ」

窓枠を掴んだ手をブルブルと震わせ、エリザベスが達した。

くた……とその場に座り込みそうになったが、リドリアにしっかりと支えられ叶わない。

彼はエリザベスを反転させ向かい合わせに立たせた。近くにあったソファのオットマンを引き寄せると、その上に彼女の片足を置く。

「ぁ……、何……を……」

口内に溜まった唾液を嚥下し、エリザベスは悩ましく問う。

煮えたぎった情熱を目に宿したリドリアは、その問いには答えないままエリザベスの唇を奪った。

「ン……む、……ぅ、――――ン」

柔らかな唇とぬめらかな舌に、意識のすべてが持っていかれる。

本当はリドリアの言葉や強引な行動に押し流されるのを、心地好く思っている自分がいることに気づいていた。

キスをされれば、口の中を支配され、そのまま彼にすべてを委ねたくなる。

呼吸も、心音の一つすら彼のものになり、烈《はげ》しい愛の奔流に包まれたい。

自分の本心を分かっていて、エリザベスはあと一言が言えないでいた。

「エルシー……」

低く掠れた声がエリザベスの名を呼び、濡れた唇がちゅ、ちゅと愛しげについばまれる。

「……抱くぞ」

熱く強張ったモノを宛がわれ、エリザベスは口を喘がせた。

その時、「駄目」とか「いけない」と言えていたら、二人の関係をまだ留められていたかもしれない。だがエリザベスはここ最近リドリアの激しい気持ちに晒され、心をグラグラと揺れ動かしてしまっていた。

今まで意識しなかった女という性を、一番近くて遠かったリドリアという存在に呼び覚まされた。

幼馴染みという関係から、彼を意識するのは自然なことだったかもしれない。また数年会っておらず、久しぶりにリドリアに会えば美しく成長していた。彼の姿を見て心惹かれたのはある意味当たり前だ。

異性を意識してこなかったエリザベスにとって、幼馴染みであるリドリアとこのような関係になるのは、運命だったのかもしれない。

「……エルシー」

返事を促され、エリザベスは唇を噛む。

「嫌なら嫌と言え。無理強いはしたくない。お前が少しでも俺を想っているのなら、一つ頷くだけで済むんだ」

先日は嵐のように奪ったくせに、今はエリザベスの気持ちを尊重する。

だというのにその手は、もう彼女の体を十分に暴いてしまった。

「……いや、……なら、……………とっくに抵抗しています」

絞り出すように呟き、エリザベスは「とうとう言ってしまった」と溜息をつく。

「……承知した」

リドリアが目を細め、潔癖そうな唇をペロリと舐める。

その後彼は上げられているエリザベスの太腿に手を添え、もう片方の手を太竿《ふとざお》に添えると、ぐぅっと亀頭を侵入させてきた。

「つあ！　――ぁ、……つあ、ン……っ、は、はぁっ、……っぁ」

この感覚は慣れない。

受け入れられると分かっていても、小さな場所を拡《ひろ》げてリドリアの一部が入ってくるのだ。

大きくて苦しくて、――とても切なくて、自分が自分でなくなってしまう。

「苦しいか？」

「つへ……つぃ、き――っ」

言葉では平静を装うも、エリザベスは両腕でしっかりとリドリアに縋りついていた。

小柄なエリザベスを身長差で突き上げるように、リドリアは彼女の最奥まで屹立を埋めてしまう。

「はぁ……っ、は、――――ぁあ、はぁーっ」

苦しくて、恥ずかしくて、エリザベスは何度も呼吸を整える。

少しでもお腹に力を入れると、肉襞がリドリアに絡みつき締め上げてしまう。意図した行動ではないのに、自分から悦んで彼を咥えているようで赤面した。

「……エルシー、キスさせてくれ」

「ん……」

小さく唇を開いたエリザベスに、顔を斜めにしてリドリアが唇を重ねる。

同時に彼は腰を揺らしてエリザベスを小さく突き上げ、剝き出しになった乳房を片手で捏《こ》ねた。

「んぅ……っ、ん、……っふ……ン、ん」

クチャクチャと音がし、エリザベスの熱く蕩けた場所にリドリアの熱杭《ねっくい》が前後する。

繋がった場所から一つになってしまいそう――と思いながら、エリザベスは自然に腰を揺らしていた。

口内を蹂躙する舌の味を覚えるかのように、エリザベスはちゅぷっと彼の舌に吸いついた。

彼の舌の裏側を探ると、リドリアが応えてエリザベスの小さな舌をしゃぶる。

「気持ちいいか……？　エルシー。俺はとても気持ちいい」

ぐちゅりと蜜洞をかき混ぜて、リドリアが幸せそうに微笑んだ。

「ん……っ、気持ち……ん、……っぅ……っ」

気持ちぃいときちんと言えず、エリザベスが唇をわななかせる。

「気持ち良くないのか？」

彼女が迷っていると思い込んだリドリアは、両手で彼女の尻たぶを掴み下からどちゅんっと突き上げた。

「つあぁぁああうっ！　っだめぇ……っ、だ……っ、めぇっ」

「エルシー？　もう一度聞く。気持ち良くないのか？」

最奥を硬い亀頭でグリグリと虐め、リドリアが酷薄な笑みを浮かべて問う。

「んぅうぅ……っ、うっ、……きっ、——もち、ぃっっ」

だらしなく開いた口が閉じてくれない。

舌を見せてハァハァと呼吸を繰り返し、エリザベスは濡れた目でリドリアに訴えた。

「よし、いい子だ」

最奥に先端を押しつけ、リドリアはエリザベスの頭を撫で褒美と言わんばかりにチュッとキスをする。ペロリと彼女の唇を舐め、「俺もとても気持ちいい。お前のナカで溶けてしまいそうだ」と囁くと、エリザベスを抱き締めてガツガツと腰を振り出した。

「んンーっ、！　……っ、ん、あぁんっ、ン、あぁ、あっ、あぁっ」

エリザベスは渾身の力でリドリアにしがみつき、彼の胸板に顔を押しつけた。どうしても漏れてしまう嬌声を殺すために、リドリアのクラヴァットを噛む。

上等な布がエリザベスの口内で温かく濡れ、唾液を吸って柔らかくなってゆく。

柔らかく蕩けた肉壺を穿《うが》たれ、リドリアの一突きごとにエリザベスの脳天が重たい快楽に支配される。リドリアのウッディムスクの香りに包まれ、視界には彼しか入らない。手で触れるのも、体の最奥で感じるのもリドリアのみ。

五感すべてで彼を感じ、エリザベスは自分の意志や矜持《きょうじ》といったものがグズグズに溶けていく気がした。

リドリアの想いは強すぎる。

彼に「昔から好きだった」と言われても、正直分かり辛い。だがあんな小さな頃から好きだったと言われ、十五年以上に渡る片思いに打ちのめされる。

そう言われてみて初めて、リドリアが意地悪をしつつもずっと自分の側にいてくれたのも、ひとえに彼の愛情からではと思った。

八歳年下の女の子など、普通なら面倒で一緒にいたくないだろう。リドリアほどの多才な少年なら、子守りをするよりもっと他にするべきことがあったと思う。

それなのにリドリアはエリザベスの側にいてくれ、分からないことがあったら何でも教えてくれた。彼の目つきは恐かったけれど、リドリアは勉強の時にエリザベスをバカにすることはなかった。教育係としては、彼はとても優秀だったと思う。

じっくりと、あの頃からリドリアはエリザベスを育てるかのように見守り、愛してくれた。

兄は勿論、父性にも似た愛情を感じ、エリザベスの胸に感謝と喜びがこみ上げる。

未来の結婚相手を探しつつ悩んでいる時、ふと「あの意地悪リドルはどうするのか」と考えた時もあった。

その彼が、ずっとずっと自分を想っていただなんて——。

——応えていいの？

涙で潤んだ目で彼を見上げると、息を乱したリドリアが掠れた声で告げる。

「——愛してる」

「…………っ、私、——はっ」

エリザベスが一瞬言葉に迷った時、窓の外がカッと明るく光った。

「！」

大嫌いな稲光に体がすくむ。自然と膣内もギュッと締まったところを、リドリアに突き上げられた。

「つあぁあ……っ、ン、待って、待っ——」

あ、あれが来る——。

怯えて体をすくめたエリザベスの耳に、遠くからズゥン……と低く重たい音が轟《とどろ》いてきた。

「つひぅ……っ」

恐怖で涙を浮かべ、エリザベスはリドリアにしがみつく。

「大丈夫だ、エルシー」

リドリアは低く囁き、ちゅ、と彼女の涙を唇で吸い取った。それまで激しく突き上げていたのを抑え、グチュグチュと蜜壺をかき混ぜるように腰を小さく動かし、エリザベスの頭を撫で宥《なだ》めていた。

「こわ……っ、こわ――っ、ぃ、の」

「ああ、分かってる」

胸がドキドキと煩《うるさ》く鳴り、エリザベスの脳裏に嫌な思い出を蘇らせようとしている。

――あれは、何だっただろうか。

――この音を聞くと、自分はリドリアの側にいてはいけないと本能が訴えてくる。

雷と言って思い出すのは、リドリアに「一生嫁に行けない」と言われた時だ。

確かにあの時は呪いをかけられたような気持ちになり、悲しくて絶望した。タイミング良く雷が鳴り、一生忘れられない嫌な思い出になった。

だがそれだけだろうか。

当時のリドリアとカイルの悪戯や意地悪は、多岐にわたった。エリザベスはその度に大泣きをして、「リドル様もカイル様も大嫌い！」と言っていた。

だがその反面、怒ってもまた当たり前に顔を合わせる彼らに変わらない愛情を持っていたのも確かだ。

嫌いと言っても本当は嫌っていないリドリアが原因で、雷をこんなに嫌いになるだろうか？　確かに大きな音で怖いけれど、その奥にもっと別の何かがある気がする。

「ん……っ、ン、ん……ぁ、あぁ……っ」

うなされるように喘ぐエリザベスの唇を、リドリアが奪った。両手でエリザベスの耳を塞ぎ、自分の存在しか認識しないように深い場所まで愛してくる。

——あれ。

口内をリドリアに愛されながら、エリザベスは今の状況を「知っている」と思った。

いや、あの時も、こうしてリドリアによって耳を塞がれていた気がする。リドリアの体温に包まれ「大丈夫だ」と慰められていた。

その日も雨続きで雷の多い時季だった。

ぼんやりと思い浮かんでくる記憶は、リドリアによって泣かされたのではなく、別の人物によって泣かされたのを、彼に慰められていたというものだ。

「!!」

窓の外でまたカッと空が光り、エリザベスは必死になってリドリアの舌を吸った。

『エリザベス様って、リドリア様とカイル様に頼るしか能がないのね』

「！」

ふと耳の奥に浮かんだ嘲笑に、エリザベスは体を硬直させた。

『あのお二人がいれば、友達なんていらないんじゃない？　何かあれば私たちだって、告げ口されてしまうかもしれないわ』

（ちがう……）

エリザベスは小さく首を横に振る。

「エルシー？」

エリザベスの変化に目ざとく気づいたリドリアは、不審な声を出し彼女の目を見つめる。

「違うの……。私、お友達になって欲しかったんだわ。けど、……私の大切な人と引き換えだって言うから……、私、『そんなお友達ならいらない』って言ってしまって……」

エメラルドグリーンの瞳は大粒の涙を浮かべ、ここではないどこかを見ていた――。


エリザベスが八歳の時、彼女はもう小さなレディとして様々なことに興味を持っていた。礼儀作法や淑女の嗜みである裁縫やレース編み。意地悪な兄弟と踊るのは癪だったけれど、沢山練習して彼らと踊った時は「お、少し上達したな」という顔をするので、ダンスは大好きだった。

その頃リドリアは十六歳、カイルは十四歳で、二人とも会う人会う人に「将来が楽しみ」と言われるようになっていた。リドリアは既にスラリと背が高く、鍛え方次第で誰もが振り向くような逞しくも美しい男性になる素質を見せている。

勿論貴族の令嬢たちも彼らを放っておかない。

エリザベスは社交界デビュー前だが、リドリアやカイルはカーティスの体調のいい時にあちこちに連れていかれ、顔を知られていた。

次期カルヴァート侯爵ということもあり、それぞれの令嬢も「あの方を射止めなさい」と父もしくは母から言われていたかもしれない。

けれどその頃も当たり前にエリザベスしか見ていなかったリドリアは、社交的な挨拶はするものの、彼女たちにまったくなびかなかった。

エリザベスもまた、その頃は意地悪をされても幼馴染みの兄弟が大好きで、彼らが自分以外の女の子と話すのを嫌がるそぶりさえ見せた。

リドリアはエリザベスにとって「格好いいお兄様」である上に、「聞けば何でも教えてくれる天才」でもあった。転べばすぐに駆けつけてくれるし、エリザベスがちょっと甘えると抱っこでも何でもしてくれる。

甘えることと甘えられること。需要と供給が一致し、リドリアの反抗期はあれど二人はとても仲良しだった。

だがそれを、エリザベスが仲良くなりたいと思っていた少女たちに揶揄《やゆ》されたのだ。

『バーネット伯爵の長女、エリザベスと申します。どうぞお友達になってください』

貴族たちが集まるサロンに連れていかれ、丁度その日は二階では親たちが談笑し、一階ではそれぞれの家のナーサリーメイドが集まり、子供たちの面倒を見ていた。

小さなレディたちが社交しようとする場で、エリザベスは一生懸命勇気を出し同性の友達を作ろうとしていた。

大抵の少女たちは「宜しくお願いしますわ」とすまし顔で、それでも好意的にエリザベスを受け入れてくれる。

だがリーダー格とも言えそうな少女が、居丈高にエリザベスに指を突きつけた。

『あなた、ずるいわ。わたくしのお母様はリドリア様は理想の旦那様だと仰ったのに、あの方はあなたの子守りがあるからわたくしとのお散歩を断ったのよ』

その少女も十歳になったかならないかの年頃だった。だが一人前にリドリアに興味を示した彼女は、当時のエリザベスよりも結婚や将来のことに興味があったのだろう。

彼女に「ずるい」と言われ、エリザベスはポカンとする。

ずるいも何も、エリザベスにとって二人が自分の側にいるのは〝当たり前〟のことだ。

特にリドリアは侯爵であるカーティスと一緒に出かけ、忙しそうだが戻ってきたら必ずエリザベスに顔を見せ、お土産《みやげ》をくれる。その日の勉強の進捗を聞き、「また今日も完璧なレディに一歩近づいたな」と褒めてくれる。

兄と言ってもいい存在を「ずるい」と言われ、エリザベスはどうしたらいいか分からない。

『でも……。リドル様はご自分がいいと思ったら受け入れるし、嫌だと思ったら断る方だわ。私のせい……ではない気がするのだけれど』

自信なさげに言うエリザベスは、少女に向かって「リドル様とお散歩できるように言って差し上げるわ」とも言いがたかった。

彼女は年上で、堂々として可愛らしい。万が一、リドリアがこの少女を気に入って「将来結婚する」と言い出したらどうしよう？　という不安があったのだ。

『何てことを言うの!?　リドリア様がわたくしのことを嫌がってたと言いたいのね!?　嫌な

子！　皆、こんな子の言うことを聞いたら駄目よ！　自分の我が儘《わまま》のために人を犠牲にするに決まっているわ！』

少女が高らかな声で言い、他の少女たちもそれとなくエリザベスから視線を外す。

『ち……違うの。そうじゃないの。わ、私……お友達が欲しくて……』

二人が側にいてエリザベスは幸せだった。でも当然に、エリザベスは同性の友達が欲しかった。お人形ごっこをしたり、お茶会ごっこもしてみたかった。

弱々しく言うと、少女が意地悪に笑った。

『そこまで言うならお友達になってあげるわ。でも、リドリア様にわたくしのことを紹介して、〝婚約者に相応しいと思います〟と言ってくださるのなら……だけど』

究極の選択を迫られ――エリザベスは大粒の涙を流し「いや」と首を横に振ってしまった。

当時の彼女にとってもまた、本当の兄のようなリドリアが〝誰か一人の特別な存在〟になってしまうのは耐えがたかった。

エリザベスはまだまだ甘えたい盛りだ。母であるブリジットと一緒に外を駆け回れない代わりに、リドリアやカイルがその役割を果たしてくれていた。

保護者であり、自分に惜しみなく愛情やその他色々なことを注いでくれる人。そんな特別な人を、簡単に人に差し出せるはずがなかった。

『嘘つき！　欲張り！　女の友情より男を取るのね！』

まだエリザベスと友人にもなっていないのに、少女はエリザベスに罵声を浴びせた。エリザベスが大事にしている、ブリジットが作ってくれたフェルトのぬいぐるみを無造作に掴み、エリザベスの顔に投げつけた。

『わたくしは一生あなたなんかと友達にならないわ！　皆も同じよね!?　あなたみたいな我が儘な女の子、リドリア様だって絶対に好きにならないわ！　勘違いしないことね！　リドリア様はご両親の命令があるから仕方なくあなたの子守りをしているの！　あなたのことなんてこれっぽっちも好きじゃないんだわ！　一緒にいるからって勘違いしたら、リドリア様が可哀想！　あなたなんて一生独り者で、旦那様も友達もいなくて泣きながら死ぬのよ！』

迫力のある声と同時に、ドォン……と遠くから雷が轟く音がした。

あまりの恐怖とショックに、エリザベスは頭を真っ白にしたまま硬直していた。

頭の中には自分が一人きりで泣き、誰も側にいてくれない光景が思い浮かぶ。雨に打たれ、雷がエリザベスを貫いてその身を焼いてしまうのだと思った。

『っ…………！』

その少女がリドリアにどうやって断られたのか、エリザベスは知らない。彼女がどんなふうにリドリアに憧れ、淡い恋を終わらせたのか想像することもできない。

ただただ訳が分からなく、ショックで悲しくて、気がつけばエリザベスはぬいぐるみを抱いてサロンから飛び出し、タウンハウスに向かって走り出していた。

「お嬢様！」とナーサリーメイドの悲鳴に似た声が聞こえたけれど、細い路地にも小さな体で入ってしまうエリザベスは、すぐに見失われた。

外は激しい雨が降っていて、エリザベスの頭や体を容赦なく濡らしてゆく。頭上でカッと空が光り、どこかで重たく大きな音がした。

まだ子供のエリザベスに、タウンハウスまでの道のりなど分からない。サロンまでだって、馬車で連れてこられた。

(私は一生、お友達ができないのだわ。リドル様が優しくしてくださるのも、仕方なくなんだわ。リドル様と、将来お父様とお母様みたいな好き同士の夫婦にもなれないいんだわ。本当は私みたいな我が儘な子のことなんて、嫌いなのかもしれない)

悲しくて悲しくて、エリザベスはボロボロと大粒の涙を流し、前も分からず走っていた。

だが貴族の少女の走りなどたかが知れていて、実用的ではない靴で疲れてしまったエリザベスは、どこかの軒先にしゃがみ込んでしまった。

そこから先は覚えていない。

リドリアに体を強く揺さぶられ、珍しく焦った様子の彼に何度も大声で呼ばれた気がする。

雷が鳴る音を聞いて半狂乱になるエリザベスを、彼はしっかりと抱き締めて「大丈夫だ」と慰めてくれた。馬車が来るまでそうしてくれたが、エリザベスはすっかり高熱を出し意識を朦朧とさせていた。

酷い咳《せき》を伴う高熱で二週間近く生死の淵を彷徨い、やっと起き上がれるようになった時は一か月が経っていた。

その頃にはもう、エリザベスは自分の身に何が起こったか忘れてしまっていた。

激しいショックもあったし、高熱に浮かされて様々な記憶が曖昧になったことも理由に挙げられる。

だが回復してから後、エリザベスが本能的にカルヴァート兄弟――特にリドリアに対し、よそよそしくなってしまったのは事実だった。

理由は分からないが、「リドリアに近づいては駄目だ」と本能が告げる。

彼を好ましく思うことがあっても、その気持ちは「絶対にいけないもの」であると心が理解していた。

リドリアに優しくされてもツンとすることしかできず、次第に忙しくなってゆく彼と距離を取る。やがて二人の父と母が亡くなり、エリザベスは子供の頃のように無邪気にリドリアと話す理由を失ってしまった。


――あの頃はあんなに好きだったのに。


「エルシー。雷なら大丈夫だ」

快楽が原因ではない涙を流すエリザベスに、リドリアは労るようにキスをする。何度も顔の角度を変え、頬に、目元に、唇に、優しい雨のようなキスを贈った。

「……私、リドル様を好きになったら怒られます」

小さな顔を震わせるエリザベスに、リドリアは穏やかな声で「どうしてだ」と尋ねる。

涙をポロポロ流したまま、エリザベスは彼と繋がってしまっている自分に懊悩する。こんな、彼のような素晴らしい人の愛を一身に受けるべきではないのだ。

「エルシー、言え。お前が俺を好きになったら、誰に叱られると言うんだ」

揺るぎない瞳に貫かれ、身も心もグズグズに脆《もろ》くなった彼女は涙交じりに呟く。

「お父様とアデルお義母様だけじゃない……。リドル様のように努力をして立派な侯爵閣下になられた方には、もっと相応しい女性がいると皆が言います。私のように友達もいなくて、ずるくて欲張りな女には不釣り合――む」

エリザベスの言葉は最後まで紡がれることなく、顎を摑まれて止まってしまった。

驚いてリドリアを見上げると、そこには青い瞳に爛々《らんらん》と怒りの炎が燃えているのが見える。ぞく、とエリザベスの腰に震えが走った。久しぶりに彼が本気で怒っている顔を見た気がする。

「他の奴など気にするな。互いの親の許可さえ取ってしまえば、後はこっちのものだ。俺は閣下のツテで書類を出す準備もできているし、他にどの有象無象が俺たちの結婚に口を出すと思っているんだ」

ゴォッとリドリアの全身を、真っ黒な炎が包んでいるように見えた。

ずっと昔彼を悪魔だと思って恐れていた、恐怖の化身が今目の前にいる。その目は狡猾《こうかつ》に光り、自分の目的のためならどんなことだってする。上辺は貴族然として上品に、だが水面下ではエリザベスの考えつかないあくどさをもって、あらゆることをこなす。

「で……でも、皆……」

まだ口答えしようとすると、繋がっている最奥をズンッと突き上げられ、思わず甘い嬌声が口から迸った。

「『皆』って〝誰〟だ？　名前を挙げてみろ」

「あ……っ、ぁ、――ん、ンぅ……っ」

お腹の奥から全身に駆け巡る甘い疼きに、エリザベスは目を白黒させ口を喘がせる。

「その『皆』の名前を五人以上挙げられたら、俺がきちんと対応してやると約束する」

あの時、サロンにいた少女たちの名前はほとんど覚えていない。きちんと友達になる前に、エリザベスの方から逃げ出してしまったのだ。

「お……覚えてないけど……。リドリア様の婚約者候補に……一度はなったのではないの？　私より少し年上ぐらいの、可愛い女の子でした」

「何だそれは？」

だがリドリアは怪訝《けげん》そうな顔をし、小さくエリザベスを突き上げつつも目を眇《すが》め記憶と戦っている。

やがて「あー……」と何かに気づいた顔をすると、エリザベスの鼻先をつついた。

「人妻が今さらエルシーの結婚にどう反対するって言うんだ」

「人妻？」

「彼女は社交界デビューしたその年に、二回り年上の侯爵に見初められ結婚した。東の領地を持つ大貴族だから、彼女も安泰だろう」

「けっこん……」

リドリアのことを想っていた彼女は、もう既に夫を持っていた。

「で？　後は誰がいる？」

ジッと見つめられ、エリザベスは狼狽《うろた》える。「後は誰が？」と言われても、あの場にいたその他の令嬢たちの名前など知らない。

黙りこくったエリザベスを見て、リドリアがフンと尊大に笑いまた突き上げてきた。

「つきゃ、ぅっ」

「エルシーの『皆』は大体そうだ。エルシーが『皆』だと思い込んでいる顔の知らない者たちは、俺たちの仲に口を出す権利もないただの傍観者だ。そんな奴らを恐れる必要などない」

「ん……っ、ン、――ふ」

唇を奪われ、ねっとりと舌で口腔を蹂躙され、エリザベスは苦しげに呻く。

「後はないのか？」

「……え」

「後は？　俺の気持ちに応えられない理由は他にないのかと聞いている。ないなら、素直に俺のものになれ。お前だって小さい頃、何だかんだ言って俺のことが大好きだっただろう」

「………」

先ほどの雷で昔の記憶を思い出してしまったエリザベスは、小さく頷く。

確かにあの頃は、意地悪をされて悲しく思う気持ちよりも、二人のことが大好きな気持ちで一杯だった。

それがいつの間にか、気持ちを押し殺すようになってから、意地悪への悲しさ、反発だけが育っていってしまった。

「俺はいつでもエルシーを見ている。お前の一番の味方だと思っている。俺ならお前を幸せにできる。――だから、俺の手を取れ」

熱っぽい目で見つめ、リドリアが真剣そのものの顔でエリザベスの愛を乞う。

「……好きに、なっていいの……？」

弱々しい問いかけに、リドリアがしっかりと頷く。

「後悔させない。俺はお前の夫になるために生まれてきた」

揺るぎない瞳と答えに、とうとうエリザベスの迷いが晴れた。

「……はい……っ」

涙を零し頷くと、力強い腕に抱きすくめられ、また深いキスをされる。ねっとりと舌が絡み、エリザベスを求めてくる。

触れ合った場所からリドリアの体温と鼓動の速さが伝わり、ずっと側にいてくれた彼が、本当に自分だけを求めてくれていたのだと再確認できた気がする。

「――なら、大人しく俺に抱かれろ」

もう一度エリザベスにキスをし、リドリアは再び深い抽送を始めた。

「ン、あぁ……っ、ぁあ、ア、ん……、ぁ、ぅー、は、……はぁあんっ」

一度引いたかのように思えた熱は、あっけなく燃え上がりエリザベスを包み込んでゆく。目を開けばリドリアがジッとこちらを見つめている。まっすぐで、強すぎる気持ちに眩暈《めまい》すら感じた。同時に、母を失い一人きりで頑張っていた自分に、こんなにも強い味方がいたのかと、頼もしさと心強さがある。

「エルシー、可愛い。……俺の、ものだっ」

「あぁっ、ン、ぁ、――んー、ぁ、あぁあっ、ン」

猥《みだ》りがましく腰を振り、エリザベスはリドリアの腰の動きに合わせ悶え抜く。床についている片足はガクガクと揺れ、今にも膝からくずおれてしまいそうだ。

「エルシー、可愛い、愛してる……っ」

リドリアが腰を打ちつけるたび、膨らんだエリザベスの肉芽がコリュコリュと擦れる。脳天が痺れるかのような悦楽に襲われ、エリザベスは涙を流しリドリアにしがみついた。

「んーっ、ン、リ……ドル、さま、ぁっ、――ん、だい、すきっ、――だったのっ」

ポロポロと涙を零し、エリザベスは幼い頃に抱いていた気持ちを打ち明ける。

「側に、いて、――くれたのが、嬉しかったのっ、ちょっと意地悪、だったけど、何でも教えてくれて、お兄様のようで、私の、望みは、――なんでもっ、叶えて、くださった……っ」

エリザベスの涙を、リドリアの唇がチュッと吸い取った。

「これからもずっと側にいる。お前の夫にしてくれ。……愛して、くれ」

愛しげに呟き、リドリアがエリザベスの唇を吸い、頬や耳にキスをする。胸元から零れていた乳房を揉み、その先端で色づいていた宝石を摘まんだ。

「いあっ、あーっ、ぁ、あぁう、ぃ……っ、達《い》くっ、――っ達く、のっっ……ぉっ」

グチャグチャと蜜洞が穿たれる音が一層大きくなったかと思うと、リドリアは強くきつくエリザベスを抱き締め、彼女の最奥に吐精した。

「――ひぅっ、う……っ、――ぅーっ、ン、……ぁ、あぁ……」

ビクビクと膣肉を痙攣させ、エリザベスはリドリアの腕の中で絶頂に飛ばされた。

自分の胎内で彼の灼熱が脈打っているのが分かり、じんわりとお腹の奥に温かいものが滲《にじ》んだ気がする。

「……っあぁ……」

エリザベスの耳元でリドリアが艶冶な声を出し、彼女を抱き締めたままその場に座り込む。

「エルシー……」

愛しげに名を呼ばれ、よく耐えたと言わんばかりに頭を撫でられる。

窓の外、雨はまだ続いていたが雷はもう通り過ぎていた。

火照《ほて》った体が鎮静していくと同時に、胎内に出された子種が気になった。

「……赤ちゃんが、……できてしまいます」

「二人の子だ、育てればいいだろう。カルヴァート侯爵家の世継ぎになる」

汗で顔に貼りついた髪を、リドリアの指が優しくどける。

「俺はお前を愛してる。その気持ちを受け入れてくれるな？」

「――はい」

頷くと、幸せと決意の涙がふっくらとした頬を伝ってゆく。

少女はもう、親の手元から羽ばたくことを決めたのだ。

「一生側で守る。母上とチェスターおじさんも、ちゃんと説得する」

愛しげにエリザベスのプラチナブロンドを撫で、障害があるのならすべて取り除くと彼が言う。

「もう一人で頑張らなくていい。俺の妻になって楽になれ。俺にすべてを任せ、素直に愛されろ」

「あぁ……………」

ポロポロと、涙と一緒に心が纏っていた鎧《よろい》が剥がれてゆく。

母亡き後、独り身になった父を支えないとと奮闘した九年間。舞踏会で男性に恋多き女性だと勘違いされ、女性たちにも「股の緩い女」とそしりを受けた。

カイルは側にいてくれたが、舞踏会で完全にエリザベスを守ってくれた訳ではなかった。

自分を好きだと言うリドリアも、公爵や諸侯との付き合いや仕事がある上、広大なカルヴァート侯爵領を管理する仕事があった。

誰を頼って「守って欲しかった」というでもないし、エリザベスが淑女として一人で舞踏会に挑むのは当たり前のことだ。付添人はいても、ダンスを踊るのはエリザベスなのだ。

それでも、どこに行っても一人で頑張らなければいけなかったのは確かだ。

リドリアは、一人耐えていたエリザベスに「力を抜け」と言っている。

誰も支えてくれなかったと思っていたから、一人で耐えて——、気を張っていたのに。

「楽になれ。お前は一人の女になっていいんだ。楽になって、——幸せになれ」

目元に溜まった雫を唇で吸い取られ、その柔らかさと温かさにエリザベスの中で張り詰めていた糸がぷつんと切れた。

「……っ、信じ、ます。あなたの……っ、求愛を受けます……っ」

唇から、己の体を縛っていた拘束を解く言葉が放たれる。

エリザベスをギチギチと締め上げていた見えない鎖は、パンッと弾け、リドリアの愛情の中にかき消されてゆく。

「……ありがとう」

リドリアが微笑み、繋がったままエリザベスも微笑した時——。

「エルシー？　部屋にいるの？」

コンコンとドアをノックする音がし、アデルの声がした。

ドキンッと鼓動が跳ね上がり、エリザベスは思わずリドリアの肉棒を締め上げる。

「っ……エルシー」

仕方ないな、という顔でリドリアが頬にキスをし、彼女を立たせて屹立を引き抜いた。

エリザベスも慌てて乱れた上半身を整えるが、紅潮した顔はなかなか戻ってくれない。腰がなかなか立たないので、先ほどのオットマンに腰かけた。

「エルシー？　リドルもいないの。部屋にいる？」

またノックがされ、リドリアがエリザベスのドレスが整えられたのを確認して、鍵を開けた。

「――――っ」

エリザベスは両手を胸の前で組み、ギュッと目を閉じる。

「あぁ、良かった。二人ともここに……」

一瞬安堵した表情を見せたアデルだが、室内にこもった匂いと二人の雰囲気に目を見開く。

「まさか……、あなたたち……」

微笑んでいたアデルの表情が、ゆっくりと凍りついてゆく。

母に向き直り、リドリアはエリザベスの肩を抱きまっすぐに告げた。

「母上、俺たちは愛し合っています。あなたたちが再婚するよりも前、子供の頃から俺はエルシーが好きだった」

「そんな……。本当なの？　エルシー」

アデルの顔が強張り、一歩踏み出すとエリザベスの肩を両手で掴んだ。

「……はい。私は……、リドル様が好きです。彼の求婚を受けたいと思っています」

「――――っ」

アデルの表情がクシャリと歪み、とっさに振り上げられた手をリドリアが摑んだ。

「母上。これは間違った愛じゃない。血の繫がっていない男女が求め合った、ごく自然な恋愛です」

エリザベスを打とうとしたアデルに厳しい顔を見せ、リドリアが言い切った。

「……………なんてこと……」

アデルはゆっくりと手を下ろし、深く重たい溜息をつくのだった。


リドリアは来るべき時が来たと冷静に思っていた。

エリザベスは俯いて両手で胸元のリボンを頻りに弄り、涙で目を真っ赤にしている。

血の繫がりのある兄妹が禁忌を犯した訳ではないのに、何をそんなに絶望しているのかと、彼の中にある冷静な部分が独り言《ひとご》つ。

自分はチェスターとアデルが互いの伴侶を喪う前から、ずっとエリザベスが好きだったし、周囲にもそう言っていたはずだ。

それを「子供の言うこと」として取り合わなかったのは、大人の側に責任があると思う。

子供だってその純粋な眼差しで、一生の恋を早々に見つけることだってある。

リドリアはエリザベスを好きだという直感を信じ、一生この気持ちはブレないと分かっていた。何があっても自分はエリザベスを伴侶にするし、そのために必要なことなら何でもしてきた。これから更に何かが必要となるなら、何でもする。

今自分がすべきは、悄然《しょうぜん》としているエリザベスを励まし、これから立ちはだかる両親を説得することだ。

元は血の繋がりのないただの幼馴染み。それが親同士が再婚しただけで、なぜこんなにもこじれなければいけないのか。

(……面倒臭い)

リドリアは乱暴な溜息をつき、エリザベスの背を支えたまま図書室へ向かった。

第七章　騒動

外でのお茶会は雨で中止となり、応接室で新たにお茶の用意がされ、シェリルとカイルはそこで会話をしているようだ。

だがリドリアとエリザベスは図書室に呼び出され、目の前にはチェスターとアデルが難しい顔をして座っている。

「どういうことか説明してちょうだい」

こめかみを押さえ、アデルが思い詰めた顔で告げた。

「『どういうこと』かと言いますが、実にシンプルな話です。俺は子供の頃からずっと母上をはじめ周囲に『エルシーが好きだ。将来妻にしたい』と公言していたはずです。俺が爵位を継いで忙しくしている間、エルシーとは自然に距離ができてしまった。それは否定しません。ですが諦めたつもりもなく、手元のゴタゴタが落ち着いたらちゃんとエルシーを迎えに来るつもりでした。俺からすれば、なぜあなたたちにこうして責められなければならないのか、訳が分かりません」

リドリアは落ち着き払って言い返すが、その隣にいるエリザベスはハンカチを揉みに揉んで皺くちゃにしている。

「それは……。確かに聞いていたけれど……」

子供の頃を思い出したのか、アデルが勢いをなくす。子供とは言っても、エリザベスが生まれた時リドリアは八歳だったので、彼が「結婚」と言い出したのは十歳前ぐらいからだ。貴族の息子――しかも長男なら、しっかりと未来を見据え始めてもいい頃合いである。

「母上を責めるようで申し訳ないですが、その時母上は冗談だと思っていませんでしたか？子供特有の戯れだと思い、流していませんでしたか？」

「…………」

リドリアの問いに、アデルは答えられない。

次にリドリアは視線をチェスターに向け、淡々と告げる。

「俺はブリジットおばさんにも、エリザベスと結婚したいと申し出ていました」

亡くなった妻の話をされ、チェスターは微かに瞠目する。

「それで……。当時妻はなんと……？」

「チェスターおじさんはブリジットおばさんから、何か聞いていませんでしたか？」

だが逆に質問を返され、チェスターは「ああ……」と呻きに似た声を漏らし、少し考える素振りを見せた。

「……リドルとエルシーはまだ子供だから、それぞれが大人になった頃、互いが想い合っていたなら、ぜひとも結婚させたい……。と、言っていた」

チェスターの声にリドリアは鷹揚に頷き、チラリとエリザベスを見た。

彼女はまだ青ざめた顔をして、両親とリドリアとの会話に怯えている。

(一度は決意して俺の求婚を受けると言ったはずなのに、まったく手のかかる……)

ここでエリザベスに加勢して欲しい訳ではないが、合意であるということは伝えたい。それでも自分のように長年の覚悟や準備がないエリザベスに、両親に立ち向かえと言っても無理なのは分かっていた。

「でしょう。俺もそのつもりでいました」

リドリアの言葉に、図書室に沈黙が落ちる。

つまりリドリアの主張通りなら、昔から彼はこうなると言っていたのだ。

本気にしなかった大人側に非があると言われたようで、チェスターとアデルは黙り込む。

やがてチェスターは視線を上げ、リドリアに尋ねる。

「リドル、エルシーのことを本気で妻にしたいと思っているのか?」

「当然です」

嘘偽りなく、リドリアが答える。

「エルシーは? リドルを一人の男性として好きなのか?」

父の青い目に見つめられ、エリザベスは一瞬息を詰めたように見えた。

恐らくまた罪悪感がこみ上げてきているのだろう。

手に取るようにエリザベスの心を把握しつつも、リドリアは何も言わず彼女の返答を待つ。

エリザベスは俯いて自身の気持ちを整理した後、小さく呼吸を整えまっすぐ父を見据えた。

「好きです。リドル様以上に、私を愛してくださる方はいないと思っています。……子供の頃から……、実のお兄様のように優しくしてくださった彼が、大好きでした」

娘の答えを聞き、チェスターは戸惑いの表情を浮かべる。

「だがエルシーはリドルを怖がっていなかったか？　近年は避けていたように見えたし、恋をしているように思えなかったんだ」

父の言葉にエリザベスは一つ頷いた。

「確かにその二つは事実です。私も昔の感情を思い出すまでは、そう思い込んでいました」

「……どういうこと？」

怪訝な顔をするアデルに、エリザベスはポツポツと語り出す。

「私が八歳の時、嵐の日にサロンから抜け出して騒ぎになり、長い間熱を出して寝込んだことがあったでしょう」

「ああ、あれは大事件だった」

チェスターが昔を思い出し、額に手を当てる。

「あの時私は、ある令嬢に私の存在がリドル様やカイル様にとって、ご迷惑なのだと責められました。その時に雷があり、あまりに恐ろしくてすべてから逃げてしまいたくなりました。あれ以来、私は雷が怖くて堪りません」

エリザベスの話を聞き、リドリアは内心舌打ちをする。

心配しすぎて当時はリドリアも倒れるかと思った。だがエリザベスが急にサロンを飛び出て行方不明になってしまった原因は、ついぞ聞かされなかったのだ。

彼女が言う通り、つい先ほど思い出したばかりなら理由が分からなくても仕方がない。

当時の自分が婚約を断った令嬢を思い出し——「あの女」と今さらながら苦々しい思いになる。

「……エルシーはその事件さえなければ、ずっと素直にリドルを好きでいられたと思う？」

アデルの問いに、エリザベスは頷く。

「はい。だって、誰よりも優しくて側にいてくださった、自慢のリドル様ですもの」

聞くだけで顔が緩みそうになるが、リドリアは必死に堪える。

エリザベスからも二人は両想いだと聞かされ、チェスターとアデルはまた黙る。

「……少し、話し合わせてくれ。今は客人をもてなすことを考えなければ」

やがてチェスターが溜息をつき、立ち上がった。

「私たちが結論を出すまで、リドルとエルシーは二人きりで会わないように。二人の気持ちは分かったが、私たちが再婚してしまった以上、これからどうするか話し合わなければいけない」

「方針が決まったら、その話し合いに俺も参加させてください。現カルヴァート侯爵として、良い案を出せるかもしれません」

リドリアが才ある人間だということは、チェスターもアデルもよく分かっている。二十七歳ながら、あのリーガン公爵の片腕を務めるというのは並みの者ではできない。

「分かった。そうしよう」

夫の言葉にアデルが立ち上がり、リドリアとエリザベスも立つ。

四人はシェリルとカイルが待つ応接室に向かったが、そのあと交わされた会話は実にぎこちないものであったのは、言うまでもない。


それから数週間、エリザベスは自室で無味乾燥な日々を送った。

正直「これからどうなるのだろう」という気持ちが大きい。それに両親に知られてしまった以上、こうしてリドリアと距離を開けられるのは妥当な気がした。

だが幼い頃から抱いていた「大好き」という気持ちを思い出した今、リドリアに求婚されたのは嬉しいし、素直な心が彼を恋しく思わせる。

エリザベスはリドリアに抱かれた窓辺に立ち、彼の息遣いや手つきを思い出す。

「……この恋は上手くいくのかしら」

呟いて、リドリアが「必ず説得する」と言ったのを信じたいと切に願う。リドリアの気持ちは昔からのもので、彼があの時口にしていたのは正論に聞こえた。だが両親としても先に再婚してしまった以上、義理の兄と妹の恋愛をそのまま認める訳にもいかないだろう。

リドリアの代理だと言ってカイルがバーネット家に滞在し、エリザベスを見かけては明るく声をかけ、慰めてくれようとしている。

カイルの気持ちも嬉しいのだが、義兄との関係で悩んでいる現状、何の問題もなくシェリルと婚約しようとしている彼がどこか疎ましい。

シェリルは一度アンブラー子爵家に戻ったが、前回の顔合わせが一応結婚の報告ということになったらしい。カイルとシェリルの関係について両親は歓迎ムードだったので、いずれ社交シーズン中に婚約パーティーを開くようだ。

「そんなお祝いの場に、果たして私はどんな顔をして参加すればいいのかしら……」

物憂げに呟いても、両親からもリドリアからも話がついたという連絡はない。

何か自分にできることはないかと考えてみたが、大人しくしているほか何もない気がした。


「カイルお義兄様は、シェリル様のどういうところを愛しく思われているのですか？」

バーネット伯爵家のガゼボで、エリザベスはカイルとお茶をしていた。

カイルは気楽な次男坊ということで、リドリアから借りた資金を元に事業を展開している。東方から輸入する絹からハンカチや女性用のストッキングなどを作り、それが女性たちに大流行しているようだ。

リドリアから借りた金もすぐに返した。爵位を継げない次男ながらも、現在は独自に財を得たことで、舞踏会でも女性たちに囲まれることが多いようだ。

「んー。シェリルの顔も勿論好きだけど、彼女、すごくセンスがいいんだ」

「センス？」

「俺が手がけている仕事って、ハンカチのデザインもストッキングのレースやらでも、女性が好みそうなデザインが必要だろう？」

「はい。何度かカイルお義兄様からプレゼントして頂いたことがありましたが、とても綺麗なレース細工でした」

「シェリルって、派手めな外見をしているけど、ああ見えて手先がとても器用なんだ。俺が手がけている事業にも興味を示して、一度気まぐれに工場に連れて行ったことがあった。そうしたら、『このデザインのここをこう直した方が……』って言って、すぐに図案を書き起こした。それにピンと来てね」

「お仕事を共にできるということですか？　それは頼もしいですね」

この世の中、職業婦人がいない訳でもないが、貴族の令嬢と言えば働かないのが鉄則である。そんな中、男性に交じって意見を言えるシェリルを、素直に「凄い」と思った。

「だろう？　俺もしとやかな令嬢よりも、言いたいことを言い合える間柄の方が好きなんだ。相手が何か心に思いを押し殺しているかもしれないのに、男だから女だからという理由で、口に出せないのはつまらないだろう？」

「そう……ですね」

ふと、自分とリドリアの関係を鑑みる。

彼には割と言いたいことを言えている……気がする。それは幼馴染みという間柄も手伝ってだ。

もしエリザベスがリドリアとまったくの他人であったら、彼を見て少しとっつきにくいと感じるだろう。リドリアはどちらかというと寡黙な方で、表情もあまり豊かではないので何を考えているか分からない時もある。

「エルシーもさ。兄さん相手だと余計な遠慮をしなくて済むんだろ？」

「えぇっ⁉」

考えていたことをズバッと言い当てられ、エリザベスは動揺してガチャンッとティーカップとソーサーをぶつけてしまった。

「し、失礼しました……」

「いやいや、素直で実に結構。大きくなってもエルシーは基本的なところが変わってないよな」

カイルの〝すべてを知っている〟という雰囲気に焦り、エリザベスはジワジワと確認する。

「……どこまでご存知なのですか？」

「まぁ、大体は。兄さんの気持ちは小さい頃から知ってたしなぁ」

「最近のことは？」

「うーん……。深い関係になっただろうな、というのは察した」

「………」

できるだけ隠していたつもりなのに！　と思い、エリザベスの頬がカァ……と熱を持つ。

「そりゃあさ、舞踏会であれだけ目立つダンスを踊って二人でしけこんだら、誰だって仲を勘ぐるよ。兄さんのエルシーを見る目は、もう恋する男の目だし」

「そ、そうなのですか？　私つい最近まで、リドル様のあの目は隙あらば私を虐めて泣かせてやろうという、いじめっ子の目なのだと思っていました」

リドリアの強い眼差しを思い出し、エリザベスは微妙な気持ちになる。

あの目に愛情が宿っていると理解したのは、ごく最近だ。

リドリアの想いを聞くまでは、本当に鷹《たか》が子ウサギを前にしてどういたぶってやろうかと考えている、捕食者の目だと思い込んでいた。

子供の頃の真実を思い出せば、彼がずっとあの目でエリザベスを見守ってくれていたのはすぐに分かることだったのに……。

「まぁー、兄さんも子供の頃は虐めることでしか愛情表現を知らなかったからね。反抗期まっただ中の少年が、好きな女の子に礼儀正しく接するっていうのはちょっと無理だったかもね。まったくよその令嬢なら作法に則《のっと》ったかもしれないけど、エルシーのことは妹……っていうか家族のようにも思っていたし」

ふとエリザベスはリドリアに股間を踏まれたことを思い出し、あまりの恥辱にカァッとお腹の奥が熱くなる。

「……だからって……お股を踏まなくても……」

「ああ！　あれな！　あの時のエルシーのギャン泣きは凄くて、俺、怖くなったもんなぁ」

　ケタケタと笑い、カイルは膝を打つ。

「幾ら男性同士の罰ゲームであのようなことが存在するとしても、それを実験するためにレディのお股を踏むことはないと思います。子供でも気持ちはレディなのですよ」

　恨みがましく呟くエリザベスに、カイルは笑いすぎて浮かんだ涙を拭いつつ言う。

「あんなこと、他の貴族の子供にやってる訳ないだろう。……まぁ、俺は何度かやられたけど。エルシーだから兄さんは構いたかったんだよ。……いささか構いすぎた感じもあるけど」

「……あのお股踏みが特別扱いだったと？」

「そう。おまけに思春期で色々と性的なことを知るようになる年齢だから、エルシーの体に触れたかったんじゃないかな。それっぽいことをするのはまだ早いと思っただろうし、一番害のない、悪戯に見せかけた行為で誤魔化したとか」

「…………害がありすぎます」

　はぁぁ……と溜息をつき、エリザベスは紅茶を一口飲んだ。

　つまるところ、泣きすぎて嘔吐き癖がついてしまったあの事件の時には既に、リドリアはエリザベスを〝女〟として見ていたのだ。

「そう言えば、シェリル様がいらっしゃった時に言っていた、『極上の女性にずっと恋をしている』というのは……」

心の中に引っかかっていた言葉を解消しようとすると、カイルが驚いたように目を開く。

「エルシーのことに決まってるだろう。まさか自分以外に兄さんにそれぐらい想われている女性がいると思ったのか？　どれだけ自信がないんだよ。……というか、兄さんも哀れだなぁ」

「そ、そうですか……」

エリザベスは安堵の溜息をつく。

リドリアと一番長く側で〝弟〟をしていたカイルが言うのだから、間違いないだろう。

これで彼の気持ちは嘘偽りないものだと分かった。

——それでも、これからどうなるのだろう？　という不安は拭えない。

小さく溜息をついたエリザベスの肩を、カイルがポンポンと叩いた。

「まぁ、流れに身を任せなって。兄さんなら絶対目的を果たすだろうし、母上だって我が子である兄さんは勿論、エルシーのことだって本当の娘のように思っている。引き離されるとか、修道院に入れられるとか、そういうことはないと思うよ」

「そうだといいのですが……」

夏の風が庭園を吹き抜け、ガゼボのテーブルに敷いたテーブルクロスがヒラヒラとそよぐ。

何度も何度も、ここでお茶会を開いた。

実母が存命であった頃から、数え切れないほど。

その間に全員が成長し、エリザベスは一人の女性になって恋を知った。

ただのいじめっ子だと思っていたリドリアは、とても分かり辛い想いだが、一途に自分に恋をしてくれた男性だった。

(お母様なら、何て言うかしら?)

ふと、たおやかで線の細い実母の言葉を思い出し、エリザベスの表情が緩む。

『エリザベスの好きな人と結婚しなさい』

『あなたを一番理解してくれて、困っている時にもすぐ手を差し伸べてくれる人がいいわね』

(私が好きで、私のことを分かってくれる男性……。困っている時に助けてくれる人……か)

母が言っていた言葉を思い出し、リドリアを思い浮かべる。

少し意地悪なところは変わっていないが、リドリアほどエリザベスを想っている男性は他にいないだろう。幼い頃から一緒にいて、彼やカイル以上に自分を知っている男性もいない。

他の人は、まずエリザベスの外見を見て彼女のほとんどを判断してしまう。

それがあったから、エリザベスも〝素敵な恋愛〟というものを諦めつつあった。心が浮き立つロマンスは小説で楽しみ、いずれ自分は親が決めた相手と結婚するのだと思っていた。

「……認めてくださったら、いいのですけれどね」

ぽつんと呟いたエリザベスを、カイルは義兄として優しく見やる。

「あの、さ。ただ兄さんを信じていればいいと思うよ? ああ見えてやり手の侯爵だし、王宮でも仕事ぶりがいいと評判のようだ。きっと家庭内のことだって、上手に解決してくれるはずだ」

エリザベスの頭をクシャッと撫で、カイルは人懐こく笑った。

「……はい。そうします」

義兄との穏やかなティータイム。

この場にリドリアもいたら……と思い、エリザベスはそっと嘆息した。


そして晩夏の頃になる。

エリザベスとリドリアの関係はまだハッキリせず、彼とも一か月近く会えていないままだ。

だがカイルとシェリルの婚約パーティーが開かれることになり、その日ばかりはリドリアもバーネット家へ来ることになっていた。

「ねぇ、おかしくない？」

姿見の前に立ったエリザベスは、侍女に何回目かの質問をする。

「完璧でございますよ、お嬢様。可憐でありながら妖艶。世の女性が欲するすべてを兼ね備えていらっしゃいます」

「そ、それは褒めすぎだわ」

侍女の言葉にエリザベスはクシャッと年相応の笑顔を見せる。

エリザベスはアイボリーと若草色という若々しい色に、白いレースやフリルで縁取りを施したドレスを着ている。

夜会なので胸元は大きく開いているが、アイボリーという色がエリザベスを清楚《せいそ》に見せてくれるのを狙い、またドレス全体のデザインで若々しさを狙った。

何色を纏っても子供っぽくなることや大人っぽくなりすぎるのを恐れるエリザベスにとって、ドレスの相談ができる相手がいるのは非常に喜ばしい。

胸ばかりがたわわに実っているのに、背丈は小さくて頬もぷっくりしているアンバランスさは、エリザベスのコンプレックスでもあるからだ。

姿見の前でもう一度クルリと回ってドレス姿をチェックすると、エリザベスは階下へ向かう。

屋敷の一階は既に来客に開放されてあり、先に到着した紳士たちはシガレットルームで話し込んだり、遊戯室で玉突きをしている。

女性たちはサロンでおしゃべりをし、女主人であるアデルがもてなしているはずだ。

(リドル様はもういらっしゃっているのかしら)

階段を下りてゆくと、父が呼んだ演奏家たちが軽やかな音楽を奏でているのが聞こえた。

玄関ホールまで下りて、エリザベスはどこへ行くべきか迷う。

リドリアがもしいるとすれば、シガレットルームや遊戯室かもしれない。だが男性の場にエリザベスが顔を出すことはできない。

しばらくその辺をうろついた後、エリザベスは大人しく女性客が集まっている応接室へ向かった。

「あら、エルシー！　今晩の装いも素敵ね」

叔母《おば》――父の妹がエリザベスの姿を見て、両手を広げてハグを求めた。

「叔母様。こんばんは」

そのようにして全員に挨拶をした後は、毎度ながらやや居心地の悪いエリザベスの品評会のようなものになる。

「この子はまた胸が大きくなったんじゃないかしら？」

「私のお知り合いのご子息が、どうしてもエルシーとお見合いをしたいと言っていてねぇ」

「この子、派手な外見の割に少し人見知りなところがあるでしょう。世間様での印象と、実際お会いした時の印象が違うとなると、先方に『騙された』と言われかねないわ」

「それにしても、まったく背が伸びないのねぇ。胸ばっかり大きくなって」

親戚のうるさ方というのは大体こんなものだが、エリザベスも毎回右から左に聞き流せる訳ではない。きちんと機能した耳というものがあるので、噂る親戚たちの言葉はすべて耳に入り、頭で理解してゆく。

文句ばかりが胸に募っていくが、ここには誰も理解者がいない。

ふと、自分のことを一番分かってくれているのは、やはりリドリアとカイルなのだと思った。

アデルは懸命に親戚を宥めようとしてくれているが、彼女もまた再婚したての後妻という身だ。バーネット伯爵家のうるさ方に敵うはずもない。

　再婚の発表はオフシーズンになる直前まで黙っていてもらうという弱みがあるため、アデルもまたあまり強いことを言えないでいる。

　シェリル側の親族も応接室にいたが、そちらの女性たちも興味津々という顔でエリザベスを見ている。少女のようなあどけなさの中にある、アンバランスな妖艶さを見て、どういう人物なのか判断しあぐねているのだろう。自分たちの大事なシェリルの親戚となる者の中に、トラブルメーカーがいては困るという顔つきだ。

　その気持ちは分かる。

　分かるのだが――「私は違うんです！」と声を大にして言いたい。

　居心地悪く過ごしていると、パーティー会場となるボールルームの支度ができたので、全員ゾロゾロと向かうことになった。

　ボールルームには立食パーティーの用意ができており、先に来ていた男性たちがカナッペなどを摘まみ、ワインを飲んでいる。楽師たちが音楽を奏で、後は全員が集まるのを待つだけである。

　参加者が集まればカイルとシェリルが軽く挨拶をし、後は肩肘張らない立食パーティーが始まる予定だった。

　エリザベスは自然とリドリアの姿を探し――、人垣の向こうに背の高い人物が同じように自分を探していたのを見て――、つい歩みを進めた。

だがチェスターとアデルに「パーティーであまり親し気に話さないように」と言われたのを思い出し、足が止まる。

いつもと変わらないスッとした立ち姿のリドリアは、エリザベスの姿を見て表情を柔らかく崩す。「こっちへおいで」と手招きをされたが、エリザベスはまごついてその場から動けなかった。

あくまでもこの場で自分とリドリアは、〝義兄妹〟だ。

加えてリドリアの側には、今日の主役であるカイルとシェリルがいる。本日ばかりは自分とリドリアのことを忘れ、この二人を祝福しなければと思う。

表情を引き締め、エリザベスはカイルとシェリルの前に進み出て小さく膝を折った。

「カイルお義兄様、シェリル様。本日はおめでとうございます」

「ありがとう、エルシー」

「エリザベス様、これで私たちも義理の姉妹になりますね。私、エリザベス様のような可愛らしい方を義妹にできて嬉しく思いますわ」

初めて見た時はシェリルのくっきりとした美貌に、少し軽薄な印象を持ってしまった自分を恥じた。あの後カイルからシェリルをなぜ好きかという理由を聞いて、彼女が外見通りの人でないことをよく分かったからだ。

加えて自分はさんざん「見た目で判断されている」と愚痴を零していた癖に、何と言う体たらくだろうと情けなくなる。

「ええ、私もです。どうぞ宜しくお願い致します」

微笑んで何気なくボールルームを見回した時だった——。

（あら……？）

見知った姿がある。——クリスだ。

バーネット家はゲイソン子爵家とも交流があるので、彼が伯爵家主催のパーティーに参加してもおかしくない。だが今回ばかりは、両親の再婚の情報はまだ親戚内に留めておくということもあり、外部の者は招いていないはずだ。

シェリル側の招待客にも、しっかりと口止めをお願いしてある。

だというのに、クリスが来ているのはどういうことだろう？

不安になって思わずリドリアを見ると、彼もクリスを凝視している。

ちなみに少し離れた場所にはリドリアが仕えているリーガン公爵がいて、周囲の者たちに囲まれている。リーガン公爵はリドリアより少し年上で、エリザベスから見ても美形の部類に入る人物だ。

公爵も部外者ではあるが、リドリアが信頼をして招待したようなので彼は例外だ。

厳しい顔をしたリドリアがクリスに向かって歩みを進める。

落ち着かない表情をして周囲を見回していたクリスも、自分の方へ近づいてくるリドリアに気づいたようだ。ハッとした表情になった後、クリスは青ざめた顔でボールルームの中央へやってくる。

(……クリス様、何のつもり？　……嫌な予感がするわ)

エリザベスがそう思った時、ボールルームの中央でクリスが声を張り上げた。

「ぼっ……、僕はゲイソン子爵が長男クリスです！　今回の婚約に異を唱えに来ました！」

貧弱な印象のあるクリスが、捨て鉢になったように声を出し、注目を浴びる。

リドリアは先にクリスを何とかしようと思ったのだろうが、間に合わず舌打ちをした。

クリスは青白く、目の下にクマを作った表情でリドリアを指差す。

「こいつは！　このリドリアという男はとんでもない悪人です！　数多くの淑女が彼に泣かされ、『女泣かせのカルヴァート侯爵』という名前までついています！」

ザワ……ッと親族たちがざわつき、リドリアに遠慮のない視線を浴びせる。

だがリドリアはゆったりと立ったまま、眉間に皺を寄せクリスを睥睨《へいげい》しているのみだ。

エリザベスもリドリアから逃げ回っていた時期、『女泣かせのカルヴァート侯爵』というあだ名は耳にしていた。だからこそ、まだ彼のことを嫌いだと思い込んでいた時、碌でもない男という印象に拍車がかかってしまったのだ。

それでも今は、リドリアはずっと自分を想ってくれていた……と信じたい。

「あろうことかこの男は今回の主役の一人、シェリル嬢にも手を出しています！　その上で幼馴染みであるエリザベス様にも近づき、すべての女性を我がものにしようとしています！　皆さん！　こんな男を認めてはいけません！」

すべてを言い切った後、クリスはギラギラとした目でリドリアを睨む。その後彼の肩越しにエリザベスを見て、ニヤァ……と凄絶《せいぜつ》な笑みを浮かべた。

「‼」

その正気を失ってしまったかのような表情を見て、エリザベスは悪寒に体を震わせる。

(一体どうしてしまったというの？　クリス様)

クリスとはあのサロン以来会っていない。

あの後彼とは何もなかったし、連絡すらない。サロンでクリスとエリザベスの間に割って入ったのはリドリアだが、彼とクリスは元々交流がなかったと思う。クリスがあれだけのことでリドリアを恨むとは思えない。

なのにクリスは他人の屋敷に入り込み、せっかくの婚約パーティーをぶち壊そうとしている。それもリドリアが主役のパーティーならともかく、弟のカイルとシェリルの婚約パーティーなのにだ。

ボールルームがシン……と静まり返った後、パン、と一つ乾いた音がした。

続いてパン、パンパン……とリドリアが嘲りを込めた拍手を続ける。

誰も彼もあっけに取られて二人を見ている中、リドリアが口を開いた。

「――誰か、ゲイソン子爵家に連絡を。乱心した息子がカルヴァート家、バーネット家、アンブラー家だけのパーティーに潜り込んでいると伝えておけ」

まず〝カルヴァート侯爵〟としての言葉に、隅の方にいた家令が音もなく動いた。

「次に、俺に『女泣かせの』……というあだ名がついていることは否定しない。だがそれは俺が求めてついたのではなく、周りが勝手につけたものだ。俺はずっと昔からただ一人しか想っておらず、他の女に目移りする心の余裕すらない」

落ち着き払ったリドリアの言葉に、彼の親戚の中から「相手は誰なんだ？」という声がした。二十七歳のやり手侯爵なのに、リドリアに相手がいないことを誰だって気にしていた。その彼が「ずっと想っていた相手がいる」と言うなら、弟のカイルと一緒に祝ってやろうと思っての質問だったかもしれない。

コツ……と足を半歩退かせ、リドリアがエリザベスを見つめる。

（――あ）

〝今なのだ〟と理解したエリザベスの足が、一瞬震えた。――だが、〝今しかない〟と理解する自分もいて、その足を叱咤《しった》する。

「俺が愛しているのは――。昔からただ一人、エルシーだけだ」

リドリアがエリザベスに手を差し出し、ボールルームにいた人々が彼女に注目した。

「――――!!」

緊張に足が震え、体がすくみ指先まで震える。

視界の隅でチェスターとアデルが、あっけに取られた顔をしているのが分かった。無理もない。まだ「考えさせてくれ」と言っているのに、リドリアが先んじて勝手に発表してしまったのだ。

（それでも……。私たちの関係が変わらない以上、誰かが一歩前に進まなければいけないわ。リドル様がその役目を引き受けてくださった。なら私は、彼の隣に立って足並みを揃えないと）

キュッと表情を引き締め、それからエリザベスはこの上なく幸せそうな笑みを浮かべた。周囲にいた者が——クリスさえも一瞬見とれ、状況を忘れるかのような華やかな微笑みを浮かべ、エリザベスはスッと進み出てリドリアの手を取る。

「エルシー、本気なの？　カルヴァート侯爵は義兄なのよ？」

親戚の女性とおぼしき声は、もう既に何度も頭の中で想像した反対だ。自分の気持ちを確認した今、ここで引き下がってはいけない。

「はい。私はリドル様を愛しています」

少し声が震えたが、エリザベスはハッキリと言ってのける。

途端にボールルーム中にザワザワという動揺が広がっていった。チェスターとアデルは今にも倒れそうな顔をしているし、カイルとシェリルは主役であるはずなのにリドリアとエリザベスに気を遣って一歩引いた場所にいる。

「今渋面になっている方々にお聞きしたいが、俺とエルシーは血の繋がりはあるか？」

エリザベスの手を握ったまま、リドリアが周囲をぐるりと見回し問う。

勿論、その問いに反論できる者はいない。

「重ねてお聞きする。俺はエルシーの物心がつく前より、彼女を結婚相手と見なしていた。

当時より俺の両親、そしてエルシーの両親にもその気持ちは伝えていた。月日は流れ、それぞれの片親が亡くなった。そして俺は爵位を継ぎ、そこにいらっしゃる閣下の片腕として奔走する毎日となった。俺はエルシーと会えず、二人の間に距離が生まれてしまった。その間にそれぞれの親に絆《きずな》が生まれ、再婚をすると言った。──さて、どちらの気持ちが〝先〟だろうか。俺たちは、これでも許されない仲だろうか？」

堂々としたリドリアの問いに、誰も何も言わない。──いや、言えない。

「エリザベス様はカルヴァート侯爵の〝義妹〟なのですか!?　許されませんよ!?　それは、許されない関係だ!!」

ただ一人、目を血走らせたクリスだけが正気を失ったかのように騒ぎ、エリザベスに摑みかかろうとする。だがその手をリドリアが摑み、クルリと容易《たやす》く捻り上げた。

「痛いっ！　いたぁっ！」

わざとらしい悲鳴を上げるクリスに、リドリアは冷ややかな目を向ける。

「サロンでエルシーに抱きつき迫り、拒まれたのにまだこんな場所へ乗り込んで醜態を晒す気か？　ゲイソン子爵家が落ち目なのは耳に挟んでいるが、なりふり構わずエルシーを我がものとし、娶るのだと親に吹き込まれたか？　そこに自分の意志はないのか。情けない男だ」

リドリアの言葉の前半に周囲の者たちがざわめき、後半でクリスの表情が引き攣る。

「……お、お父様とお母様は関係ない！」

クリスが必死に両親を庇った時、ボールルームの扉が開いて当のゲイソン子爵夫妻が顔を出した。

「お父様！　お母様！」

リドリアに手を解放されたクリスが、涙目になって両親に駆け寄る。

二人は瞬時にして状況を把握したのだろうか。おもねるような表情になり、周囲に礼をした。

「こ、この度は愚息が……」

「そう思うのなら、なぜ外出する際に行き先を聞かなかったのです？　ここ数日の彼の異常さを見れば、親なら行き先が分かるはずです」

（異常……？）

エリザベスはリドリアの言葉を聞き、内心首を傾げる。

サロンで会った時、彼は普通だった。あの時以降のクリスを、リドリアは知っているのだろうか？

リドリアの半歩後ろに立っているエリザベスに、ゲイソン子爵夫妻が微笑みかけてきた。

「エリザベスさん、どうかクリスを嫌わないでやってね。もし良ければまた機会を改めて会ってあげてちょうだい？　うちの子はあなたのことを誰より想っているの。バーネット伯爵家には男児がいないでしょう？　エリザベスさんの嫁ぎ先次第で、伯爵家もどうなるか分からないし、私たちは知己として心配を……」

ゲイソン子爵夫人がそこまで言った時、周囲の冷ややかな雰囲気と視線に気づいたようだ。

彼ら二人はボールルームに入るまで、リドリアが口にした言葉を聞いていない。自分たちがバーネット伯爵家の財産欲しさに、息子をエリザベスに近づけていたことを知られていると分かっていないのだろう。

「な……何ですか？　皆さん……」

何かやらかしてしまったか、という顔をする知り合いに、チェスターが一歩進み出て告げた。

「本日は身内だけの集いです。どうかお引き取りください」

静かに重々しく言われ、さすがに子爵夫婦も自分たちが招かれざる客だと悟ったのだろう。夫婦はまだリドリアとエリザベスを血走った目で見ている息子を引きずり、立ち去っていった。

静まり返ったボールルームでまず声を出したのは、リーガン公爵だった。

「せっかくの婚約パーティーが、台無しになってしまったな？」

公爵の冗談めかした口調に、カイルが笑う。

「閣下、俺は元より兄上と一緒に婚約を発表するつもりでいました。ある程度のハプニングは、想定済みでした。な？　シェリル」

「ええ。私はカイル様よりリドリア様のお気持ちを聞いておりました。お二人と仲良く〝家族〟になりたいと思っていますから、これも一緒に乗り越えることだと思っております」

まっすぐでしなやかな返答に、エリザベスは涙ぐむ。

すっかり二人の晴れ舞台を駄目にしてしまい、エリザベスは自責の念に駆られていた。前もってこうなることを分かっていたというのは釈然としないが、自分とリドリアのことで責められず安堵した。

「ここにいる全員に言いたいが、私はリドリアを片腕として買っている。その働きは周知のものだし、いずれこの国を代表する大貴族となるだろう。リドリアは何においても非の打ちどころがなく、完璧だ。……しかし彼には妻というものだけが足りない」

どうだろう？　というようにリーガン公爵は周囲を見て、魅力的な笑みを浮かべる。

「先んじてリドリアが言った通り、彼とエリザベス嬢には血の繋がりなどない。後づけで義理の兄妹になったとは言え、彼らは他人同士だ。加えてここにいる全員の耳に入っていると思うが、バーネット伯爵夫妻の再婚は、この社交シーズンが終わるまで外部には知らされていない。先に子供たちの婚約を発表してしまい、その後にバーネット伯爵夫妻の再婚を打ち明ければ、騒ぎもそう大きくならないのではないか？　何せ世間は見目麗しいカルヴァート侯爵兄弟の結婚に夢中なのだから。それでも何か言う輩には、三家が団結力を見せて欲しいと思っている」

エインズワース王国の軍事を担う公爵に言われ、もう反対する者もいなさそうな雰囲気だ。

それを見越した上で、公爵が一言つけ加える。

「元々、王侯貴族など〝尊い血筋〟を守るために近親相姦《そうかん》すら良しとした歴史がある。それを思えばリドリアとエリザベスの例など、可愛いものだろう。もし誰かから横やりが入るなら私が相手になってやる」

「閣下、二言はありませんね？」

すぐさまリドリアが言質を取ったと言わんばかりに質問し、リーガン公爵もニヤリと笑う。

「お前がこれからも私の良き右腕となるのなら、な」

見目麗しい男性が含みのある笑いを交わす。そんな光景を見て、他の面々もこの問題はもう終わり……という表情になっていた。

「義父上《ちちうえ》、母上。途中でとんだ邪魔が入りましたが、エルシーとのことは閣下が仰った通りに発表してもいいでしょうか」

リドリアがエリザベスの手を再び取り、両親の前で今一度尋ねる。

二人とも騒ぎのせいで一気に疲れた顔をしているが、もう今さら反対もしないようだ。

「仕方あるまい。閣下が味方になってくださるというのなら、これ以上心強いこともない。私たちも世間体というものを気にしすぎて、お前たちの気持ちに寄り添ってやれなかった。それについては、済まないと思っている」

「……まぁ、世間体なんて言ってしまったら、私たちこそ親友の夫と妻と再婚したということで、恥ずかしさもあったのよね。だからオフシーズンになる直前に発表して、後は領地に引っ込んでしまおうと思っていたのだけれど……」

アデルの言葉に、エリザベスは両親の気持ちを改めて知った気がする。

自分たちも幼馴染み家族がいきなり本当の家族になり、戸惑っていた。だがやはり当のチエスターとアデルも、迷いがなかった訳ではないのだ。

「じゃあ、これで晴れて俺とシェリル、そして兄さんとエルシーの婚約パーティーということになりましたね！」

晴れ晴れとしたカイルの声に、全員の顔に明るい表情が戻る。

ボールルームには再び音楽が流れ、人々もそれぞれの会話を始めている。リーガン公爵は若い女性に囲まれ、男性たちは酒を手に、女性たちは扇を手に談笑していた。

第八章　八歳年上の彼の執着

　リドリア・アーサー・カルヴァートは、幼い頃からエリザベス・ブライズ・バーネットを執拗に愛していた。

　何と言っても二人の出会いはエリザベスが生まれた日だ。

　お産が終わった後のブリジットは、随分体に堪《こた》えているようで直接お祝いを言える状態ではなかった。

　だがナーサリーメイドがリドリアを子供部屋に通してくれ、そこでリドリアは当時六歳の弟と一緒にエリザベスと対面することになる。

「兄さん、サルのようですね」

「バカ言え。人間は成長するというのを知らないのか。俺たちも元はこういう姿だったんだ。このサルだって、成長したらブリジットおばさんみたいな美人になるんだぞ？」

　二人揃って生まれたての赤ん坊をサル、サルと言い放題である。

　そこにチェスターが現れ、「良く来てくれたな」と幼い兄弟を歓迎する。

「チェスターおじさん、ブリジットおばさんは？」

リドリアの声に、チェスターは少し疲れたような表情で笑う。

「気遣いをありがとう。ブリジットは元々それほど体が強くないから、お産でとても頑張って疲れてしまっているんだ」

「……大きいお腹をしていましたもんね。お産って詳しくは分かりませんが、この赤ん坊を体の外に出すのでしょう？　それは大変だと思います」

相変わらず聡《さと》いリドリアにチェスターも心を和ませたようで、スヤスヤと眠っているエリザベスの傍らに座り込む。

「……もしかしたらこの子は、結婚する日まで母親の側にいられるか分からないな」

「……どういう意味です？」

リドリアの問いに、チェスターは寂しげに微笑む。

「ブリジットは体が強くないと言っただろう？　医者も、今後もしめざましく回復しなければ、臥せったままという生活になるかもしれないと言っていた」

顔を見合わせた兄弟の頭に思い浮かんだのは、自分たちの父の姿だ。

生まれつき体が弱いらしく、よく風邪を引いたりベッドで横になっていることも多い。屋敷の書斎で仕事をしている時は、書斎から絶え間なく咳が聞こえた。

風邪を引いている時はうつってはいけないからと、兄弟も近寄らせてもらえない。

領地内の視察も王都から来た代理の者が行い、リドリアは自分がもっと早く大きくなれれば……と悔しい思いでいた。

自分さえもっと大人でしっかりしていれば、父に苦労をかけることもなく、爵位というものを早めに引き継いで父の仕事を受け継ぎたい。

そうしたらきっと、いつも父を心配している母も笑ってくれるのではと思っている。

このバーネット家も、家庭内に病弱な配偶者がいるという事実はさほど変わらないのだ。

「チェスターおじさん。この子……エリザベス。俺たちが妹のように可愛がってあげます。ちゃんと守りますから、おじさんは心配しないで仕事をしてください」

「ははっ、それは頼もしいな。エルシーは急に二人もお兄さんができたのか」

そう言ってチェスターは指先でエリザベスのぷくぷくとした頬をつつく。

「……エルシー」

初めて聞いた彼女の愛称を復唱し、リドリアは不思議な心地になった。

エリザベスという名前の赤ん坊が、愛称を聞いた瞬間とても身近な存在に思えたのだ。

弟もかと思って隣を見ても、彼はそう感じていないようだ。

なら自分だけなのか？　と、リドリアはこの特別感が何なのか気になって堪らない。

目の前で眠っている無垢な存在は、リドリアの気持ちなど知らず何の夢を見ているのだろうと不思議に思った。

エリザベスが――可愛い。

彼女が六歳になり、リドリアが十四歳になった頃にはもう、彼は恋に落ちていた。

六歳に恋をするなどおかしい、正気の沙汰ではないと自分でも分かっている。

だが彼女が生まれた年からバーネット家に通い、はいはいをする姿や危なっかしく立って歩く姿を見続けた。

「だーだー」ぐらいしか言えなかったあの赤ん坊が、今はこまっしゃくれたことを言うようになり、将来美女になる素質を見せている。

エリザベスが文字を教えて欲しいと乞うてくる時も、いちいちその表情が可愛くて凝視してしまうほどだ。如何《いかん》せんリドリアは目元が優しいとは言いがたいので、凝視するとエリザベスが怯えてしまう。それについては申し訳ないが、やはり可愛いのでいつまでも見ていたいのだ。

その日はカイルと三人でカルヴァート家のベッドルームで遊んでいた。

整えられたシーツを剥いで頭に被っておばけごっこをするエリザベスは、まるでウエディングヴェールを被った花嫁に見える。

クルクルとカールしたプラチナブロンドは天使のようで、エメラルドグリーンの瞳は宝石のようだ。青い瞳は他にもいるが、エリザベスのような美しい瞳は見たことがない。

――ああ、俺はこの子を嫁にするんだな。

リドリアは自分の将来を確信していた。

こんな可愛い子を手放せる訳がない。弟のカイルにすら譲りたくないのに、他の顔も知らない馬の骨になど渡して堪るかと思う。

まだエリザベスは六歳だというのに、実の父親以上の可愛がり方である。

だというのに――。

「私、ゲイソン子爵家のクリス様に、可愛いって言われたの。将来結婚したいと言われました」

エリザベスはこの年から悪女になりたいのか、そんな憎たらしいことを言ってきた。

小さな鼻をピクピクとさせ、本当に自慢げだ。

悲しいことに――本当に悲しいことに、この時期のリドリアは心で思ったことを素直に言えない病にかかっていた。どれだけエリザベスを可愛いと思っていても、そのまま「可愛い」と言うのが身悶えするほど恥ずかしいのだ。

その結果、真逆の言葉が口から突いて出る。

「可愛くない」だの、自分の腰ぐらいまでしか背丈がない相手に向かって「短足」だの、思っていない言葉がポンポンと出てくるのだ。

おまけについ先日は、寄宿舎の友人から「女は股間を弄ると気持ちいいらしい」という情報を得て、エリザベスの股間を踏んで大泣きさせたばかりだ。

どうもこうも――上手くいかない。何をやっても自分は失敗する。エリザベスを笑わせられない。苛《いら》ついたリドリアは、両手を腰に当て威丈高に言い放っていた。

「そいつは余程目が悪かったんだろうな。お前が可愛いなんて天地が逆さになってもあり得ない。お前みたいなブス、一生結婚できるはずがないだろう」

その日は丁度天気の悪い日だった。

カルヴァート家の親も出払っていて、屋敷には子供たちと使用人だけである。

窓の外でピカッと世界が瞬いたかと思うと、ッドォォオォン……!! と凄まじい轟音がした。

エリザベスはピキッと固まり、直後火がついたように泣き出した。

「ぶっ……ブスじゃないも……っ、エルシー、ブスじゃないもっ！ 結婚してっ、ぅぅっ、ぐすっ、けっ、こん、してくだっ、さるって、いっ、――ひぃっく、たもんっ！」

激しく嗚咽しながら主張するのは、小さくても自分はレディであるということだ。

リドリアの意地悪はいつものことだと分かっていても、クリスという男に求婚されたのを否定されたのが気に入らないのだろう。

それは分かる――つもりである。

（だが俺がいながら他の男から求婚されるなよ！）

あまりにも激しく泣きすぎて、目の前のエリザベスは「おぇっ、おぇえっ」と何度も嘔吐いている。

小さな背中をさすってやりながら、リドリアは自分が越えてはいけない一線を越えたのだと理解した。

（……この年齢でも、結婚には憧れるのか。もう結婚というものが何であるかも、薄々は分かっているんだろうな）

勿論夫婦になるために何が必要かは分かっていないだろう。

ただこの年代の少女特有の、〝好き合った者がくっついてお父様とお母様になる〟というフワフワとした雲のような幻想を持っているに違いない。

（このまま野放しにしておいたら、どこぞの馬の骨に結婚の約束を取りつけられてもおかしくないな）

エリザベスの背中をさすりつつ、リドリアは半眼になって暗くなった室内を睨む。

カイルはエリザベスのギャン泣きを見て笑いすぎた上、嘔吐く姿に「泣きすぎだわぁ」と引いて部屋を出て行った。

いつもカイルは適当なところで場を離れ、最後までエリザベスの面倒を見るのはリドリアなのだ。

周りからは「面倒見がいい」と言われているが、リドリアからすれば将来自分の妻にすると決めている女の面倒を見るのは当たり前だ。

エリザベスが泣きやんだ頃、リドリアはまず本人に約束を取りつけることにした。

「どうしても結婚できなかったら、俺がもらってやるから」

その「もらって〝やる〟」というのも、素直でない面が出ていて我ながら焦れったい。それでも最大の歩み寄りをしたつもりだった。

だがエリザベスは鼻水をすすりつつ、リドリアに背を向けてこちらを見てくれない。

「……絶対に嫌」

てゆくことを考えた。

（さすがに今回は分が悪いか）

まさか一回で結婚の約束が取りつけられるとも思えず、リドリアは本人よりも外堀を埋めてゆくことを考えた。

しかしその数年後、エリザベスが雷を異様に怖がることに気づき、リドリアはこの日のことが原因かと悩むようになる。

負い目がある分、リドリアの愛情はよりエリザベスに注がれることになった。

「あら、珍しいお客さんね」

風通しのいいベッドルームに寝ているのは、エリザベスが成長したらこうなるのでは？と思う美女だ。

プラチナブロンドに、青と緑が混じったような色の目。

髪は緩く三つ編みにされ、ベッドの上に横たわりながらもその姿は白百合《しらゆり》のように美しい。

「今日はお加減はいいのですか？」

バーネット家を訪れたリドリアはブリジットのお見舞いに来ていた。

「ええ、昨日も具合が良かったからエルシーと一緒にお庭に出たら……。ふふ、はしゃぎすぎてしまったのね。少し日差しにやられてしまって、今日はちょっと大事をとって横になっているの。でも調子はいいから気にしないで」

リドリアは手土産に持ってきたひまわりの花を花瓶の中に挿してゆく。

「ありがとう。もうひまわりの季節ね」

外からは小鳥の囀りが聞こえ、風が吹き込んではレースのカーテンを翻している。

よそ行きのジャケットに袖を通したリドリアは、緊張した面持ちでブリジットの前に立つ。

「あ……あの、ブリジットおばさん」

「なぁに？」

「俺、エルシーと結婚したいです」

六歳の娘に向かって求婚するリドリアに、さすがにブリジットもすぐ言葉を返せなかった。

「……本気？　だってあの子まだ六歳よ？　あなただってこれから沢山の出会いがあるわ」

「俺にとってエルシー以外の女はカボチャです」

「あら！　うふふ……。そこまで想ってくれているの？」

「お願いします！　誰よりも大切にしますから、エルシーをください！」

リドリアは眠っているブリジットの前に立ち、九十度に腰を折った。

息を呑んで返事を待っている間、ブリジットは起き上がってベッドのヘッドボードに身を預ける。

「……リドル、頭を上げてちょうだい」

恐る恐る頭を上げると、ブリジットが優しく微笑んでいる。

「あなたの気持ちは本気なんだと分かったわ」

「じゃあ……！」

「でも、結婚は相手ありきのものよ。それに人の気持ちというものは、いつまで同じ思いを持ち続けるのかも保証できない」

「……それは……、分かる……つもりですが……」

悄然としたリドリアの手を、ブリジットは両手で握る。

「女の子の結婚適齢期は、十七歳で社交界デビューをする前後から数年と言われているわ。もし……そうね、エルシーが二十歳になるまで決まった人がまったくいなければ、その時はリドルがもらってあげてちょうだい。でもその時に、リドルも結婚をしておらず好きな人もいなければ……という条件つきよ？　あなたは侯爵家の長男なのだから、エルシーとは違う未来が待っているわ」

「……その時、俺は二十八歳か……。おじさんだな」

ブリジットが提示したリドリアへの条件を無視し、彼は未来の自分の年齢に絶望する。

そもそもリドリアには、たとえ二十八歳になったとしても絶対にエリザベスを好きでいられるという自信がある。

半分以上は子供ゆえの純粋な自信であったが、残る半分近くはリドリアという人物のしつこさ、エリザベスへの想いの深さが生粋のものであると物語っている。

「男性ならまだまだ若くて、引く手あまたの年齢だわ。それまでに、男性としてより魅力的になるために、知識と教養を得て、エルシーを守るための体作りも重ねてちょうだい」

「……エルシーは俺を好きでいてくれるでしょうか。……今はどうしても素直にエルシーを可愛いと言えなくて……。嫌われてるのは分かっているんです」

俯いたリドリアの赤髪を、ブリジットは優しく撫でる。

「男の子にも女の子にも、そういう素直になれない時期はあるのよ？　それを過ぎたらあなたはどんどん素敵な男の子……から、男性に成長していくわ」

そうなれたらいいな、と思いつつリドリアはしっかり頷いた。

「それにあなたは長男だから、いずれ家督を継いで忙しくなると思うの。そうなったら縁談も舞い込んで、お仕事に煩わされることが多くなるわ。多くのレディと出会ってみて、沢山の世界を知って、それでもエルシーが好きだというのなら、その時はあの子に求婚してくれたら嬉しいわ」

「……はい」

十四歳のリドリアも、父の病状があまり良くないことは薄々分かっている。

医師は余命何年とまでは言わないが、十年二十年生きる……とも言わない。そうなればカルヴァート家はリドリアが継ぎ、侯爵としての仕事もしっかり務めなければいけない。

「……エルシーに情けない夫だと思われたくありません。まず今から父上の仕事を学び、自分にできることを増やしていきます」

「そうね、頼もしいわ」

ふんわりと微笑んだブリジットは、もう一人の母親のようだ。

だが妻に欲しいと思っているエリザベスの母なので、自分の義母となる人である。

「ブリジットおばさんのことも守りますよ。大事なお義母さんになる人ですから」

「まぁ、頼もしいわね」

それから少し世間話をし、彼女の体調を気遣ったリドリアは寝室を後にした。


エリザベスが八歳になった頃から、やけに彼女がよそよそしくなったと感じた。

だがアデルやブリジットによると女の子は男の子よりも早熟らしく、異性を気にするのも早いという。リドリアが生まれたばかりのエリザベスに惹かれたのも八歳だったし、何かの転機なのかもしれない。

リドリアはエリザベスが自分を気にしてツンツンしているのだと思っていたが、彼女が自分を避けているように思えたのは、また別の原因がありそうに見えた。

そんな中、幸運なことにリドリアとエリザベスを婚約させようかという話があると、小耳に挟んだ。

狂喜乱舞したリドリアは両親からその話をされるのを、今か今かと待ち望んでいた。

しかし――。

リドリアが十七歳の時、予想していた出来事であるが父・カーティスが天に召された。続いて翌年、ブリジットも儚い人となった。

両家の片親が亡くなったことにより、二人の婚約の話もそれどころではなくなり、うやむやになってしまう。

リドリアとしても、それは仕方がないと割り切った。加えて打ちひしがれるエリザベスを見るとあまりに可哀想で、側で慰めてやりたいという気持ちが先走る。

自分は前々から父の死を覚悟をしていたし、亡くした後の手続きなども父に言われて準備していた。年齢も大人の仲間入りをする年頃なだけに、割と落ち着いて父の死を受け入れられたと思っている。

だがエリザベスは可哀想なほど落胆し、まだ十歳の彼女は風が吹いただけで倒れてしまいそうだ。

「俺が側にいてやる」と言ってあげたかった。

だが当時のリドリアには、やることが山積みだ。相続に関する書類を次から次にさばき、王都別邸《タウンハウス》に何度も行っては、父がそれまで務めていた軍部をまとめる仕事を一から学ぶ。

実務的な事は騎士団や兵隊たちが行うのだが、リーガン公爵が務める元帥という職を補佐するのがカルヴァート家の役割だ。

父から教えられてきた貴族の名前をすべて暗記し、王宮でのやり取りも堂々とできたと思っている。深い勉強に基づく言動に、公爵閣下も目を瞠るものがあったほどだ。

十七歳当時は「若造が」という目を向けられていたリドリアも、二十歳を過ぎる頃には「若いのによくやる」と周囲から認識を改められていた。

侯爵の座を継いでから軍部の動きを詳しく知るようになったが、このエインズワース王国は常に大陸にある帝国ガラナディンの動きを逐一気にしている。

しかも大陸では帝国の近隣国メイビスとファナキアを巻き込む戦いがあり、その時ばかりはリドリアも領地にほとんど帰らず、忙しく働き回っていた。公爵と毎日顔を突き合わせ、情報が入る度に沿岸の警備の数を調整し、騎士を動かしていた。

やっと戦争が終わり自国にも飛び火がなかった……と落ち着いたのは、二十代半ばになった頃だ。その時になってやっとエリザベスを迎えに行ける……と思ったのだが、今度は国内の仕事が溜まりに溜まっていてそちらに忙殺される。

時間の多くを王都別邸《タウンハウス》で過ごし、忙しいというのに侯爵だからという理由で出たくもない舞踏会に出ることもあった。

ブリジットが言っていた通り、美しく成長したリドリアに吸い寄せられるように、知らない令嬢が次々と近寄ってくる。だがリドリアはその頃になってもエリザベス以外の女性に興味を持てず、何の感情もなく女性たちをあしらっていた。その結果〝女泣かせのカルヴァート侯爵〟というあだ名をつけられたが、知ったことではない。

領地に戻ると領地内の視察や「ちゃんと当主としての仕事をしているのか？」と言う親戚の相手で忙しい。結果的にリドリアはまともにエリザベスに会える時間を捻出できず、発狂寸前になっていた。

唯一気が休まったのは、身の軽いカイルをバーネット家へ差し向けて、彼女の様子を聞き出している時のみだ。

その会話をしたのは、リドリアが二十二歳、カイルが二十歳の時だ。

「兄さんも、まったくあっちの家に行けないっていう訳じゃないだろうに」

「忙しすぎて気が立っているというのに、エリザベスを前にして平静でいられると思うか？

数年ぶりに大人の男になった幼馴染みが現れて、力のままに抱き締めてキスをするんだぞ？

大泣きされて嫌われるのが目に浮かぶ」

「そうする以外の選択肢がないんだ？ 兄さんこじらせてるもんなぁ」

その頃にはすっかり兄の気持ちを理解していた弟は、唯一信頼できる相手であった。

アデルが寝た後、二人は一階にあるリドリアの書斎でワインをチビチビ飲む。

その時にこっそりとエリザベスに関する報告会が行われるのだ。

「まだ十四なのにもう胸がそんなに大きいのか？」

「そう。こんな感じ」

会話はつい先ほど話していたエリザベスの成長具合に戻り、カイルは両手で自分の胸板の前で曲線を描いてみせる。

ふっくらとした胸元を誇張する弟に、リドリアは疑わしい目を向ける。

「いや……。十四だろう？ それはやりすぎだ」

「本当だって。前に急いでドアの隙間を通ろうとして、胸が引っかかってバンッて跳ね返っていたことがあった」

その時の光景を想像し、リドリアは「ふぐっ」と噴き出しかける。

だがすぐにまじめな顔になり、大切なことを尋ねた。

「悪い虫はついていないだろうな？」

「あぁー……。基本的に家の中で本を読んでるみたいだけどな？　うちの母上が気を利かせて、レース編みの会や刺繍の会、読書の会とかにも連れ回しているようだけど、どれも出入りするのは女性だけみたいだ」

「だがそういう所にも、お節介なご夫人がいるだろう。『まだ相手が決まってないなら、うちの孫と』とか」

「あぁー、いるねいるね」

「いるねじゃなくて、お前の役目はそういうのを嗅ぎ取り次第、俺に教えることだ」

不機嫌そうにオリーブの実を噛《かじ》り、リドリアが唸る。

「分かってるよ。しかも兄さんもタイミングの合わない人だね。オフシーズンになって領地でゆっくりできるかと思ったら、今度は周辺国を気にして王都に召集がかかったって？」

「ああ。落ち着くまであと数年は拘束されそうだ。まったく閣下ときたら人使いの荒い……。俺が何年、好きな女にまともに会えてないと思っているんだ。それを言ったら『障害があるほど燃えるだろう？』だぞ？　ふざけている。エルシーほど可愛い子はいない。いつ横から攫《さら》われるか分からないんだ。だからお前に監視もとい見守りを頼んでいるのに……」

ブツブツと行って髪をかき回すリドリアを見て、カイルが茶々を入れる。

「落ち着けって。おもらしの面倒を見たエルシーだぞ？」

完全に面白がっているカイルを、リドリアは冷え冷えとした目で睨んだ。

「おもらしの面倒を見ようが、抱っこしているうちに昼寝されて肩を涎でベロベロにされようが、エルシーは俺の女だ」

「はぁー……。はいはい、分かりましたよ……。本っ当に兄さんの執着は凄いな」

カイルとしては、そこまで面倒を見た相手を恋愛対象に見られないそうだ。

逆にリドリアとしては、手塩にかけて育てたと言ってもいいエリザベスを、このまま自分の妻にしない選択肢はない。

「エルシーが寝てる時に『ドロワーズが見たい』と言い出した変態も兄さんでしたよね？」

「……ああ、確かに」

庭の木陰でスゥスゥ眠っているエリザベスが可愛く、少し乱れたスカートから覗くドロワーズが、気になって堪らなかったのだ。

あの頃はまだエリザベスが可愛くて悪戯したくて堪らない時期だった。

「……でも寝てるところをいきなり逆さづりは……。俺もちょっと後で反省したよね」

兄弟でエリザベスの足首を持ち、ぶらんっと逆さづりにした。目的のカボチャのような大きなドロワーズは見られたのだが、目覚めたエリザベスがまた大泣きして大変な目に遭った。

アデルからは怒られたが、カーティスには「お前たちも懲りないな」と逆に感心されたほどだ。

「……本当にエルシーは可愛いな。どの思い出を取り出しても、すべて宝石のようだ」

目を細めてワイングラスを傾ける兄を、カイルは微妙な気持ちで見やる。

この兄は、あれだけねじ曲がった愛情表現をしておいて、エリザベスが今自分をどれだけ避けているか分かっていないのだ。

勿論「嫌われているかもしれない」と殊勝なことは言っているが、将来何がなんでもエリザベスを妻にしようと、リドリアが画策しているのをカイルも知っている。

結果的にエリザベスは何があってもリドリアの妻になるだろう。

その前に、このこじれきった兄をどうにかしなければ、エリザベスがやや可哀想でもある。

カイルから見れば、エリザベスはあからさまにリドリアを避けて生きている。

いずれ彼女は恐怖の大魔王ぐらいに思っている相手から、いきなり求婚される羽目になるのだ。恐ろしい上に驚くだろうし、とんでもないと思って逃げるかもしれない。だがその頃には、兄の計画は完璧に遂行され、エリザベスは逃げられない。

片方にとっては天国、片方にとっては地獄の新婚生活が始まるのだ。


「あー……。その前にさ……、兄さん。今すぐにじゃなくていいけど、ちゃんと自分がエルシーのことを女の子として好きだって、伝えた方がいいよ」

「……それは分かってる。そうしたいんだが時間がないと言っているだろう」

「エルシーさ、俺には相当慣れてくれたけど、兄さんのことを話題にするといまだに怯えてるんだ」

「――――――」

知らない間にエリザベスを手なずけたのか、とリドリアはギロッとカイルを睨む。

「わぁっ、そういう余裕のない目ぇするなよ。おっかないな。……そうじゃなくて、エルシーはまだ兄さんを恐れたままだから、っていう話」

「……ああ。まぁ、それはそうだろうが……。大人になればお互い分かるもんじゃないか？」

「兄さんは自分がどれだけ強烈ないじめっ子だったか、自覚がないんじゃないか？　エルシーの怯えようは相当なものだよ？　だから大人になって再会して、きちんと距離を縮めてからじゃないと、エルシー目線だといきなり仇敵から迫られて怖いだけなんだよ」

「…………」

リドリアは目を眇めて目の前の空間を見つめ、考える。

「……そんなに嫌われているのか？」

「かなりね」

「…………分かった。善処しよう」

弟からそのように情報を仕入れ、リドリアも自分が望む未来のためにあと何が必要であるか、じっくり考えてゆくのであった。

だが意図しない出来事というものは起こるものだ。

リドリアが二十五歳になった年、エリザベスも十七歳になり社交界デビューしたと聞いた。

リドリアはどれだけ忙しくても、ここで颯爽《さっそう》とエリザベスの隣に現れ、舞踏会でエスコートするのだと思っていた。

しかしどの舞踏会に参加しても、なぜかエリザベスに会えない。

同じ舞踏会に出席できたと思っても、「あれ？　今そこにいたと思ったんですけれどね」と参加者たちが首を傾げる始末だ。

リドリアはここになって、自分が徹底的に避けられていることを知る。

――――ショックだ。

うすうす分かっていたことだが、ここまでとは思っていなかった。

ここまで避けられることを何かしただろうか――。

――いや、子供の頃に虐めてしまった。

だが大人になったら忘れるものじゃないか――？

――いや、子供の頃に虐められた恨みというのは、根深いと聞いている。

――――自業自得だ。

ズゥン……と落ち込んだリドリアを、どこかで見たような令嬢がダンスに誘って欲しそうに見ているが、知ったことではない。

「あの……、リドリア様ですよね？　今は〝女泣かせのカルヴァート侯爵〟でしたっけ？」

内心うるさいと思いつつ、リドリアは言葉だけ相手をする。

「その不名誉なあだ名はともかく、リドリアという名前は合っています」

「わたくしのことを覚えていなくて？」

その令嬢はバルコニーに立っていたリドリアの側に寄り、これ見よがしに胸元を見せつけてくる。

だがリドリアにとってそんなもの、ただの肉の塊にしか見えない。それが双つあって寄せてあるぐらいで、何だと言うのだ。

「失礼ですが、覚えがありません。このところ多忙だったもので、特にご婦人の顔や名前は記憶にないのです」

半分は嘘で、半分は本当だ。

リドリアは異様に記憶力がいい。ゆえに男性だろうが女性だろうが、一度覚えようとした者の名前や顔はきちんと覚える。だが覚える気がなければ記憶に残らない。加えて忙しかったのも本当だ。今年になってようやくまともに舞踏会に参加した気がする。

「まぁ……そうなのですか？　わたくし、これでも十歳の時にリドリア様の婚約者候補になりましたのに」

笑顔をピクピクと引き攣らせた令嬢を見て、リドリアは内心「あ」と合点がいく。

だとすれば目の前の彼女は既婚者のはずだ。侯爵となってまず最初にしたのは、人生で二番目に「邪魔だ」と思った存在を排除したことだ。社交界のツテというツテを使い、リドリアは自分に未練がありそうな彼女を近寄れないようにした。

しっかりとした家柄の男性を用意し、彼女を裏で推して男性に嫁がせた。その男性は貞操観念が強く、妻の不貞を許さないタイプだ。そのようにしてしっかりと〝封じ込め〟をしたつもりだったが――。

「失礼ですが、覚えていないものは覚えていないのです。お気を悪くしないでください。俺には不名誉なあだ名がついているようですが、浮名を流すほど女性に興味がないのです」

これ以上関わりたくないという意思表示をしたリドリアに、女性はまだしつこく絡む。

「では鮮烈なデビューを飾ってすぐに〝恋多き魅惑の女性〟と呼ばれている、バーネット伯爵令嬢のことも興味がないのですか？」

「――――」

エリザベスの名前が出て、リドリアはピクッと反応した。

「……そのバーネット伯爵令嬢が何ですって……？」

リドリアの興味を引けたと女性は喜び、扇で意味あり気に口元を隠す。

「男性にはとてもお美しくて、可愛らしくて、妖艶だと好評です。白に近いプラチナブロンドに、エメラルドのような瞳。肌も透き通りそうに白くて、ほっぺがぷっくりしてお人形のよう。ですが女性には胸がたわわに実りすぎて、授乳期の牛のようだと言われていますわ。背もお小さくて華奢なのに、どうしてお胸ばかり育ってしまったのかしらと、皆さん不憫《ふびん》そうに仰るの。少し頭が弱そうに見えるのは、そのせいかしら？　とね」

エリザベスをあしざまに言う令嬢の目は、爛々と輝いている。

「それにつけぼくろではなく本物のほくろかしら？　口の横に魅惑的なほくろがあって、あれがどうにも男好きという雰囲気を醸し出しているようなのです。もう殿方たちときたら、皆さんバーネット伯爵令嬢に夢中になってしまわれて。きっと彼女も男性に誘われるがままに応えているに違いない。……というのが、社交界の見解ですわ」

――なるほど。

リドリアはすぐに理解した。

この女性のみならず、会場にいる令嬢のほとんどを、エリザベスは望まない形で敵に回してしまったのだ。

男性から受ける誘いも、不本意なものがほとんどだろう。

誰も本当のエリザベスを見ず、外見だけで判断しているに違いないとリドリアは考える。

リドリアはまだ十七歳になったエリザベスを見ていない。だが生粋のエリザベス好きと自負のある自分だけは、外見で左右されない自信がある。

たとえエリザベスがすくすくと横に成長したとしても、それはそれで愛嬌があるので「可」とするだろう。

それに引き換え、エリザベスの胸やほくろなどに目が行っている内は、まだまだ甘い。

自分が何年エリザベスだけを見て生きてきたと思うんだ、とリドリアは見えない男性たちに啖呵《たんか》を切る。恋をするなら好きな女のおむつを替えたり、涎でジャケットを駄目にされるぐらい体験してからだ。

おやつを欲しがったらすべてあげ、勉強を教えるために、賢くなるべく努力をする。だが甘やかすだけでは駄目なので、時にきちんとした躾《しつけ》もして、幼児期に一番大事な教育を施す。

──少なくとも、リドリアの基準はこうである。

これをクリアできる男がこの世にいない以上、エリザベスはリドリアのものと決まっているのだ。

「外見が美しいのは天から与えられたギフトだと俺は思います。ですがその内側に宿るものはその者がどう生きてきたかによって異なります」

ほぼ面識のない相手に向かってエリザベスの悪口を言う女性に、リドリアは皮肉を言う。

彼女がキョトンとしているのを見て小さく嘲笑すると、ホールを示した。

ホールには、伴侶の姿を探してノシノシと歩いている小山のような男性がいる。身長が高く、また横幅も見合うほどある。加えて女性に対する理想は山のように高く、政治的には信頼できる男だが女性からすれば窮屈この上ない男である。

その男性──夫の姿を見て、女性はあからさまに引き攣った顔になり「ごめんあそばせ」とバルコニーを後にした。

「……馬鹿馬鹿しい。醜悪な女め」

あれだけ結婚したがっていたのだから、家柄的に条件のいい男を探してやったのはこちらだ。その上で若い男と見れば猫撫で声を出して話しかけてくるのだから、男好きはどちらだと言いたくなる。

だがリドリアの苛立ちはそれだけに留まらない。

「おい、バーネット伯爵令嬢がお帰りになるって」

「滑り込みでダンスに誘えないか？」

ホールからそんな声が聞こえ、男性たちがバタバタと玄関ホールに向かう様子が見える。

リドリアも居ても立ってもいられなくなり、後を追った。

少し早足に玄関前まで行くと、一台の馬車の前に男性が五、六人群がっている。

それを押し切って馬車に乗ろうとしているのは、外套《がいとう》を羽織った女性だ。

月光にプラチナブロンドが輝き、クルクルと天使のようなウェーブが目に焼きつく。困ったように男性たちを見下ろす目は、忘れようもないエメラルドの宝石の如き色だ。

先ほどの女性の胸の谷間など何とも思わなかったのに、エリザベスの外套の隙間から深い谷間が見え、リドリアは一瞬すべてを忘れて彼女の胸元を凝視した。

「あの、ごめんくださいい。わたくし、具合が悪くなってしまいましたので……！」

可憐な声が脳天を打ち抜き、リドリアはその場に卒倒するかと思った。

七年会っていない間に、どうやらエリザベスは極上の美女に育ったようだ。

もっと近くで顔が見たいと本能が告げ、リドリアは男性たちのグループへ近づいてゆく。

だがバーネット家の御者も新たにお嬢様を引き留める輩が増えたのかと思い、「申し訳ございません」と繰り返し慌てて男性たちを馬車から離そうとする。

馬車に乗ろうとするエリザベスの腕や手、ドレスにまで手をかけている男性たちを見て、リドリアは「今じゃない」と判断した。

——感動の再会をするのは、今であってはいけない。

少なくとも、彼女の足手纏いになるようなこの状況で、自分をリドリアと認識して欲しくない。

「——紳士諸君、帰ろうとするレディを引き留めるのは見苦しくないか？」

リドリアの声に男性たちがギクリと体を強張らせ、エリザベスがハッとこちらを見る。だがリドリアは自分も帰るつもりで受け取ったトップハットを被り、そのつばに顔を隠した。

「具合が悪いと言っているレディを引き留めるのが、紳士の行動と言えるのか？　大人しく帰して差し上げろ」

しぶしぶと男性たちが馬車から離れ、エリザベスはやっと馬車のシートに座ることができたようだ。

「……どなたか存じ上げませんが、ありがとうございます。良い夜を」

エリザベスが礼を言った後、御者がドアを閉め、ステップを畳む。

御者はリドリアに向かって慇懃《いんぎん》に頭を下げてから、御者台に乗り馬車を走らせていった。

「……君、何者か分からないが、私たちのことをよくもあんなふうに……」

エリザベスに群がっていた男性の一人が、気分を害されたという顔でリドリアに詰め寄ってくる。

だがリドリアの方が頭一つ分背が高い。一瞬彼が怯んだ隙に、リドリアはトップハットを取って鷹揚に挨拶をしてみせた。

「どうも、いい夜ですね。私も帰ろうとしたのですが、見苦しい現場を見たものですから」

「……っ、カルヴァート侯爵閣下……っ」

軍部を取り仕切り、元帥閣下のお気に入りである彼は、貴族の男性たちから見ても別格の存在だ。

賭けゲームをしてダンスや趣味の乗馬や狩り……と遊んでいる貴族たちに対し、リドリアは騎士団に交じって訓練を受け、乗馬をしつつ剣を振るっている。

鍛え上げられた肉体は隣に立っただけで体格差が目立ち、「側に寄りたくない男ナンバーワン」がリドリアなのである。

男性たちはササッと蜘蛛《くも》の子を散らすようにその場を去り、舞踏会を開いた侯爵家の玄関前には、リドリア一人がぽつんと立つことになる。

「…………やばい。……よく見えなかったが、声だけでもう勃《た》つ」

エリザベスが聞いたら泣き出しそうなことを言い、リドリアは二十五になって初めて性の昂ぶりを覚えた。

勿論生理的な現象は毎日元気に起きており、生殖活動に問題はない。

想像のエリザベスで毎日自慰をしている。

だが他の女性を見てムラムラしたり抱きたくなるか？　とか、一夜の過ちはあり得るか？

という質問については、まったくのノーであったのだ。

エリザベス以外を女性として見ないと、リドリアは子供の頃から自分自身に変な呪いをかけてしまった。

奇しくもそれは一途さを生むのだが、彼の気持ちを知る故・ブリジットや弟のカイルからすれば歪んだ生き方なのかもしれない。

そして今、育った獲物を見てリドリアの大蛇がトラウザーズの中で鎌首をもたげている。

「……早くあの子が欲しい。どのタイミングで求婚すればいいだろう」

トラウザーズの股間を盛り上げたまま、リドリアは真剣に悩み始める。

傍から見れば立派な変態だ。

「よし、カイルと公爵閣下を使うぞ」

恋は盲目と誰が言っただろうか。

それからリドリアの激務が落ち着くまでの二年間、彼は弟と上司まで使い、エリザベスに近づこうとする男性に漏れなく独り身の令嬢をぶつけていった。

公爵としても自分のところに舞い込む「誰かいい人はいないでしょうか？」という相談に、悩んでいると言えば悩んでいた。

それを仕事のできるリドリアが引き受け、家柄や性格、家族や領地の性質や様々なことを調べ、次から次に「このご令嬢にはこちらの紳士を」と的確に縁談をさばいてゆくのだ。

公爵は悩み事が消えて笑顔になる上、リドリアも邪魔者が消えて気持ちが楽になる。

少なくとも、リドリアは手元の仕事があらかた落ち着くまで、そのようにしてエリザベスを守るつもりだった。


だが運命はまたしてもリドリアに冷たい。

母がやけにチェスターのことを口にするようになったのだ。これは……と思っている内に、再婚の話が持ち上がった。

「……少しお待ちください。どうしても再婚なのですか？」

頭痛を堪え、リドリアがアデルに問う。

今年のオフシーズンを最後に、王都別邸《タウンハウス》中心の生活から、普通に領地と王都を行き来する生活に戻ろうとしている。今度こそエリザベスに求婚するぞと思った矢先にこれである。

「リドル。反対したいなら、ちゃんと言ってちょうだい？」

「いえ、再婚に反対な訳ではありません。お互い知らない仲ではないですし、気持ちが噛み合ったのならそれでいいでしょう」

「じゃあ、どうして？」

リドリアとアデルのやり取りを、カイルは離れた所からニヤニヤ見ている。

ここでリドリアが「俺がエルシーを女として愛しているからです」と言わなかったのは、ひとえに母親にも幸せになって欲しいと思っているからだ。

このタイミングで自分の気持ちを表に出せば、母は決してチェスターと再婚しないだろう。せっかく好きな人ができて再婚するまで気持ちを固めたのに、それはあまりに酷だ。

逆に考えて自分とエリザベスの結婚は、義理の兄妹となる訳だが、血の繋がりも何もないので問題ない。

ゴタゴタを解決するのなら、母の再婚を諦めさせるより、自分とエリザベスの結婚を認めさせる方を選んだのだ。

この時のリドリアの選択が、結果的に全員を幸せに導くことになる。

だが同時に、その過程で多くの人間を悩ませることにもなった。

「それは——、エルシーも突然のことに不安になるのでは？　と、心配を」

「あら、あの子なら大丈夫よ。私のことを好いてくれているし、私も実の娘のように可愛がってきたわ。戸惑うことはあっても、拒絶されることはないと思うの」

「……随分と強気ですね」

「強気……。強気、という訳ではないのよ？　私だって受け入れられるか不安はあるし。どちらかというと、エルシーへの信頼かしら？」

「信頼……」

オウム返しに呟くリドリアに、アデルは母の微笑みを向けた。

「家族であっても仲良し一家の子であっても、積み上げてきた時間と一緒に信頼が生まれるでしょう？　どれだけお願いをしても、宥めすかしても無理だと思う案件の時は、その信頼に頼るしかないのよ」

「…………なるほど、ね」

母が言うだけに、その言葉はリドリアの胸にストンときた。

ならばいずれ自分がエリザベスを娶りたいと伝えた時も、その〝信頼〟に訴えよう。

自分とカイルの間で、リドリアがエリザベスを妻にするのはずっと前から決まっていたことだ。だが大人になってから母には一言も伝えていないので、もしかしたら少しゴタつく可能性もある。

大人になってからリドリアがエリザベスに何もしていなかったかと言われたら、そうではない。

手紙は割とマメに出していたし、王都で流行っている女性受けするものなども贈っていた。

だがそれに対する返事はほぼなかったのだ。

リドリアが日常を書いた手紙に返事はなく、贈り物に対する礼は最低限「ありがとうございます。季節柄体調にはお気をつけて」ぐらいの言葉があった。

どうしてここまで反応が薄いのかという理由は、以前カイルに言われた「嫌われている」ということしか思い当たらない。

しかしここで長文の手紙を出してもまた返事はないだろう。解決するには、リドリアがきちんと時間を取ってエリザベスと会い、彼女の今の状況や気持ちを確認する必要があった。

けれど彼は多忙であったため、どうしてもそれが叶わなかったのである。

（とりあえず、母上が再婚するとしても俺とエルシーは禁忌の間柄でもないし、国や教会から反対されることはないだろう。反対を受けるとすれば、エルシー本人を含め『世間体が悪い』というくだらない理由だけだ）

それについての解決策を色々考え始めたリドリアは、母のノロケ話はもう耳に入っていなかった。

そうして、運命の日を迎えた。

明るい場所でエリザベスをハッキリ見た時の衝撃は、言葉で言い表しようがない。

大きく零れ落ちそうな目を、繊細な白金色の睫毛が縁取っている。髪の毛は昔と変わらない癖っ毛で、今は丁寧に整えられているが手で触れると相変わらず猫っ毛だろうことは分かった。

噂の口元のほくろは、確かに子供時代からあったと言えばあった。

成長と共にハッキリした程度なので、リドリアにとってさほどそのほくろが色っぽい意味を持つことはなかった。

だが確かに、小柄で華奢なのにドドンと質量を見せている胸元には目が行った。

デイドレスのボタンが今にも弾けそうで、その乳圧の暴力に思わず笑いそうになる。

――確かに美しく育った。

匂い立つほど妖艶で、美しく、可愛らしい。

だが根底にある気持ちは「俺の可愛いエルシー」という変わらぬ想いだ。

こちらを見て固まっているエリザベスからは、ふんわりとジャスミンや柑橘《かんきつ》系の爽やかで女性らしい香りがした。いつだったか自分が贈った香水だ。彼女がそれをつけてくれたことに、言いようのない喜びがこみ上げる。

これからもエリザベスに色々なものを買い与えたい。

ドレスも宝石も靴も帽子も、エリザベスが身に着けるものはすべて自分が見繕い、プレゼントする。今までカイルは土産にと王都で買ったものや、自社製品を与えていたようだが、それももう控えてもらうことにしよう。

今まで遠くから贈り物をしていても、贈ったのにちゃんと渡せていない気がしていた。

エリザベスの側にいられなかった、リドリアの人生の冬が終わったこれからは、しっかりと側で彼女を見守り、愛していく。

長い間好きな女の顔すら見られず想いをこじらせていた男は、無表情の下にフツフツと恋の喜びをたぎらせていった。

もう一つ、リドリアが生まれて初めて「邪魔だ」と思った存在もきちんと排除した。

――クリスだ。

幼い頃から、エリザベスに「好きだ」と言ったらしい彼のことをずっと見張っていた。

エリザベスがはしゃいで言うような王子様的存在ではなく、自分の華奢な体型や、大勢でつるんで外に出かけるタイプの男性に劣等感を抱いていることはすぐ調べがついた。

その上、彼は温厚で優しそうな人柄に見せかけて、エリザベスのことを誰よりいやらしい目で見ているのは、使いからの報告で分かっている。

落ちぶれかけて必死に取り繕っているゲイソン子爵家は、交流のあったバーネット家のエリザベスと息子を結婚させようと必死なのだ。

クリスという男が親の言うことに逆らえないのを利用し、エリザベスと近づけさせて丸め込もうとしている。

お陰でエリザベスとクリスの間に噂が立ち、リドリアは腸が煮えくり返る思いでいた。

それなのに自分がエリザベスに近づこうとすれば、スルリと逃げられてしまうのだ。

再会してきちんとエリザベスと話せるようになれば、クリスとも疎遠になるだろうと高をくくっていた。

だがあの愚かしい男は諦めず、チェスターやアデルまでもがクリスとの婚約話に前向きになる始末だ。

クリスやゲイソン子爵家の本質を知らない者たちの呑気《のんき》さに呆れ果てる。その結果とうとうクリスはサロンで凶行を起こし、リドリアが間一髪で防いだ。

その後もエリザベスには伝えていないが、クリスは毎日のようにバーネット伯爵家の王都《タウン》別邸《ハウス》付近に現れ、彼女が現れないか見張っていたようだ。リドリアの部下が、ゲイソン子爵家の家紋が入った馬車を、何度も目撃している。――明らかに、異常だ。

果てはバーネット伯爵家の敷地内に入り込もうとしたり、窓が開いていないかコソコソ調べ回っていたようだ。リドリアが実際見た訳ではないが、その度にリドリアの部下が彼に声をかけ、捕まえようとして逃げられている。

「もう終わり」と思わせるため、後日リドリアはゲイソン子爵家の王都別邸を訪ねた。

クリスにこれ以上エリザベスに近づかないよう警告をし、それを破ればゲイソン子爵家に金を貸している知り合いに一言告げる、と脅したのだ。

ゲイソン子爵夫婦は真っ青になって頷いたが、クリス本人の中で育ったエリザベスへの想いは止まることがなかったようだ。

愚かなことに他人の家の婚約パーティーをぶち壊そうとしたクリスにも、ゲイソン子爵家にも、明るい未来は待っていないだろう。

「警告はしたからな」

婚約パーティーが終わった夜、リドリアはブランデーを片手に愚かな男に向かって呟いた。

だが今さら、クリスやゲイソン子爵に対して、何の同情もできない。

リドリアは元々、エリザベスを中心に近親の者以外には、情け容赦ない気質があった。

終章　プリンセスの夫は意地悪な義兄

式を挙げるなら暖かい季節がいいということで、翌年のジューンブライドにエリザベスはリドリアと結婚式を挙げることにした。

その前日にカイルとシェリルも式を挙げる予定で、招待客を大勢招く盛大な式になりそうな予感がひしひしとする。

「ん……うー……」

冬、エリザベスはカルヴァート侯爵家の暖炉前でうとうとしていた。

毛皮の上に寝転び、背後からリドリアに抱き締められている。手元には途中まで編んだマフラーがあったのだが、それもどこで目を落としたか分からない。

「寝るならベッドに行くか？」

「……もうちょっと……。あと五センチぐらい編みます……」

「そんなことを言ってさっきから手が止まっているだろう。お前は寝ると長いんだから、いい加減諦めろ。この健康優良児」

「うう……。意地悪」

リドリアが座り直す時、エリザベスの腰にも手がかかって起き上がらされる。

「そのマフラーの大作は、いつになったらできるんだ？」

「た、大作とか言わないでください。普通に……あと一週間もあれば編み上がる予定です。リドル様のために編んでいるのですから、からかわないでください」

唇を尖らせると、背後で彼がクツクツと笑う気配がある。

「温めてくれるなら、こっちの方がありがたいがな」

ふと耳元の声が少し低くなったと思うと、胸元のボタンが二つほど外されスルッとリドリアの手が入り込んだ。

「ちょ……っ」

ドレスの下でシュミーズのボタンも外され、じかに胸に触れられる。

「……あったかいな。暖炉に当たっていたからぬくぬくぽいだ」

「やめてください。その変な造語」

「寝る前にひと汗かこうか」

耳たぶをしゃぶられ、耳元でリドリアの低く掠れた声がする。

ゾクゾクッと腰が震え、彼の声だけで蜜が滴り落ちてしまいそうだ。

「だ……駄目です」

「ふぅん？　ここは駄目って言っていないのにな？」

いつの間にかドレスの胸元は全開にされ、白い乳房が晒されていた。暖炉の炎に照らされ、乳白色の肌がオレンジに光っている。

「……大きくて卑猥な胸だな？」

「や……っ、やぁっ」

下からすくい上げられるように揉まれ、親指と人差し指で先端が何度も摘まれた。

「俺が見ていない間にこんなに育って……」

「きゅ、九年も離れていたんですもの。勝手に育ちます」

「食べ物が良かったのかな？　それとも日に当たって良く水を飲んだからか」

冗談なのかよく分からないことを言いつつ、リドリアはもちもちたぷたぷとエリザベスの胸を弄ぶ。

「そ、そんな……っ。畑のメロンみたいな言い方しないでください」

「あぁ……。言われてみればメロンみたいだな」

せっかく起き上がったのにリドリアはエリザベスを押し倒し、四つ這いになって覆い被さってくる。

「ん……っぁ」

滑らかな肌をリドリアの舌が這い、色づいた先端をわざとチュッと音を立てて吸う。

それだけでもうエリザベスは腰を揺らし、下肢への刺激を待ち侘《わ》びていた。

「エルシーはいやらしいな？　もう欲しいのか？」

ドレスをたくし上げられ、エリザベスのストッキングに包まれた脚が晒される。

「ち……ちが、ぃ……ます。くすぐったかっただけで……」

昔はリドリアを見ると〝赤毛の悪魔〟とギャンギャン泣いていた。だというのに今はその赤毛の陰から情熱的な目が覗くと、ドキンと胸が跳ね上がってしまう。

衣擦れの音がし、頭を持ち上げて下半身を見れば、ドレスのほとんどが腰までたくし上げられてしまっていた。

「……しよう、エルシー」

頰を撫でられ、目の前でリドリアの青い目が細められる。

意地悪なままに命令されていたら反抗できるのに、こうして優しくされるのにエリザベスはめっぽう弱かった。

「ぅ……うぅ……だって……」

「したくないのか？」

リドリアの体が腰の間に入り、寄せられたエリザベスの谷間にリドリアが顔を埋める。両手の指でスリスリと乳首を擦られ、それだけで甘い悦びが下腹部に染み渡った。

「……し、したぃ……です、……けど」

消え入りそうな声で言うと、「素直でいい子だ」と額にキスをされた。

その後、暖炉の火に照らされるまま、二人は床の毛皮の上で時間も忘れて交わった。

ていた。

＊＊

そして春がやってき、初夏を迎える頃にはエリザベスのウエディングドレスができ上がっていた。

式が行われるのはカルヴァート侯爵家敷地内のチャペルで、六月の良き日、エリザベスは花嫁となる。

国中からリドリアとカイルの友人だという貴族が集まり、シェリルの女友達も集まっていた。中にはカイルとシェリルの式が終わったら帰ったという者もいたそうだが、エリザベスとしても知らない人に祝われるのは微妙な気持ちになるので、それでいいと思う。

エリザベスだけ、友達という友達がいなくて恥ずかしい。

招待したのは、習いごとで交流のある令嬢やご夫人方だ。

だがリドリアに「結婚したら嫌っていうほど交流が広がるから、俺の隣で安心してニコニコしていろ」と言われると、それもそうだと思って安心した。

控え室でエリザベスは姿見の前に座り、ぼんやりと自分を見つめていた。

首元には大粒のダイヤモンドがついたチョーカーがあり、上半身は首元からフィンガーフックの手の甲まで、美しいレースで覆われている。胸元は白地に白の花刺繡が施されたシンプルなデザインなのだが、それが余計に胸のラインを強調しているような気がして恥ずかしい。

　リドリアいわく「武器は強調すべきだ」らしいのだが、エリザベスは大きすぎる胸を武器とは思っていないし、ただの恥部だ。

「……リドル様に愛される時は、喜んでくださるから大きくて良かったって思うけれど。足元が見えないし、胸でお茶を倒すし、胸の下にある食べ零しに気づかないし……。本当に厄介な胸だわ」

　呟いて溜息をつくが、それも笑顔に変わった。

「……でも一人ならそう思っていただけだわ。リドル様は私のすべてを好きだと仰ってくれている。この邪魔な胸だって、他の人みたいにここだけで判断しない。頭の栄養が胸に行ったなんて、そんな馬鹿な話もある訳ないしね」

　リドリアと一緒にいるようになって、彼が自分のすべてを褒めてくれるので、以前より自分を肯定的に見られている気がした。

　勿論意地悪なことを言われる時もあるが、それは彼の愛情だともう分かっている。

　他の人なら「嫌だ」と思う言葉でも、なぜだかリドリアの言い方だと「いつもの意地悪なのね」と笑って済ませられる自分がいた。

「……私も成長したんだわ。結婚の了承を得る時、あんなふうに堂々とできると思わなかったもの。それほど何かを欲しいと強く願ったこともなかったし、リドル様が私を強く求めてくださらなかったら、この想いに気づくこともなかった」

ふと、再会して嵐のように迫ってきたリドリアを思い出し、唇が弧を描く。

「あんな風に手がつけられないぐらい強引なのに、この歳になるまでずっと私だけを見てくれていたなんて……。一途でロマンチストだわ」

口に出してから、控え室で一人じわっと赤くなる。

幼い頃だって、リドリアはとんでもない意地悪だったけれど、約束を破ったことは一度もなかった。

何時に庭の木の下でと待ち合わせをしたら、エリザベスがお昼寝から寝坊してもずっと待っていてくれた。

不機嫌になりながらも、難しい言葉はすべて教えてくれたし、物語の全容を把握できていないエリザベスに、まず本がどういう内容かということを嚙み砕いて教えてくれた。

いつもエリザベスが読もうとする本は先にリドリアが読んだもので、彼はお話の結末を明かすことなく、エリザベスが楽しく読書ができるよう手助けしてくれたのだ。

リドリアの手助けがあったから、最初は文字が苦手だったエリザベスも、今ではすっかり読書好きになっている。

「……育てられた、って言ってもいいのかしら。……ふふ、本当のお兄様みたい」

その時、控え室のドアがノックされた。

「はい」

返事をすると、アデルと義姉となったシェリルが入ってきた。

「エルシー、準備は大丈夫？」

「はい。変じゃないかしら？」

「素敵な花嫁さんよ。きっとブリジットさんも天国で見守っているわ」

「……はい。私もそう思います」

邪魔にならないよう後ろにやられていたヴェールが、アデルの手でヴェールダウンされる。

「チェスターさんも、いつかエルシーがお嫁に行ったら寂しくなるって言っていたわ。でも、カイルが結婚して、シェリルさんが来てくれた。だから寂しいけれど、新しい家族も増えて嬉しいって……。ふふ。男心は複雑ね」

「お父様がそんなことを……」

確かにブリジットは産後の肥立ちが悪く、エリザベス以降子を産めなかった。

エリザベスが嫁に出てしまえば、チェスターが一人になってしまうというのは、彼女自身もずっと気にしていたことである。

だが父はアデルと再婚し、自分もすぐ隣の領地のリドリアと結婚した。カイルとシェリルはバーネット領で暮らすというし、こう考えると何もかも上手くいったように思えてならない。

「さあ、エルシーさん。主役はそろそろ行かなくては」

シェリルに促され、エリザベスはしずしずとチャペルに向かう。

扉一枚隔てた向こうに、多くの参列者とリドリアが待っているのだと思うと緊張する。

やがて厳かに扉が開き、パイプオルガンの音色と共にエリザベスはチェスターのエスコートでヴァージンロードを歩き始めた。

ヴァージンロードは花嫁の一生。

リドリアに教えられたことを頭に浮かべ、エリザベスは今までのことを思い出す。

家の中では〝小さなエルシー〟と言われ、外に出ると自分とは似ても似つかない〝魔性のエリザベス嬢〟とされる。自分が何者なのか、自分という個人がどうしたいのか分からないまま、ただ父の幸せのために懸命に奔走してきた。

しかしそれも父の再婚をきっかけに、リドリアに求められたことで終局を得た。

ヴァージンロードの途中で待っている軍服姿のリドリアは、これからエリザベスを一番近い場所で〝妻〟として見てくれる。

ようやくエリザベスは、自分が安堵して呼吸できる場所を見つけた気がした。

リドリアと一緒に生活するならば、カルヴァート侯爵家できちんと女主人として振る舞っても、他に誰にも遠慮しなくていい。

リドリアを当主としてでなく、夫として大事にし、子を産むという妻の役割も得られた。

これから彼に付き合って舞踏会に行くこともあるだろうが、もう今までのような想いをしなくて済む。きっと、リドリアが守ってくれる。

父のもと一人で懸命に歩いてきたエリザベスは、リドリアという伴侶と出会い彼の助けを得られる。これから何か困ったことがあれば、隣にいつでも頼もしい人がいる。

ヴァージンロードの途中でエスコートがチェスターからリドリアに代わり、エリザベスも胸を高鳴らせつつ祭壇を目指した。

朝から緊張して何も喉を通らなかったが、今は緊張具合が振り切って頭の中が真っ白になっていた。

頭に叩き込んだ式本番の行動の通り、体が自動的に動いている気がする。

やがて二人は祭壇前に着き、司祭が挨拶をし、全員で聖歌を斉唱した。

緊張している間も式は進行してゆき、誓いの言葉となった。

「リドリア・アーサー・カルヴァート。あなたはエリザベス・ブライズ・バーネットを妻とし、愛することを誓いますか？」

「誓います」

リドリアの艶やかな声がスッと応え、エリザベスの胸に染み入ってゆく。

式の緊張と感動とで、エリザベスは早くも涙ぐんでいた。

「エリザベス・ブライズ・バーネット。あなたはリドリア・アーサー・カルヴァートを夫とし、愛することを誓いますか？」

「は……っ、ぅ」

「!?」

大事な時になってエリザベスの嘔吐き癖が出て、思わず誓いの言葉で躓《つまず》いてしまった。

リドリアが隣で目を剝き、凄まじい顔で睨んでいる。

（に、睨まないでください！　わざとじゃないんです！）

「はい、誓いますっ」

涙で歪んだ声が何とか誓いの言葉を述べ、隣でリドリアが静かに息をつくのが分かる。

「それでは、誓いのキスを」

司祭に言われ、エリザベスはリドリアに向き直る。

頭を少し下げると、花嫁のヴェールが花婿によって取り払われる。

ふ……と顔を上げた先に、いつもと違う白を基調とした軍服姿のリドリアがいる。髪を撫でつけ、凜々《りり》しい顔立ちがいつも纏わない白という色で余計高潔な美貌に見えた。

（か……っ、こ――いぃ）

あれだけ恐れた悪魔が、自分の花婿になってこんなに格好いいと思える日が来るなんて。

そう十五年前の自分に教えてやりたい。

リドリアはいつまでも自分を凝視しているエリザベスに向かって、何やら目配せをしている。

（え？）

正面から見たリドリアの美貌にすべてが吹っ飛んだエリザベスは、自分がこれからキスをしなければいけないのも忘れていた。だがリドリアが顎に手を添え、エリザベスの顔を上向けたことでハッと誓いのキスだと思い出す。

カァァ……と赤面してゆくエリザベスを、リドリアは唇を歪めて意地悪に笑って見ている。

（うぅ……。やっぱり意地悪だわ）

あれだけ練習した式次第を忘れた自分を恨みつつ、エリザベスは目を閉じる。

すぐキスをされると思いきや、リドリアの唇が寸前で止まった。

「――世界一可愛いよ、俺の小さなエルシー」

エリザベスだけに聞こえる声で囁かれた後、柔らかな唇が重なった。

「――――っ」

こんな時に意表を突いたことを言われ、エリザベスは羞恥と歓喜とで膝からくずおれそうになる。

必死に膝を叱咤している間に、指輪の交換や署名が終わってくれたのは喜ばしいことだ。途中で危なっかしいところはあったが、エリザベスは無事リドリアとの式を挙げ終えたのだった。

＊＊

「お前なぁ、誓いの言葉で嘔吐くなよ」

酒宴の席から中座し、エリザベスが湯浴みを終えて寝室に入るなり、リドリアに文句を言われた。

彼はとうに湯浴みを済ませており、ガウン姿でベッドに寝転がり本を読んでいたらしい。

「すっ、……すみません。思わず……」

エリザベスはモソモソとベッドの上に上がり、ちょこんと正座をする。

「……まだ泣いたら嘔吐くのか？」

「……多少は」

正直に打ち明けると、リドリアが溜息をつきエリザベスを抱き寄せた。

「俺の責任でもあるから、仕方ないと言えば仕方ないが……。嘔吐くなら、ちゃんと身ごもってからにしてくれ」

「……も、もぉ！」

カァッと頬に熱が宿り、エリザベスはリドリアの腕の中でそっぽを向く。

「今夜はそういうことをする夜だ。分かっているな？」

だがガウンの中にリドリアの手がスルリと入り込み、耳元で囁かれると、ついつい感じてしまう。

「ん……っ。は、はい……」

ガウンの合わせ目から零れ出てしまいそうな乳房を、リドリアの手がやわやわと揉む。

「エルシー」

「は、はい。……えと、旦那様」

「――」

そう言った瞬間、胸を揉んでいたリドリアの手が止まった。

何事かと思って彼を見上げると、天井を仰いで片手で目元を覆っている。

「あの……？　嫌でしたか？　旦那様って呼ぶの……。だったら今まで通りリド」

「そのままで」

被せ気味に言われ、エリザベスは面食らう。

「──あぁ、くそ。可愛いな」

「きゃ……っ？」

簡単に転がされ仰向けになったかと思うと、プレゼントのリボンでも引くようにリドリアがガウンのリボンを解いた。

「……本当はもっとこの初夜という大事な時間を過ごすつもりだったのに……。エルシーのせいだ」

「えっ？　ど、どうして？　私何か……」

リドリアが〝旦那様〟と呼ばれて雄叫《おたけ》びを上げたいほど喜んでいるなど、エリザベスは知るよしもない。

「駄目だ。我慢ができない」

ガウンの下から現れたネグリジェは、体の前で縦一列に並んだリボンで結ばれたものだ。その言ってしまえば初夜のためのデザインを楽しむ間もなく、リドリアは性急な手で白いリボンを引いてゆく。

「あ……っ、せっかく可愛いネグリジェなのに……。見てくれないのですか？」

「――――あ、後ですべてが終わった時に俺が着せてやる。その時じっくりたっぷり見てやるから、今は許せ」

じっくりたっぷりと言われても……とエリザベスは思う。

「約束ですからね。レースがたっぷりついた、可愛らしいネグリジェなんですから」

ぷぅ、と頬を膨らませると、リドリアが緩く笑う。

「エルシーは昔からレースが好きだったもんな。分かった。ちゃんと見てやるから。その前にお前を見せてくれ。見たくて見たくて堪らない」

スルリとシルクのネグリジェが左右によけられ、ミルク色の肌が晒される。

仰向けになってもなおドンとした質量を見せる胸に、楚々とした色の蕾。細く括れた腰に小ぶりでありながらプリンとした臀部《でんぶ》。細くしなやかながらも、むっちりとした太腿。

そのすべてをリドリアは視姦するように眺め、微かに喉を鳴らした。

「あ……、あまり見ないでください」

恥じらって両手で胸を隠そうとするが、リドリアにやんわりと手を摑まれる。

「……とうとう俺のものになった」

「……とうとうって、再会してまだ一年程度ですが」

「ずっと昔からエルシーだけ見ていたと言っただろう」

リドリアもガウンを脱ぎ捨て、鍛え上げた上半身が露わになる。

まだ彼の裸体を見慣れていないエリザベスは、思わずパッと目を逸らした。しかし手を取られ、彼の胸板を触るよう誘導される。

「こ、これじゃあ私が痴女のようではありませんか」

「いいから触ってくれ。この体もすべて、もうエルシーのものなんだぞ？　自分のものはちゃんと確認した方がいい」

「……私の……もの」

ふと、その言葉の響きがやけに甘く感じた。

かつてあれだけ恐れていた存在が、自分を甘やかす夫になったのだ。それを〝自分のもの〟扱いしていいと言われ、急に気持ちが変わる。

見違えるほど美しく成長したリドリアは、正直今でも正面から顔を見るのが辛い。前髪の陰から覗く目はまっすぐで強いし、凛々しくて男らしいのに美しく、下心を持って見ると目が潰れてしまいそうだ。

神話に出てくる若い男神のような肉体をこれから好きに触っていいのだと思うと、全能神から特別なプレゼントをもらった気分になった。

「……あの……。格好いい……です」

ペタペタとリドリアの胸板に触れ、エリザベスは顔を赤くして彼を褒める。

「ふぅん？　他には？」

「……再会した時に、あまりに背が高く逞しく、美しくなっていたので……。見とれてしまいました」

何をどうしたら、こんなふうに筋肉がつくのだろう？　と思いつつ、エリザベスはリドリアの胸板や腹筋に触り続ける。

「俺も数年ぶりに姿を見て……いや、声を聞いた時に頭を殴られたようなショックを受けた」

「えっ？　ショック？」

驚いて彼を見上げると、リドリアは幸せそうに目を細めている。

「エルシーがあまりにも美しくなっていて、本当に驚いたんだ」

エリザベスのプラチナブロンドを撫で、リドリアが額に唇をつけた。

ふんわりと彼のウッディムスクの香りに包まれ、緊張しながらも意識が安らいでゆく。

「胸もこんなに大きくなって……、俺の小さなエルシーがいつの間にか一人の立派なレディになっていた」

ゆったりと乳房を揉まれ、柔らかな肉にリドリアの指先が埋まる。

彼に触れられるだけで、体内から甘酸っぱい果汁が漏れ出てしまいそうだ。他の誰でもいやだ。リドリアの手にだけ、エリザベスは反応する。

「ぁ……ん。私……胸は恥ずかしくて……」

「何を言う？　こんなに立派に育ったんだから、よく育ったと褒めるべきだろう」

リドリアの親指が色づいた先端を潰し、クリクリと虐めてくる。

「ん……つぁ、旦那様になら……褒められてもいいの、ですが……、他の方に胸について言われるのが嫌で……っ」

「当たり前だろう。これからよその男がエルシーの胸について言及してきたら、完膚なきまで叩きのめしてやる」

「け、喧嘩は駄目です」

「じゃあ、言葉で」

引く気配のないリドリアに、エリザベスは感じながらも小さく笑う。

彼の子供の頃の恐ろしさを知っているだけに、誰もリドリアの犠牲にならなければいいのだけれど……と思う。

「本当に男性相手にお股踏みはいけませんよ？　弱点なのでしょう？」

「ああ、あれか」

ニヤッと笑ったリドリアは、エリザベスのドロワーズの紐を解き、スルリと脱がせてしまった。

「エルシーのココを踏むようなことはもうしないが、似たようなことはしているだろう？」

「似たようなって……」

指を出し入れされたことを思い出し、エリザベスはカァッと赤面する。

「男の股間を手で扱う趣味はないが、エルシーのココなら大事に大事に扱うさ」

リドリアの手がエリザベスの平らなお腹をくるりと撫で、その下に生えたあえかな茂みを指で梳《す》く。

「ん……」

「脚、広げてみろ。どうなっているか見てやる」

リドリアがエリザベスの膝の裏を掴み、膝が胸元につくまで大きく左右に広げた。

「や……っ」

脚を広げただけでクパ……と小さな音がし、エリザベスが恥じらう。

「小さいな」

しげしげと小さく可憐な花弁を見て、リドリアが顔を近づける。

「あ、……あまり見ないで……っ」

「まだあまり濡れてないから……、イイコトをしてやろう」

「え……？ ぁ、……あっ、うそっ、やだっ」

リドリアがエリザベスの腰の下にクッションを積んだかと思うと、そのまま秀麗な顔を秘部に近づけてきた。

そしてあろうことか乙女の部分に舌を這わせ始めたのである。

「ひぅっ」

柔らかく温かなものに敏感な場所を舐められ、腰が跳ね上がった。リドリア自身の屹立とも指とも違う、頼りない柔らかな感触が落ち着かない。

リドリアがレロレロと舌を使うと、エリザベスの秘部からくちゅくちゅと蜜が攪拌《かくはん》される音がする。おまけに彼の高い鼻先が肉芽を刺激し、より深い快楽がエリザベスを襲う。

「やぁっ、そんな……っ、とこっ、――ぁっ、舐めちゃ……っ」

やめて、駄目、汚い。と言いたいのに、エリザベスの舌も蕩けて彼に楯突《たてつ》けない。抵抗の言葉を紡げず、つま先ばかりがいたずらにピクピクと跳ねる。

すぐに愛蜜が溢《あふ》れ出し、水音はどんどん大きく淫らになってゆく。

リドリアは行儀悪くスープを飲むように、ずずっ、ずじゅっと音を立てて愛蜜をすすり出す。

「いやぁあっ！　音立てたらやぁあっ、お鼻もソコ……っ、擦っちゃやなのっ」

彼の髪を狂おしくかき回し、腰を揺すり立ててなんとか逃れようとする。しかしリドリアの手がガッシリとエリザベスの腰を掴み、決して逃がしてくれなかった。

蜜口に硬く尖らせた舌が入り込み、ズボズボと抜き差しされる。

舌が意志を持ったかのような動きに翻弄され、エリザベスは喘ぎ狂う。

「あぁああーっ、うぅうっ、んあぁあっぅ、やぁっ、ぃやっ」

頭の中はリドリアの舌の動きでいっぱいになり、彼の手がいつの間にか移動していたことも気づかなかった。

「つきゃあぁああっ」

膨らんだ肉芽をぴんっと指で弾かれ、エリザベスは軽く絶頂する。

リドリアはなおもヌチュヌチュと舌で花びらをかき混ぜ、舐めながらも、指でエリザベスの弱点を虐め始めた。

「ダメっ、――ぁ、ダメっ、虐めないでぇっ」

その啼き声を聞いて、リドリアがゴクッと愛蜜の混じった唾を飲み込んだのを、エリザベスは知らない。

ようやく舌が引き抜かれたかと思うと、さんざん蕩かされた場所にズブリと指が二本入り込んだ。

「ぁあうっ！　ゃあぁぁっ、そこっ、も、――ダメっなのっ」

彼の指はゆるゆると蜜洞を探った後、すぐにエリザベスの好い所を探り当てた。ビクッと腰が跳ね上がり、自ら秘部を晒すような格好になる。

腰のみ持ち上げられたエリザベスは、重力で顔の方に流れる乳房に圧迫されつつ、顔を真っ赤にして喘いでいた。

「ダメなのか？　本当にダメならやめるぞ？」

クチュクチュと仔猫の顎をくすぐるように、リドリアが指を動かす。

「そん……っ、ぁ、あぁっ、や、ちが……っのっ、ダメ、じゃなくて……っ」

涙を零しつつ、エリザベスは小さく顔を左右に振る。

「じゃあ、心のまま感じたことを言ってみろ。ここには俺しかいない。お前が赤ん坊の頃から見守ってきたリドルだ。今さら恥ずかしがることもないだろう」

リドリアの言葉が心の奥底へ染み入ってゆく。

――あぁ、私は面倒を見てもらったリドル様のお嫁さんになったんだわ。

——もう虐められないし、彼も素直に愛してくれている。

——なら私も、気持ちを素直に言わないと。

「き、——気持ちいいっ、……から、やめないでっ」

クシャッと羞恥の泣き顔を晒し、エリザベスが心の一番やわい部分を見せた。

「……分かった。よく言えたな」

ふ……とリドリアが優しく微笑み、青い瞳に情欲の熱を孕ませ一心不乱に指を動かし始める。

「ぅ……っ、あァあぁっ、やぁアあっ、きもち……っ、のっ、きもちっ、あァアぁっ」

太くて長い指が二本、ぴったり揃えられたままエリザベスの弱点をひたすら擦る。ヌチュクチュプチュプチュと卑猥な水音を立て、乙女の愛蜜を白く泡立たせて小さな蜜孔を前後した。

リドリアのもう片方の手はエリザベスの乳房を揉み、こちらも執拗に先端を指先で優しく撫でてくる。触れるか触れないかのタッチなのに、そこからゾワゾワと全身に深い悦楽が走っていった。

エリザベスは上等なシーツをガリガリと引っ掻き、整えられたプラチナブロンドがクシャクシャになろうが、頭を振って悶え抜く。

「まだ気持ち良くなれるだろう？　ホラ、エルシーはここも大好きなはずだ」

「ひぅぅうっ！」

リドリアの愉悦のこもった声がした後、剝き出しの肉真珠を親指がくりゅん、と撫でた。それだけで頭の中で真っ白な閃光《せんこう》が明滅し、エリザベスは自分が声を上げているのかすらも分からなくなる。

ただきつく夫の指を膣肉で喰い締め、体に力を入れて痙攣するしかできない。

ジン……と脳髄の奥まで深い淫悦に支配され、エリザベスはゆっくりと弛緩してゆく。

半分気絶した状態でぼんやりと目の前の空間を見ている間、リドリアはトラウザーズを脱いで一糸まとわぬ姿になったようだ。

「エルシー、起きられるか？」

背中と腰を支えられて上体が起こされ、ベッドのヘッドボードに背を預けたリドリアの上に座らされた。

「……気持ち……良かった……です」

汗でしっとりと肌が濡れ、紅潮した体がゆっくりと鎮静してゆく。

だがこれで終わりでないことは、エリザベスも分かっていた。それを示すように、リドリアの硬く屹立したモノがエリザベスのお尻に押しつけられている。

「まだ頑張れるか？」

「はい……。あ、でも……」

そう言ってエリザベスは四つ這いになり、リドリアから少し離れる。

「エルシー？」

不思議そうに目を瞬かせた彼をチラッと見てから、エリザベスは「えいっ」とリドリアの肉棒を手で握ってみせた。

「ちょ……っ」

ずっと気になっていたソレは、手の中で熱く微かに脈動していて、まるで一つの生き物だ。

「エルシー？　どうした」

「シェリル様から、花嫁の心得を教えて頂いたのです。殿方はこのきかん棒……いいえ、紳士の棒《ジェントルスティック》を握ったり舐めたらお悦びになると……。本当ですか？」

「…………」

リドリアは片手で顔を覆い、横を向いている。

口元から「あの女」と何やら悪態が聞こえた気がしたが、いけないことだったのだろうか。

「ダメ……ですか？　こう……？　こう？」

エリザベスはシェリルがしていた手つきを思い出し、掌を仰向け、人差し指と中指で先端を挟み、親指の腹で鈴口を押さえてみた。

「ッエルシー！　それは上級者向けの手つきだ！」

「へっ!?」

いきなり大きな声を出され、エリザベスはびっくりしてパッと手を離す。

「じょ、上級者？」

「……いや、何でもない。こういうことは夫である俺が教えるから、何でも人から教わろうとするんじゃない。エルシーが分からないことは、昔からすべて俺が教えただろう」

「は、はい。その通りでした」

リドリアが言う通りだ。

何も夫婦の閨事《けいじ》に、他の人が言った作法を持ち込む必要はない。

エリザベスが悦ばせたいのはリドリアであって、シェリルの言う技術で彼を悦ばせられるかは、また別物だ。

「……どうしてもしてくれるというのなら、先端をまず舌で舐めてみなさい。できるか？」

「はい！　できます！」

リドリアが指導してくれたのが嬉しくて、エリザベスは髪の毛をかき上げ舌で亀頭を包み込んだ。

「ん……」

何かしょっぱいモノが滲み出ていて、エリザベスはペロペロとそれを舐め取る。

「あぁ……。じゃあ、先端を口に含んでごらん。頭の部分を口に入れて、唇で括れた部分を擦るんだ」

「ふぁい」

言われた通りに大きな亀頭を口に含むと、エリザベスは歯を当てないようにして雁首を唇で刺激した。チュウッと吸い上げてみたり、ゆるゆると顔を前後させてみる。その間手が留守になっていたので、竿を優しくしごいてみた。

「……ああ……ぁ、エルシー……」

リドリアは気持ち良さそうな声で低く唸り、両手で髪をかき混ぜてくる。

（きっと気持ちいいのだわ。嬉しい）

そう思うと、この不思議なヌルヌルも美味しく感じてきた。

心を込めてリドリアの亀頭を味わい、口内では舌で思いつくままに舐めてみる。はしたない音を立ててしゃぶり、喉の奥まで迎えてみようと深く呑み込もうとした時――。

「そこまででいい」

やんわりとリドリアに肩を押され、エリザベスは顔を上げた。

「え……でも……」

「初夜は花婿が花嫁を抱くものだ。花嫁に先に達かされては、男の面子《メンツ》が立たない」

「あ……、そ、そうでした……。差し出がましい真似をすみません」

急に恥ずかしくなって小さく正座をすると、ポンポンと頭を撫でられた。

「いや、エルシーが俺に奉仕をしてくれようと思ったのは嬉しい。だが急に成長を見せなくていい。俺の知らない場所で学ばないで、俺の目の前で実践を積んで成長してくれ」

「分かりました」

それがリドリアのエゴだと知らず、エリザベスは素直に頷く。

「じゃあ、エルシー。今日は自分で上になってごらん」

リドリアが軽く脚を広げ、ビンと天を衝いた屹立を差し示す。

た。

「あ……はい」

大きくて逞しいアレをこれから受け入れるのだと思うと、お腹の奥がじんわりと熱くなった。

リドリアの腰を跨ぎ、不安そうに彼を見つめると安心させるようにお尻を撫でられる。

「ゆっくりでいいから、息を吐きながら腰を落とすんだ」

「……やってみます」

片手をリドリアの肩に置き、片手で彼の屹立を軽く握る。果たして自分の体のどの部分に入っていたっけ？　と思いつつ迷わせていると、リドリアの手が手伝ってくれる。

「あ……」

先端が柔らかな蜜口をつつき、エリザベスが小さく喘ぐ。

「ゆっくりだ」

「はい……」

大きく息を吸って、吐いていくと同時に腰を沈めた。

「……っふぅぅぅ……っん」

自分でも変な声が出たと思い、恥ずかしくて顔が真っ赤になる。だが一度肉棒を咥えた蜜孔は、より深い場所への刺激を求めていた。

「ん……っ、ん、ん、……んっ」

両手でリドリアの首にしがみつき、エリザベスは顔も胸も押しつけて懸命に腰を振る。けれど彼の大きなモノがそれ以上入ってゆく感じがせず、気持ちばかりが急いてゆく。

やがてリドリアの手がポンポンと後頭部を撫で、慰めるようにキスをされた。

「エルシーのここはまだ小さくてきついんだな。俺が一気に入れるから、少し我慢しろ」

「は……、ぁああっっ！　ぅ、……うっ」

腰を摑まれたかと思うと、いきなり下からズンッと突き上げられ最奥まで先端が届く。

望んでいた場所に刺激を与えられ、それだけでエリザベスの意識が軽く飛んだ。

「おい？　エルシー？　まさか入れただけで達ったのか？」

膣肉がピクピクとひくついているのを感じ、リドリアが焦ったように顔を覗き込む。だが気持ち良くて堪らないエリザベスは、うつろな目を向けて口端から細く糸を垂らすしかできない。

「まったく……。本当に可愛すぎて困る……」

呆れたような嬉しいようなという口調で言ってから、リドリアが深く口づけてきた。

「ん……ふ、ぁ……ん、む」

柔らかな舌で唇を舐められ、促されるようにエリザベスは唇を開く。スルリと滑らかな舌が入り込み、エリザベスの小さな舌を求めてきた。

スリスリと舌先を擦り合わせていると、体の奥に「愛しい」という気持ちと大切で堪らないという切なさがこみ上げる。もっとリドリアに触れたくて抱きつくと、胸が邪魔ですべてくっつけない。

「んんーっ」

悔しくてグイグイと胸を押しつけていると、蜜道の中でリドリアの屹立がより大きくなった。

「おっきくなった」

息継ぎの合間に呟いたエリザベスに、リドリアがどこかばつが悪そうに言う。

「……お前の胸は威力がありすぎるんだ。察してくれ」

「……私の胸、お好きなんですか？」

「好きすぎて興奮して、お前の中でデカくなっただろ」

照れ臭そうに言うリドリアがおかしくて、愛しくて、エリザベスは自分のコンプレックスすら好きになれそうな気がしていた。

「……ふふ、ならいいです」

ゆっくりと腰を揺らめかせると、みっちりと体を満たしていたモノがずちゅりと抜けてゆく。勿体《もったい》なくてまた体に押し込むと、奥の奥までリドリアが満ちてゆく。

「あぁ……。気持ちいい……です。旦那様、すき……」

「俺の方がずっと好きだよ」

エリザベスの尻たぶをしっかりと掴み、すぐにリドリアが下から突き上げてくる。ズン、ズンと最奥まで打ち込まれる度に、悦びの波濤《はとう》が全身を駆け巡っていった。

最初こそリドリアの激しすぎる愛に怯え、戸惑っていたが、今は彼にすべてを委ねられる。

侯爵として有能で、夫として頼りがいのある彼に、これからずっとついてゆき、支えていく喜びを得た。

こうして体で繋がっても、もう誰の顔色も窺わず、遠慮もしなくていい。

「エルシー……」

熱っぽい声で呼ばれ、体が揺さぶられる度にエリザベスの乳房が揺れる。リドリアの胸板をスリスリと摩擦し、プクンと膨らんだ先端で刺激した。

「エルシー、自分の気持ちいい所を探して動いてみろ」

ふとリドリアが仰向けになり、エリザベスは彼の体の上に跨がった格好になる。

「こう……ですか？」

彼の割れた腹筋に手を当て、エリザベスは恐る恐る腰を動かした。リドリアが突き上げて気持ちいい所を思い出し、ゆっくりとそこを先端が擦るように腰をくねらせる。

「ん……っ、ん、ぁっ、あ……気持ちい……っ」

浅い場所を擦ると腰が浮き上がるほど気持ち良く、最奥に亀頭を押し込むように腰を押しつけると、深い場所までじんわりと悦楽が染み入ってゆく。

奔放に腰を動かし自由に快楽を味わっているエリザベスを、リドリアは下から見つめている。その目がたゆたゆと揺れる胸に釘づけなのを、彼女は分かっていながら気づいていないふりをした。

リドリアが好きだと言うのなら、この大きな乳房を女性の武器として使ってもいい。

わざと見せつけるように胸を弾ませると、面白いほど自分の中でリドリアが膨らむ。そこにエリザベスは悦びすら見いだしていた。

「……あぁ、もうダメだ……っ」

いきなりお尻をむんずと摑まれると、エリザベスの視界がぐるんっと反転した。

気がつけばリドリアに組み敷かれており、自分の上で彼がペロリと肉食獣のように舌なめずりをする。

「つあの……」

とんでもない快楽の予感を覚え、エリザベスは手加減してもらおうと声をかけようとした。だがそれよりもリドリアが凄まじい勢いでガツガツと腰を叩きつけ、言葉は嬌声となってかき消えてゆく。

「――つぁ、あぁぁっ！　やっ、あっ、あ、あ、あ、あぁっ」

自分で動くよりも、リドリアにこうして穿たれた方が何千倍も気持ち良く感じる。

太く大きな屹立が、掘削するように狭い蜜洞を前後する。ズチュズチュグチュグチュと凄まじい音を立て、留まることを知らず湧き出る愛液を飛び散らせた。

ギシギシと夫婦のベッドが軋《きし》み、二人分の呼吸が重なり、また違うリズムを刻んでは重なってゆく。

リドリアに突き上げられる度、エリザベスの胸がゆっさゆっさと上下に揺れる。

「いい――眺めだ」

久しぶりに悪辣な笑みを見せたかと思うと、リドリアはエリザベスの片脚を持ち上げ、自身の肩の上に担いだ。

より深くなった結合にエリザベスはビクビクッと震え、つま先を丸めて痙攣する。

「やぁあぁ……っ、深ぁっぁ――いっ、あっ、……あぁっ、深いのっ」

すると濡れそぼった和毛をリドリアの指が撫で、その下にある膨らんだ肉真珠をコリュコリュと転がす。

感じ切っているというのに、とどめを刺そうというのだ。

「だめええぇえっ！　あぁあっ、――あっ、あぁあっ……」

鋭い声を上げ、エリザベスはこみ上げたものを堪えきれず解放してしまった。

小さな孔からビュッと透明な液が出て、リドリアの腹部を濡らしてしまう。だが凄まじい快楽地獄に落ちているエリザベスは、自分がどうなったかすらも分かっていなかった。

激しく突き上げられ、何度も子宮口をこねられる。

数え切れないほど小さく達し、結合部からは滝のように愛蜜が溢れ出て泡立っていた。

「エルシー……っ」

リドリアも苦しげに妻の名前を呼び、一心不乱に腰を打ちつける。

体の最奥を何度も突き上げられる衝撃と、敏感すぎる肉真珠をずっと撫で続けられた刺激とで、エリザベスが堕ちた。

「もぉっ、だめなのぉっ！　いじめないでぇ……っ」

泣き崩れる寸前の声を上げ、エリザベスは両手でガリガリとシーツを引っ掻き肉壺で夫を締め上げた。

「あくっ……、ぐ、……っぅ」

愛するエリザベスの声を耳に、リドリアもまた絶頂を迎える。

「あ……っ、あぁ……ぁ、…………あ…………」

弛緩した体は言うことを聞いてくれないのに、膣肉の奥だけが生き物のようにピクピクと収斂する。リドリアを強く吸い上げ、ドクドクと脈打つ太い肉茎をしゃぶってはさらなる精を求めて痙攣する。

じんわりとお腹の奥に温かなものが広がるのを感じ、エリザベスはうっすらと笑みをはく。

いつか自分が母になる夢を見て——、意識を落とした。

＊＊

二人の新婚生活は実に順調だった。

元いじめっ子といじめられっ子という関係ではあるが、リドリアはエリザベスが好きすぎる。

今は過剰なまでに妻になったエリザベスを大事にし、またカルヴァート侯爵家の女主人として自由に屋敷内のことをやらせていた。

また仕事を得たエリザベスは生き生きとし、リドリアに尽くせる喜びも得て毎日が楽しい。

たまにリドリアの仕事の関係で舞踏会にエスコートされることもあった。だが隣に皆が一目置くリドリアがいる以上、もうエリザベスに不埒な目を向ける者もおらず、不名誉な噂を立てる者もいなくなった。


再婚したチェスターとアデルも相変わらず仲がいいようで、カイルの事業も順調、シェリルとの夫婦仲もいいようだ。

まじめな性格のアデルと、やや破天荒なところもあるシェリルも意外と馬が合っているようだ。

むしろ大胆なシェリルが積極的にアデルを様々な場所や催しに誘い、嫁と姑《しゅうとめ》で出かけては楽しんでいるらしい。勿論エリザベスも誘われて、一緒に出かけている。


「何を読んでるの？」

あっという間に季節が過ぎ、社交シーズンが終わって秋になろうとしていた。

エリザベスが書斎を訪れると、リドリアは暖炉の前のロッキングチェアに座り、何か本を開いている。

赤い装丁の背表紙には——子供なら全員知っているプリンセスの名前が書いてあった。

「どうしたんですか？　そんな本を開いて」

クスクスと笑い、エリザベスは暖炉前の毛皮に座り込む。

リドリアも椅子から下り、妻の隣に胡座《あぐら》をかいた。

「これは父を亡くした娘が、意地悪な継母と義姉にいびられ、王子と幸せになって見返す話だが……」

「まぁ、プリンセスは見返したりしません」

自分も大好きで読んでいた本をざっくりとしすぎた解釈で言われ、エリザベスが頬を膨らませる。

「そういうことにしよう。……そうなんだが、王子に見初められるぐらいのいい女なら、もっと内々で見初められていてもおかしくないよな？　と思って」

「例えば？」

キョトンとして目を瞬かせると、リドリアは意味深に笑って自身を指差す。

「意地悪な義兄が登場人物にいたとしたら、きっと主人公の娘は溺愛されて王子とは結ばれていなかっただろう」

「まぁ！　何ていう原作破壊！」

呆れて笑い出すと、リドリアも唇を歪める。

「でもそうしたら、全員幸せじゃないか？　意地悪な義兄は己の所業を反省し、善人になる。王子は……適当に自分に似合いの王女でも見つけるだろう」

「あら、適当ですね？　でも面白いです。旦那様、ペンネームでも作って物語を書いてはどうです？」

「それは面白そうだな。いつか子ができたらアナザーストーリーとして読み聞かせて混乱させてやろう」

「ふふ、もう……。ご自分の子供にまで意地悪をしなくていいです」

そっとリドリアの手にある本を押さえ、エリザベスは彼の耳元に囁きかける。

「……私の大切で意地悪な旦那様《マイ・ディア・ミーン・ダーリン》」

完

あとがき

こんにちは。ハニー文庫様で二作品目を出させていただきました、臣桜です。

ご購入ありがとうございます。心より感謝を申し上げます。

今回のお話は、前作と世界が繋がりつつもガラッと違う雰囲気で書かせていただきました。

童話オマージュって憧れなのですが、シンデレラの継母・継姉がヒロインをズブズブに愛してくれる、意地悪な継兄……もとい義兄だったら？　という発想からこのお話が生まれました。

その結果生まれたのがリドリアとエリザベスなのですが、いじめられっ子体質なエリザベスといじめっ子で執着気質のリドリアはお似合いだなぁ……と我ながら思います。

素直じゃないリドリアの、好きだからこそのいじめも多岐に亘りましたが、結局それでもリドリアを「好き」と思って許していたエリザベスの勝ちなのでは……と思います。

ヒロインであるエリザベスの目線になると、どんなことがあっても自分の味方でいてくれる、半分家族でそして自分を愛してくれる人って頼もしいな……と思います。

今回の執着ヒーローも楽しく書かせていただきました！　ありがとうございます。

素晴らしいイラストを描いてくださった炎かりよ先生、ありがとうございました！　イラストラフをいただいた時にリアルで変な声が出てしまいました。リドリアは悶えるほど格好いいですし、どこか企んでそうな悪い笑みが堪りません。そして思わず守りたくなるエリザベスの可憐さも堪りません！

また担当様、今回もご迷惑をおかけいたしました。改稿作業に難航して、つい担当様に弱音を吐いてしまい申し訳ございません……。

デザイナー様、その他関係者様にも感謝申し上げます。家族をはじめ、いつもお世話になっている方々、ツイッター等でお話してくださる方々、元気をいただいています。ありがとうございます。

次作に繋がるかもしれませんので、もしよければ奥付へのファンレターや、ハニー文庫様の公式サイトのメールフォームへご感想をお待ちしております。

２０２０年6月　エゾハルゼミの声を聞きながら　臣桜

臣桜先生、炎かりよ先生へのお便り、
本作品に関するご意見、ご感想などは
〒101-8405
東京都千代田区神田三崎町2-18-11
二見書房　ハニー文庫
「いじわるな義兄にいびられると思ったら溺愛されました!?」係まで。

本作品は書き下ろしです

Honey Novel

いじわるな義兄《あに》にいびられると思《おも》ったら溺愛《できあい》されました!?

【著者】臣 桜《おみさくら》

【発行所】株式会社二見書房
東京都千代田区神田三崎町2-18-11
電話　03(3515)2311［営業］
03(3515)2314［編集］
振替　00170-4-2639
【印刷】株式会社　堀内印刷所
【製本】株式会社　村上製本所

落丁・乱丁本はお取り替えいたします。
定価は、カバーに表示してあります。

ISBN978-4-576-20118-4

https://honey.futami.co.jp/